U0799018

荷尔蒙夜谈

鲁敏 著

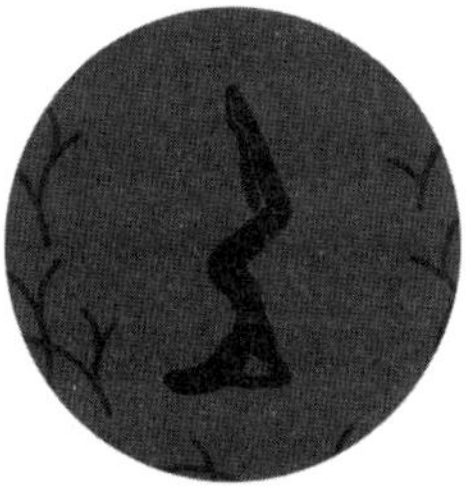

Hormones Awake

北京出版集团公司
北京十月文艺出版社

目录

Contents

大宴

上

杨早今天有大变化，连老爹都注意到了。蠕动着中风者的僵硬舌头，老人家吐出半句听不清的质问。杨早冷酷不语，伺候好老爹拉完晨屎、吃完早饭，随即出门了。

他在马路上架着肩膀急促地走，四肢好像加长了，显得僵硬。快到姐姐家时，在巷子口先后遇到两个面熟之人：钱某与肖某。当年姐姐闹离婚时，这两人曾经出过力气跑过腿脚，杨早也仅仅是很小幅度地收了收下巴，没有一丝笑意。杨早从不这样的。从前看到熟人，他总是老远就做起笑的准备，趋前搓手，孤儿式的笑容，孱弱、机灵，并伴有适量的感恩。他注意到钱某颇为惊骇的样子，肖某则拼命揉眼睛。也不管了。

杨早拍杨宛的门，很响。口袋里就有钥匙，他常来照顾两岁的小外甥豆豆。

杨宛隔着门细声询问，听出是弟弟，语气更慌了："你钥匙呢？出事了？"她拉开门，恐惧地直打量弟弟，好像他丢了一只胳膊。姐姐越来越像母亲了。老娘在世时也是这样，外面随便刮个小风，她即会为之焦心，担心家里根本就没有晒出去的被子。

杨早简单地命令杨宛坐下，刚要张口，杨宛指指帘子后面，“嘘”了一声：“直咳到天蒙蒙亮，才睡着。这百日咳啊，还真是要一百日。”姐姐开始讲豆豆，跑过几家医院、挂过几次水、花了几多钱什么的。声音空洞不知所云，带着怕事者的有意拖延。

杨早低下头听着她讲。杨宛讲了一串，挨不下去了：“到底出什么事了？你这样子……”

“得着个，机会，可以，请容哥，吃饭。”怕吓着姐姐，杨早特意讲得很慢。这个消息，他已经憋了一整夜了，跟小豆豆一样，他也是天蒙蒙亮才睡着。

“容哥？”杨宛赶紧笑，笑得呆滞和犹豫。

这难道还要解释？她当真从没听说过容哥？杨早鼻孔张大。一、二、三。他在心里默默地数。如果三秒钟内她能反应过来，还可以原谅。

“哦，容哥，是容哥啊。”杨宛移开眼睛，心虚得直点头。他妈的。杨早只得凑近她解释。杨宛听了一遍，又混浊地重复一遍，随即满面警惕：“现在还有这个？”她有种小姑娘似的愚昧：世界就是她所看到的那个样子，就是新闻上所看到的那个样子。

“当然有了！越发达的地方越是有，你想想外国！再想想现在我们多像外国！”杨早耐着性子解释。他给姐姐大致讲了一下《教父》，又讲了一部韩国片子《新世界》，以帮助姐姐理解容哥的背景及其地位。杨宛嘴巴半张，听得十分认真，听完了，却一扭头，窸窸窣窣地做起卫生。这间层高不足两米五的单室套，虽则背光，虽则只有屁股大小，也算是姐姐最大的固定资产，极度的珍爱使得她竭力追求纤尘不染。她跪下来擦地，口气里的抱怨接近幸福：“亏好死畜生拿走了那套大房子，否则搞卫生我也吃不消的。”“死畜生”是她对前夫的专用称谓。“死畜生”一直不按时给豆豆抚养费，杨早去讨要过几次，去一次给打一次，那死畜生身高一米八二。

看着杨宛勉力而侥幸般的抹地动作，杨早越发感到疲惫。这个家，算上老爹和豆豆，尽是老弱病残妇幼，好不容易打听到一个投奔处，连个可以商量的人都没有。他闭上眼睛，把头搁到硬邦邦的椅背上，那隐约的孤儿感又来了。他真怀念小时候，爸妈都是大人，姐姐也是大人，他只管安心地做着小孩子，啥也不懂啥也不烦。现在不行了，除非他出头，否则这个家就像死光了一样的。可他哪里出得了头，他自己也是个尿货嘛。杨早曾经翻过几页《曾国藩家书》，盗版的，别字连篇，不影响看的，看到曾国藩把家里大小事体、子弟前程安排得那样妥当，杨早真是羡慕死了，哪怕能投奔了去做他的家仆也好——这几乎就是他最大的志向了。想到这里，杨早突然冒出一个联想，这容哥，可不就相当于他所向往的曾国藩吗？也许更好呢！据说，在那一行里，对老弱病残妇幼是最为照顾的，这是他们的一个伟大传统……

这样想着，杨早又稍振作些了。即便没有人商量，也要做成这件事。就由着姐姐这么糊涂着吧，她真要问三问四，也难讲的。

消息源自一个不便透露的渠道，用朋友的话讲，是“绝对可靠”的，最核心的部分是，大约半月之后，有个饭局会请到容哥出场，在开泰酒家，目前还空出一两个席位，朋友说他可以介绍杨早去坐那个空出的位子——听到的第一秒钟，杨早就感到他的耳朵给死命地拎起来了，拎得他整个人都离地了——这可不是去夹几筷子菜、喝两三盅酒，那等于是傻到地狱了。跟容哥同席的机会这辈子只会有这一回，他必须把它做到最大，做到改变命运的程度。

他结巴着，胆怯似的向朋友表示了感激之情，心里面却冷静得像一块生铁。他瞬间拿下一个硬主意：他要去埋单，替这顿饭埋单，由他来请容哥吃饭！

请黑老大吃饭。杨早被这句话的含义及能量给震慑了。什么概念啊，脚下简直就像铺了一条笔直的大红毯子啊——首先，容哥会对他有一个初步的印象。然后，他会趁着热和劲儿去涎着脸，去踮起脚，去舔屁股，去反复跑动、反复靠近，被冷淡一万次、拒绝一万次也绝不放弃。杨早认为自己是做得出的，也是必须去做的。只要最终能让容哥"认领"下他，那就万事大吉，等于有势力和后台了。到那时候，就把家里的大事小事好好捋捋，按照轻重缓急排顺序，但第一个得先搞定那个"死畜生"，再不拿出抚养费的话就让容哥派人卸他一条腿，真的，一条大腿！绝不含糊。

帘子后的豆豆翻了个身，猛咳起来，杨宛仓促地放下抹布，湿淋淋地正堆在杨早的脚面上，她满嘴"小乖乖醒了，小乖乖醒了"地冲到床边。杨早踢开抹布，走上前亲一下小外甥打算告辞。梦中乍醒的婴孩，本能地回亲着他，信赖地把两只肉乎乎的小手环上他的脖子。杨宛用儿语在一边念着旁白："哎哟，小舅舅来看我们了，舅舅一来宝宝就不咳了！就要全好了！"这样的瞬间，单调又凄凉，好像与这小婴孩的一生、他未来的光明或坠落，有着严密的关系。杨早一阵心悸。

没说的，得请容哥吃饭。

次日晚上，杨早十一点半下班，发现杨宛等在家里，脸上的神情跟他昨天早晨去找她时相似：有话。可杨早无力应付了。他开的是40路车，40路是一条彻头彻尾的破烂路线，一头是城郊接合部，有几个假装说着要拆迁的化工厂，另一头是小商品批发市场。上来的乘客要么大包小包，不外乎是拖鞋、头花、胸罩、太阳帽之类，总共不值几个钱，散发出低等货特有的坏塑料味儿；要么是一本正经打算进城消费的人，被汗水渍透的深色套装，衣领上带着崭新的折痕。他们三三两两高声谈论各自的事情，所有的核心，归结起来，其实就一个：钞票。听得杨早越发烦躁。只有末班车会空荡下来，路灯光和月光交替，照着黏糊糊满是脚印的车厢地面。相貌平常的女乘客默然坐在最后一排。杨早有时会想象，他将来的女朋友，最好就在这个时候上来，坐他的车，来接他下班。杨早在等红灯时，尝试念叨：女朋友。还真他妈拗口。

杨宛给他带了一饭盒的饺子，十八个，她弄什么东西都喜欢个吉利数字，或是借以掩饰分量上的不足。老爹胃口大开，一下子吃掉十一个，用半边腮帮子贪婪地嚼，衣领和被头上落了一层油乎乎的馅儿。不能怪老人家嘴馋，杨宛上一次有心情包饺子，还是她离婚前的事。

余下的七个，杨早端到厨房去吃。他吃得挺快，杨宛说得更快，每个饺子她能说出十几句话来。她终于晓得容哥是谁了。她转过弯了，似乎又转得太猛，冒出一大串冰糖葫芦般的想法。比如，她也要去吃晚饭，豆豆也要去，最好还带上老爹。另外，要准备礼物，有分量的大礼。还有，晚饭后如果容哥要“消遣”的话，杨早也要出面全部包下来。总之，抓住这一下子，要干得绝对漂亮，让容哥印象深刻。

“消遣？”这不是杨宛可以想到的词。杨早胃里猛地一抽，还是咽下了最后一个饺子，他昨天忘了交代一句：请容哥的事，绝对要保密。当时看杨宛那神气，以为她不会往心里去。

“是老钱提醒我的，肖姐也想到的。哪有吃完晚饭就散的，要再玩乐玩乐的。他们同意共同分担晚饭后面的花费——我跟他们提的要求。”杨宛龇着牙，小心地流露出一点得意，她不太习惯这个表情，随即又恢复了一贯的惶然，“定在哪家酒店？我想去打听一下价格，有个数。”

杨早拿筷子直敲空盘子，像唱曲儿的——气愤的曲儿：“还豆豆，还老爹，还老钱，还肖姐。你把容哥的饭局当成菜市场了！让我跟朋友怎么交代？人家可把我当个自己人！”

杨宛声音变尖，这是她要哭的前兆：“是他们两个先跑到我家的，说你肯定有好事。我随口说出容哥，他们简直就要冲我跪下来。这个要怪你自己，好好的路上碰到，为什么不跟人家打招呼。再说，老钱和肖姐当初为我离婚，一个跟死畜生打过架，一个帮我抢下豆豆。你嘛，打又打不过，抢又不敢抢。”

杨早不敲盘子了。杨宛开始收拾桌子，手上有活，声音又慢慢稳定了：“他们也打了包票，凡事先来后到，等你跟容哥的关系稳了，咱们家的闹心事都搞定了，再轮到他们。你也晓得的，老钱是想要吃个低保，肖姐是儿子想考公务员。谁不想走容哥的路子啊。”

“低保！公务员！你以为容哥是市长啊。”杨早又想敲盘子，桌子上已经空了。看看吧，人还能蠢到这种地步。他这一天下来所受的累都比不上这几分钟的。

“市长算什么，跟容哥不能比的。老钱、肖姐他们跟我讲了半天容哥的事，中午还请我吃了一碗牛肉粉丝汤，然后下午接着讲。这么说吧，从生下来到幼儿园到考大学到出国，到找工作、找老婆、找警察、找医生，直到找墓地，你这一辈子可能会碰到的所有难处……”杨宛停了一下，显然惊诧于自己的语速，“就跟你昨天讲的电影一样。但凡摆不平的，容哥全都可以。”

七个饺子堵在胸口，永远也消化不了似的，“可是，那里只有一两个空位子。”

杨宛微微一笑，显然老钱和肖姐早跟她讨论过：“可以加座的，实在不行，还可以换大桌子。人多更有排场，容哥能不喜欢？反正咱们请客嘛。”她那口气，好像很清楚容哥的脾气。杨宛在超市做收银，这工作带给她一个结结实实的逻辑：多就是好，越多越好。

杨早没精打采地脱下外套，准备刷牙。事已至此，他真说不动了。杨宛期期艾艾地一直跟到卫生间：“我带上豆豆，是想替他认个干爷爷。你想，要有这层关系那多硬实……容哥多大年纪？认干爹还是干爷爷？”

“你忘了，豆豆一见生人就要哭的。”杨早拼命往嘴里捅牙刷。刷牙的时候，整个脑袋晃动，听不到杨宛说什么。他只是注意到杨宛的脸突然红扑扑的，她倚在门口，把头发放下来，摆到胸前然后又甩到脑后，她挤在杨早边上，对着小半片镜子扭腰送胯。

杨早吐漱口水，听清杨宛的后半句：“……这么收拾一下，还可以的吧。听你的，我不带豆豆了。就当我是单身。”

“唔？”杨早差点儿咽下泡沫。她疯了呀。

“我听他们讲容哥那些事，估猜着，他并不喜欢年纪很轻的女人。”杨宛飞快地补充了一句，不理会杨早像是要把漱口水吐到她脸上的样子。

房间里老爹在拍床，也许已拍了好一会儿。杨宛殷勤地跑过去，一到门口，就扭头出来了：“好好，全听你的，那天也不带老爹。”杨早跨进老爹卧室，韭菜与鸡蛋的呕吐物气味，像暮春的热风一样，迎面而来。老爹方才饺子吃猛了。

接下来几天，为了商议请客一事，杨早杨宛走动频繁。老钱和肖姐起初是间接地通过杨宛参与讨论、发表意见。但传话的过程太辛苦，又易出错。杨早的气也慢慢消了。不久，他们两个便堂皇地加入进来，变成了四人小组。

肖姐会准备一点鸭四件，老钱会拎上半打啤酒，杨宛则油炸一盘花生米。每次都会吃光喝光，要商量的事情实在很多。比如大家如何自我介绍并替对方介绍、各人的角色定位、当天的着装、见面礼的选择等等。在反复的设计与推翻之后，大家一致同意，要确保杨早作为重点人物，他的亮相和印象是最要紧的，别的人，可退而求其次。关于见面礼，分歧非常之大，仅为这个，连续争论过三个晚上。老钱认为一定要高雅，比如字画古玩，肖姐觉得实惠更好，最新款手机怎么样？但到了第四天，杨宛无意中抱怨了一句什么，他们瞬间神奇地达成了共识：不送了！什么也不送！理由是怕显得太露骨。其实呢，杨早心里清楚，其他三位也同样清楚，就跟他每天开40路车所听到的那些车轱辘话一样，原因只一个：钞票。

费时最多的讨论放在埋单一事上。这是整个宴请的重点，也是杨早这个四人小组的成败所系——在什么节点埋？以什么方式埋？既不能埋得过分隐蔽，更不能轻佻、了不起似的。最好能显得幽默、忠诚，让容哥知会到，并印象深刻……这真的非常之难。几番讨论，都拿不出能共同通过的方案。每到进行不下去的时候，大家就换一个话题。

比如，换到“消遣”一事，气氛会生动得多。谁来过渡与引导？如何捕捉出容哥的趣味？打牌、打球，还是打炮？大家相互间已经越来越信任了，老钱和杨早就着话头交换了关于“小姐”的经验，他们说得挺深入的，轻蔑又内行。肖姐在一边直摇头，故意等了一会儿才打断："容哥哪会稀罕这个？他与她们，应当算是一个系统的吧。"老钱正谈在兴头上，不高兴地愣住，随即也哂笑了："倒也是呢。何止是这个？其实所有的行业都跟他是一个系统的，这世界上估计都没有他稀罕的东西！"

喝啤酒吃花生米的时候，他们就完全地吹牛、瞎侃，借以纾解紧张的神经。肖姐喜欢谈论有权有势者，那些亮光闪闪、大进大出的事情。老钱则爱讲烧抢掳掠、祸害劫难，恐吓而生动的语气。杨宛最没出息，翻来倒去就是讲跑医院、丢钱包、接到诈骗电话之类的细碎烦恼，听得大家都颇为不耐烦。但这些不同方向的话题，交叉进行着，最终会像麻花辫一样，拧成同一股力量、汇成同一个信念——等结识容哥之后，一切好的事情，我们也会有份儿了，而一切不好的，自有容哥去替我们摆平。这一愉快的寄托像一段没头没脑但不断增强的旋律，萦绕在他们四个人头脑的上方。夜晚的灯光下，他们的影子互相交叠，富有生机、气势不凡。

商谈的战线拉得太长了，也过分谨慎，效率越来越低，但杨早的心情反倒慢慢好了起来。他现在很庆幸有老钱和肖姐的参与，他的不安由此被平摊到一整个团队了。肖姐虽是女流之辈，比姐姐还大几岁，但她几乎全天开着半导体，掌握许多冷僻但有用的信息。老钱的脑筋弯弯绕，具有一种粗犷的马路智慧，多少能撑着杨早。

到临近宴请日的那一阵子，他们更是每晚一见，哪怕杨早当天是大夜班，也会从公交公司直接赶来参加。考虑到一帘之隔还在百日咳的豆豆，大家更加地压低声音，有时讲着讲着，其中有一个人都快要睡着了。只要有人推推他或她，提到容哥二字，这人就像被抽了一鞭子似的，抽搐一下，带着甜美的弹性回转过来。是的，容哥！他们马上就要请容哥吃饭了。他妈的，哪怕就只是想想看吧，还要睡吗？

这过程中，杨早忽略杨宛了。有天众人散去，他口焦得厉害，再要杯水喝，蒙眬得睁不开的睡眼中，忽然注意到杨宛脑袋有变。顶上一把稀稀的头发，既烫又染，成了褐中带红的满头卷。左腮上原来两粒小肉痣，不见了。眉毛显然也动过。最触目的是她的牙齿，雪白，日光灯下简直瘆人。

“你干吗？”杨早困得犯恶心，努力集中精神。

“看你喝水啊。”杨宛好像比以前有态度了，以前她不会这样讲话的。她眼光放空、若有所思地，“……双语幼儿园、双语小学，说不定我家豆豆中学就能到美国去了，就怕到时我舍不得。”她顿一顿，眼光拉回来，像为了显示觉悟，“你放心，先搞定老爹，让容哥找个头等专家，把病给弄好。”

见杨早仍然在瞪眼，她明白了，扭扭脖子，简单地说明：“连肖姐都在减肥，她都四十二岁了。再说我是真正单身呢。”

“你和肖姐也不想想，人家容哥……”杨早水喝急了，胃里一阵晃荡。

“没多想，只是顺便想一想。这个怎么样？”杨宛不知从哪里拿出一只缀满假水晶的公主发夹，小心地撑到额头上，调整了几下，使得水晶花居于额头四分之三的位置。她现在有两处在发亮了：水晶花和牙齿。她练习着夜生活的那种笑：“这样引人注目吧？”

“索性抱上豆豆得了，那更引人注目。”杨早讽刺道。

“会带豆豆的。”杨宛语调平静，爱护地取下发夹，“他们两个都要另外带人。我们不带的话就吃亏了。”他们还要另外带人！杨早使劲撑开眼，极度的瞌睡突然变作了剧烈的头痛。杨宛声音变得远了，“你带谁呢？真的没女朋友？我可提醒你，这是个绝好的机会，带个女孩来，让她看看你的本事……”杨早扭头就跑，飞快跑下楼，好像他听不到这些话，就不会发生似的。

夜色荒凉，参差不齐的黝黑树影更加深了他的噩梦感。头痛得恨不能剁下来扔到路边，可这病痛却也使他获得了某种自弃的权利，他麻木地拖着腿往家里走——随便吧，一切随便好了。

下

开泰酒家算不上最高档，但正宗老字号，外观有点民国气派，楼道的侧墙上拥挤地挂满照片，一半旧的，是从前的达官贵人到此就餐的留影或题字；一半新的，是而今的达官贵人到此就餐的留影或题字。

杨早单独行动，提前了一刻钟到。杨宛带着豆豆自己去。老钱与肖姐也是各自带着同伴前往——本来一直讲好是要共同亮相的，但这里头总归有着谁先谁后、谁左谁右的细节，越谈越谈不拢，最终演变为分头行动的局面。杨早也情愿这样：啰里啰唆带一串子人，搞不好朋友当场翻脸，连门儿都进不了。

熟门熟路走到二楼，左手第三个包间，走廊里碰到一个眼熟的服务员——此前，杨早带老钱、肖姐来踩过点；杨宛又另外拖着他来打探过菜价。实际上，就在昨天，杨早又暗中来过一趟，他跟其中一位圆胖脸的侍者讲定：这个包间，只由他来付账，别的一概不收。这个策略很是要紧：这种以小博大的好事，万一老钱、肖姐，或别的什么人临时起意呢。为了说服“圆胖脸”，杨早爽气地一把拍下五百块定金，还押上他的工作证，公交公司的。他知道这工作证并无特殊的威慑力，索性极其诚恳地讲破：“我就是个小破司机，难得请回客。

心重呢。”他注意到“圆胖脸”好像有点感动，懂事地应允了：“先生，我只接你的埋单。”

看看时间还早，进包间之前，杨早又退回到走廊尽头的卫生间，去最后整理一下仪容。他本打算穿西装，他真有一身好的，金利来的，只在杨宛结婚时穿过一次。但老钱反对，他摇着花白的脑袋，语速放慢：“他们那边，只要是中高层以上出场，马仔们齐刷刷全是一水儿的黑西装黑领带，衬衫雪白。亏你还看了那么多香港片子。你若也穿个西装，那算什么！我们必须穿得越老百姓越好。”

杨早照照镜子。衣服没什么看的，他主要是准备表情。他周全地思考着，待会儿，对容哥，是一种表情，对其手下，是另一种表情；对老钱、肖姐、姐姐他们，对在座其他的陪客，又要是其他两种表情。杨早对着镜子挤了挤皮肉，又沾水理了理头发——突然感到耳边风声呼呼的，似有心动神摇、瞬间飞升之感。他妈的，这绝对算是人生里的重大时刻吧。

接近包间时，杨早故意走得稍快，然后活泼而体面地推门——包间里空荡、狼藉，四处摆着喝了一半的残茶，椅子三三两两，一包空烟壳扔在桌下。他心头大跳，耳鸣叮当，以为自己记错时间，又以为信息完全错误，或者容哥干脆拒绝出席了！他一通奔走，好不容易才找到那个圆胖脸侍者，后者眼神散乱，有点心神不宁，定下眼珠，勉强认出是他，带着一种责备的语气答道：“怎么才来？你的客人转移到四楼大堂了！”

大堂？杨早心中苦叫一声，容哥哪儿能坐在大堂啊。

他等不及电梯，从楼道就往上爬。未及走近，先闻人声。四楼大堂乌央乌央一片鼎沸，各张桌子全都坐得满满的，像是婚宴，来客们均是收拾过一番的样子，衣装精心，几个小孩子在乱跑，妇女们交头接耳，男人们则在相互扔烟。

出错了，这绝不可能是请容哥的宴席。杨早正欲转身退出，却听到有人喊：“小舅舅，这里来！”是杨宛，握着豆豆的小手在最里头的一张桌子上招手。难道真的是这里？！杨早脑子里完全卡死了，好在四肢还能行动，逆着人群往杨宛那桌挤去，途中不断地撞到人，与一个年长女人甚至扑个满怀，年长女人两腮抹红、眼睑乌蓝，衣服紧紧掐着腰。杨早多看几眼，认出来了，肖姐嘛。肖姐手边拖着一个满脸痘子埋头刷屏的小伙子，估计是她那想考公务员的儿子。浓妆下的肖姐对杨早大幅度地挑挑眉，显得极为奔放。

杨早浑身是汗，内衣湿透，整个人像往火山口直线坠落。杨宛看出他虚飘，麻利地按他坐下，突然有点姐姐的样子，拿起一杯水来照顾他：“幸好我早早来替你占了座位。猜猜我几点钟来的？本来，我是占到主桌的！可惜后来包厢越来越挤，还有人吵架，只好换到大堂，这一换，我们的位置就差多了……”

杨宛说个不停，那细碎的家常腔调倒让杨早稍好一些了。他抬起屁股，四处张看，终于在一堆人头中找到了当初给他信息的朋友，那人也是偏安一隅，正十分热忱地与一个丰满女人头碰头说话，乐在其中。更远的一桌上，看到老钱。他不知从哪里弄了一套白中泛黄的唐装，盘扣一直卡到脖子，人群中很扎眼。他神色凛然地与杨早打个照面，显然不愿暴露二人关系。杨早看他左右，并无同伴，倒有一只半人高的巨大盒子，用黄锦缎包裹着，像人一样单独占了个座位。嘿，这老钱，倒是自个儿带礼物来了。杨早有点不高兴地把眼睛晃开去，毫无准备地，突然看到姝姝端坐于人群之中。他魂飞魄散，连忙矮下脑袋。

姝姝，怎么也会到这里来的？

姝姝是何人呢，杨早中学同学。实际上，她不是人，是仙女，是星星，是玫瑰，是粉色的梦，是所有的少女绮丽的集中代表。同时也是杨早的癌细胞，从初中时就得了，幸之随后的发展过程既不凄惨也不俗气，因为杨早从来没有流露出半点症状：大病无形。这就非常的简洁：杨早跟姝姝自始至终没有任何私人关联。她像绝症一样嵌死在杨早的脑子里，并获得了死者一样的永恒飞升。

这样一个天上的姝姝，突然降落在眼跟前，进入共同的空间与时间，简直令他骇然。他节约地看了两眼姝姝，不愿再看。自然，她还是很高程度的美，但不再有咄咄逼人、令人卑为泥土之势。她相反了，从神情到姿势，皆极为温顺，和和气气地往各个方向留意，像是不愿怠慢任何陌生的问候。可能正是这种合群的样子，使得她显得老旧。她身上是条淡砖色的长裙，灯光下接近肉色，像没穿衣服，跟肖姐的浓妆、杨宛的假水晶发夹类似，很不得体。

杨早备受打击，胃中一阵搅拌，搅拌着凄惨与失望，好像有什么东西被践踏了，仙女一样的姝姝！他多么希望姝姝一直腾云驾雾、不食人间烟火啊……他甚至起了可怕的念头，希望整个四楼大堂、这一百多号人瞬间都灰飞烟灭，跟姝姝一起再次飞升于永恒。不，等一等，不如反过来想想，如果这顿饭真的能帮到某种处境里的姝姝，不也算是一个意外之得吗——他杨早，竟然，帮到了姝姝，这比真的跟她交好还要不可能呀。

杨早淡笑了一声，振作了些，虚汗也收了大半。即便这开场乱糟糟的全无章法，他还是打算向原计划奋进。没说的，宴席要弄好。

杨早这才注意到，所有的桌面，除了空碗、空杯子与餐巾纸之外，还一无所有。但来客们似乎并不以为怪，大家的表情与做派都有一种入戏感，好像正是在享受这个大场面。杨早心下焦灼，丢下仍在说个不停的杨宛，重新穿过挤挤挨挨的人群往外走。有些面孔模模糊糊好像熟悉，更多的从未见过。他笼统地招呼：“各位，招待不周啊。酒水和凉菜这就上了。”一些人显出客人的本分，对杨早点头回敬。有些人难掩狐疑之色，辨认似的紧盯着他的脸。杨早满脸堆笑，不住地提醒自己：这些高高低低浮动着的面孔中，有容哥的朋友与手下，有容哥本人。

杨早叫来圆胖脸侍者，定下神，发出一连串吩咐。“圆胖脸”传口令似的对其他几位侍者重复：每桌两瓶白酒、两瓶红酒、一扎橙汁、两包软中华，八个凉菜先走……“圆胖脸”下去时看看杨早，神情敬畏，又像在替杨早担忧。

与上半身的镇定相比，杨早的小腿肚子却不受控制地打了一个弯，他数数桌子，就这会儿工夫，又添了两张大桌子，还不够，仍然有人猫着腰在四处找空位，像剧院里迟到的观众。电梯口仍在不断地吐出来客人，有的还托着四轮行李，像刚下火车，带着懵懂的无辜神情往这里趋近。

杨早大体明白眼下的形势了。想想看，连他这么个开40路车的破司机都得到这个消息——可以上容哥的桌子了！还不足够说明问题吗？那则宝贵的消息就像一只气球，被若干张渴望的嘴巴吹过，口水搅拌着唾液，越吹越大，越吹越肥，朋友吹到了他这里，他又吹给了杨宛，然后是老钱和肖姐……所有被这一消息所泽惠、所鼓动起来的各路人马此刻都会聚到了这里。就这么简单。他早该料到的。

皮夹里头有两张信用卡，都可以透支，应当能撑下来。

杨早四下转悠，招呼着配齐餐具与桌椅。这个过程中，新来的客人与原来没有位置的客人又组成了新的一桌。这样，统共有十四张桌子了。侍者们精益求精地调整着桌子，一片桌椅拖动的声音，客人们站起又坐下，轻微的抱怨和亲切的解释波浪一样滚动着。“圆胖脸”殷勤地对杨早比画着：“现在，你如果到半空中，从上面往下看，整个大堂的散席正好构成两朵梅花，中间一张桌子是花蕊，外面是六片花瓣。梅花是我们的市花呢。”杨早点头称谢，默默记在心里，他想着，适当的时候，也许可以幽默一下，把这个讲给容哥听——六瓣的梅花，滑稽吧。

重新挤回到杨宛身边，一直嚷嚷肚子饿的豆豆已含着指头睡着了，小脸安静得像个菩萨。杨宛把豆豆安放在腿上，十分欣慰：“现在睡会儿也好，等会儿见到容哥反而精神，一精神就讨喜了。对了，你什么时候带我们去见容哥？可一定要冲在前面。这个就跟面试或演讲比赛一样，排在前面的最沾光。看这个形势，容哥到后面会累的。”

“你觉得，他们全是为了容哥而来？”杨早明知故问，怀着一丝愚蠢的企盼，希望听到杨宛做出不同的解释。

杨宛失笑地瞥他一眼，一副深明大义的样子，说：“我们也不能太自私。以容哥这样的地位，求他的人少了，还不对呢。对了，我刚才看到姝姝了，我们二十九中以前的校花呀，你也应当认识的！她在这里，算了，我把水晶发夹收起来吧，万一弄丢了还可惜。”杨宛稍显气馁，好像还在海选阶段就自动弃权了。

杨早看着她收起发夹的那种手势和表情，心里更为酸涩，随后道出他这边的实情：“我哪可能抢到前面？得等我朋友带我呢。我那位朋友也不直接认识容哥，他也得等人引见呢。”

杨宛倒一点不惊讶，她压低声音：“那咱更不能傻等了。”她挨近一些：“人太多了，我们需要动脑筋。”她把杨早的肩膀往下按按，两人像是埋伏在茂密的丛林里：“你负责看那半片，我看这半片。真正有大人物在哪里出现，必有风吹草动。你尤其注意盯紧姝姝。听说容哥曾经放言要拿下姝姝的，这不等于是个现成的钩子嘛。你看好她。”她还忙里偷闲补充：“听说，她那位千挑万选、人中龙凤的老公，最近卷到一桩案子里，麻烦很大，估计就只有容哥能摆得平了。就怕现在容哥已经不稀罕她了。”

杨早虚心听着杨宛的这一通絮叨，心里更加确认了，姝姝为何是那么一副随时打算接纳他人的姿态，她同样不认识容哥……唉。姐姐这回说得有道理，得自己找出容哥来，否则一切无从谈起。

有了这么一个相对具体的任务之后，杨早的感官反而抖擞起来，恢复了灵敏，像全方位的隐形摄像机一样面向整个大厅捕捉。姝姝算是重中之重，相当于一个肉色的大背景，所有别的那些人也无一遗漏，一张张肥瘦大小的脸庞在烟雾中沉浮。空气中震荡着的对话，注解性的字幕一样不断滚动。

一个胡子拉碴的男人详尽地数落他这些年被偷过的摩托车，既炫耀又愤慨：“统共八辆啊！中奖也不能中八次的。养几个龟毛贼孙也没什么，但不能老让我养啊。我没别的大事体，就是想托容哥捎这么一句话给他们！”他身边一个面色浮肿的老女人，厌恶地打断道：“丢车的事，别麻烦容哥了。我丢了孙子。”

两个长相酷似的女郎，一个戴着流行的巴拿马帽，另一个耳郭上有一圈子铆钉。她们紧挨着，但相互带着敌意。“巴拿马帽”用鼻子发音：“你偷偷跟着我？”“铆钉”：“确定容哥能搞定你上这部片子？”“上两个不行，一个总可以的。你不该跟着我。”“我得跟着，听说他最喜欢三人行。”两人随即沉默了，“巴拿马帽”搂搂“铆钉”。

杨宛突然捅一下杨早，声音变调：“有公安员。我们后面那张桌子，穿格子衬衫的。我离婚后迁户口就在他手上办的，脖子上有颗大痣——你等会儿再扭头看。”她眼珠定在杨早脸上，突然转过弯，换作佩服不已的表情，“记得我怎么说的，容哥就是比市长还厉害！”

公安员算什么，杨早刚才还看到一个经常上电视坐主席台的大人物呢。大人物穿了件软塌塌的老头衫，平常那股子亲善面目也随着正装脱掉了似的。他也暗中往各处打着梭子，这份焦虑，让他真正地泯然众人了……众人，整个大厅的人们，每张桌子之上，各种闲扯、寒暄与逗趣的背后，人人心事重重，晕头转向，像一群被神秘的缰绳给拖曳得奄奄一息的羔羊。

杨早突然感到一阵辛辣的安慰，好像不再孤独，如置身兄弟姐妹间，更有一种饱满的情绪，从脚底心往上，涌到大腿根，升至丹田，又汇于喉头，混沌成一股提剑天下的侠义之气。来吧，外面还有需要容哥的人吗，大街上，小巷裆里，各处的屋檐角，江河的小船里，羸弱的老马背上，暴雨的破伞下，全天下的，通通都来吧，他杨早要一起请了，倾家荡产也要请——前面那些年，他是混一天算一天，各方面都非常的差劲、无能；那不是真的，现在这才是他，他是个人物，能做大动作的，不仅仅是为着杨家老小、姝姝或钱某与肖某，不止的，是为所有人的，呀哈哈。

……醉意摇晃着的焦距不经意调回姝姝那张桌子，杨早心跳猛然慢了。姝姝身边，不知何时冒出一个架着墨镜的人，他身材瘦小，手搭在姝姝椅背上，歪倾着身子低语，墨镜都快碰到姝姝的耳朵了。杨早往四边观察了一番，没有任何人在意这个瘦小的墨镜男人。姝姝还是那副滑顺的模样，估计哪怕就是一只河马在对她耳语，她也会如此这般的。杨早不敢大意，站起身，绕过三张桌子，小心挤到姝姝后面。墨镜男人正谈他年初一到九华山烧香的事，用怎样的高价抢到第一炷香，住持跟他说了，今年要遇贵人……听到这里，杨早加快挤过去了：容哥还要烧香吗？就算烧还要高价抢吗？他哪里还要遇什么贵人？他自己就是。

既然出来了，只好往卫生间去。有人站在便池边打手机，吵架一样的声调："快来，家里着火了也要来。就算没位子站着也可以的！"杨早不好意思闲站着，拉开一扇蹲坑的门进去。他褪下裤子和内裤，光着屁股蹲下，一阵方向不明的小风从后腚吹往上方，阴阴的，痒痒的。恍惚中觉得，这蹲坑里的小风跟外面大堂的整个情形有某种类似，半真半假、无限拓展，带着意义不明的欣快感。

打电话的人走了，又进来两个，真撒尿的，边弄边说，听口音是北方人。"你还带香水来送。傻逼。容哥儿从来不穿裙子、不留头发，最讨厌的就是女人家那一套。""你才傻逼。我送的是男用香水，给容哥儿的男人用，不是更好吗？""操，就说你猪脑子的！人家喜欢的还是女人。我看你把香水直接倒这便池里得了。"两人哗哗哗一通，走了。

难道容哥是个女英雄？而且不喜欢男人？那两人的发音带儿话音，容哥儿长容哥儿短的，喊得蛮顺口。

杨早站起来，跺着发麻的左脚，一边竭力回忆他以前在各种场合听到的关于容哥的逸事，好像并没有过这方面的特别暗示。人们总是咂着舌头，用亲昵而仰慕的语气提起"TA"，从来没有性别上的特别注释……杨早完全迷惑了，不仅左脚发麻，连大脑里也生出一片崭新的麻木，像藻类一样厚厚地覆盖在本就沉滞的脑浆上。

他打开蹲坑的门，拖着左脚慢慢往外走，几有半身不遂之感。往下怎么弄呢？即将到来的结果像饥饿的虱子一样在脑袋上爬来爬去：这个晚宴，他结识上容哥（儿）的可能性，越来越小了。最早期的计划中，这个可能性曾经高达一百；从去找杨宛、路遇钱某与肖某开始，这一可能性就开始了衰减，像一只从高空往地平线自由落体的玻璃球，无数个夜晚都在加速递减；等到从二楼包间转移到四楼大厅，这只玻璃球距离地面就仅有半尺之遥了；再到半分钟前，关于容哥（儿）的性别新说，终于使得玻璃球“啪”的一下坠地，获得了彻底的解散与自由。杨早可以清清楚楚地看到，这个摔碎的玻璃球里头，是空的，空无一物——容哥或容哥儿早已幻化为大厅中的枝形吊灯、大圆桌、靠背椅、醋碟子或其他随便什么玩意儿了。

杨早扯好裤子出了卫生间。杨宛正截在男厕门口，脖子上吊着熟睡的豆豆，脸上六神无主、一片焦惶：“姝姝突然起身走了呀，跟一个戴墨镜的男的。我这抱着豆豆呢，追不上，没拦得住。”

杨早全然心不在焉了，他含糊地安慰杨宛。内心里，他希望着：遇上个墨镜男人，也算没白来。愿她获得她所要的吧。

他替杨宛抱起豆豆，重新往桌前挤，可就这么一会儿工夫，他和杨宛的位置已经坐上了两个人。其中一个，脑袋和大半身都捆着浸着血迹的纱布，另一个父亲模样的人正在挨个儿给大家递纸片儿：“扫一扫，这个微信里有我儿子的事，拜托大家去转发、留言、点赞，或者骂脏话，骂我傻逼呆逼都可以。”他凄惨而固执地笑着：“不闹大，就没人理我们。我听说，容哥在网上能调动几百万水军，所以……”

杨宛见位置被占，一下子鼻孔张大，要冲上去理论，杨早手里一使劲，拉着她就往过道走。单手端菜的一溜儿男侍正像舞台上的兵勇，脚下生风地虎虎而来，狭道相逢，菜香扑鼻，杨宛边看边小声呼叫：“还点了澳龙？要了海参？你不要过日子了？”

杨早摇摇头不发一言，灵感突至，跟上来的时候一样，连电梯都等不及了，拉着杨宛就往挂满照片的楼道走。杨宛也领悟过来，脚下加速，嘴里还不忘叹息：“早知道我刚才就多吃几口了。我还一直让着那些人，替你到处张罗照应……”

两人眼看着就快到底楼，出了楼道就是大堂，大堂外面就是大街，大街上就是公交车站，只要爬上一辆去，这桩荒唐的事务就可以脱手了！脖子上一直吊着的豆豆突然醒了，“哇哇哇”照着他小毛娃的惯例大哭起来，哭声嘹亮，经由回旋的楼道，在一排排紧挨着的名流照片与名人题字下，产生了回声与和声的效果，大得骇人。杨早几乎能看到：十四桌人的筷子与腮帮都为之停止了动作，他们把目光齐齐地投向楼道……

“圆胖脸”循着哭声寻来了，他顺着楼梯像陀螺一样转着弯，脸色涨红，胸部起伏，明显心急火燎，终于追到跟前才大松口气。他尽量礼貌地一伸手，指引着，把杨早姐弟和仍在号哭的豆豆带到一间半地下室的小房间。

小房间堆满不用的东西，椅子一直顶到天花板，桌子相互叠放的样子使人联想到姿势创意的性交。鼻子里能闻到陈旧的霉味，墙上的水渍像是精心描绘而成，很像一张脸的侧面。杨宛一边哄着豆豆，一边暗中拿肘部顶杨早，由于恐慌，她太用力，惹得杨早不断地让，一直让到水渍的下方。某一瞬间的停顿与涣散之中，他有一个不合时宜的联想，认为自己的侧脸正好跟水渍上的侧脸同步了……

“圆胖脸”起伏的胸部稍许平静下来，但脸色仍然发红，双眼有点水汪汪地盯着杨早。杨早害臊了，撒谎道：“我只是要送她和小孩子回家。你看，小孩一直在哭，我怕影响客人们的心情。埋单的事，你放心。”

“圆胖脸”听而不闻，干巴巴地假笑，他从裤子左边口袋里掏出两样东西：五百块定金，还有杨早的工作证。“对不起，我不能收你的账了。”

杨宛一直在抚慰豆豆，这时却伶俐地伸手来一把接去两样东西。杨早不明所以，直瞪着“圆胖脸”。后者换了一只手，开始从裤子右口袋往外掏，这次掏出更多的钱，源源不断地掏，好像他裤裆下连着一个钱库似的。他把钱集中放在两张四腿交叠的圆桌子上，散乱的钞票迅速堆积成一座小山，连绵起伏，令人难以移开视线。

“圆胖脸”歉疚地解释：“杨先生，对不起，我没办法做到。瞧瞧我收了多少钱。不停地有人来埋单，除了大堂，一楼、二楼、三楼的各个包间都有，还有人专门从外面赶来，凶巴巴地丢下钱就走。有人打电话来垫付。有人直接打款到饭店账上，说尽好话请我们代办。还有许多人托关系找到老板。我们老板冲我大发其火，这是他的地盘，今天这一切花费必须算在他头上！你应当注意到了，厨房里已经加了许多菜，这是老板亲自点的……”

杨早不知说什么才合适。他扭头看看这间霉味扑鼻的半地下室，看看墙上的水渍侧脸，看看胡乱交叠的桌椅，感到似曾相识，如甜梦一场。“那看来，我只好下次再找机会请容哥了。”杨早搓着手笑，孤儿式的表情又回来了。

“圆胖脸”一直绷着的下巴这才放松下来。他腼腆地点点头，突然想到什么，挤挤眼，从桌子上的钱山里抽出一叠票子，敏捷地往豆豆的带帽衫里放，带帽衫的帽子挺大，他放了几次，松松地终于放得半满，手中开始犹豫了。杨宛也适时地推辞道：“好了好了，这是干什么嘛。容哥的事，都好商量。”被摇晃着的豆豆终于止住刺耳的啼哭，转为细声细气的无辜抽泣。外面的吃喝嬉笑之声重新响亮了。

2016年6月

荷尔蒙夜谈

雕塑家何东城的“那个事”，如一阵猛烈而欢腾的风，呼啦啦地刮到熟人、朋友、学生、同行甚至不太熟识的人们耳里，每个版本都会被增加更多离奇的细节与笑点。何东城闷在工作室足足三个月，一心做自己的东西，不出来见人。叶羽看看时间拖得够久，他若有伤，也该结疤，甚至掉疤了。这个周末，正好是自己三十九岁生日，便反复约他。何东城干巴巴地推了两回，终于答应到她家“私人小聚”。叶羽另外叫了周师、褚红，都是老同学，并叮嘱他们两个早一点到。

周师跟从前一样，浑身挂着各种家伙，像棵老树一样沉重地挪进来：单反机身、两个备用镜头，还有三脚架。“真是的，这大晚上的，能拍到什么呀，还是蹲人家窗户嘛。”褚红尖声尖气地笑着打趣他。

这些年，照相机已成了周师一重要器官，不分场合地点日夜携带，或许已纯粹是心理之需，证明他并未泯然众人，仍是艺术女神的忠诚士兵，时刻处在周全的准备之中。周师当年最走红的时候，有两个了不起的重要原则：只拍名人、只用胶片。一度，能否进入他的取景器简直就是衡量某人成功与否的标准。惜乎时势吊诡，万能的数码技术从摄者与被摄者两头迅速扼杀了精英摄影，连周师在学院里的摄影课都选者寥寥，对着稀稀拉拉麻雀般的学生，周师仍旧像重磅坦克一样，轰隆隆地拖曳着他的全套设备独行校园。

周师反控褚红的方式是举起机身、转动光圈，褚红一见到镜头，立即乖得像只小猫，先理刘海，又理丝巾，调整坐姿，在沙发上正坐侧坐，露齿笑、抿嘴笑地没完没了。褚红大学时胖嘟嘟的，谈不上多么出众，可到了这个年纪，气质与衣饰开始发挥积极作用，她挺当回事儿的，总忘了自己的真实年纪。

等两人闹了一阵，叶羽招呼他们坐下喝茶，她一左一右看了看，语气郑重："趁何东城没到，跟你们先说个事儿。"

褚红瞪起双眼，加长的睫毛直闪，像刮雨器："你终于有外遇了？"大学时，何东城爱慕叶羽，叶羽对他也意有所属，可惜后来没成，叶羽嫁了翟民——这不是什么秘密。只是就算叶羽真有外遇，干吗要瞒着何东城？褚红这逻辑也实在不通。

叶羽不理她："有个故事，你们肯定听过。有个小女孩得了白血病，为了治病，头发全部剃光光，她很伤心，觉得难看，伙伴们到医院去看她时，所有的人都剃成光头了。"

褚红愣住，好像担心真要她剃光头似的。她常自诩情商很高，智商果真是差点儿。

周师显然懂了，却装呆："嘿嘿，你别担心何东城，他头发比我还多呢。"

"谁没做过蠢事呀？何东城也不容易，都关了自己三个月。今天寿星最大，听我的，我们得把头发剃得比何东城还光。明白吗？各人都说点见不得人的小丑事儿，这样东城就自在了嘛！"叶羽索性直说。

周师的口气有点那个："你对他也太好了。"周师与何东城风格不同，互相有点不服气。周师年轻时追求某人，必疾如闪电，何东城则总是温吞水，比如对叶羽，他的爱慕好像只是一种抽象的灵感，带着孤儿般的童贞，完全不以肉体亲近为诉求。尽管大家都已至中年，但叶羽至今仍为这一点所困惑着，甚至有点难以释怀。倒是丈夫翟民因此对何东城另眼相看、成了朋友，还介绍过几宗订单给何东城的雕塑工作室。总之，何东城这次出事，别人怎么想不管，她是想拉他一把。

褚红转过念头了，兴奋得直叫唤："好感动呀！不过何东城的事可跟sex有关哦，那么生猛，我们是不是也一定要说这方面啊？"

叶羽挺烦褚红老是装嫩，可她这话的确在点子上，叶羽瞟瞟周师，一本正经地点头："是的，都说这方面。大家又不是小孩子了。周师你说呢？"

周师摸摸怀里的镜头，三心二意地哂笑："我跟东城，当年可是一起看A片的。再说你们女生都能说，我有什么不好说的。"因为多年同学，他总改不了口，还女生女生的。

褚红真当自己是女生了，忸怩起来："呀，不行，咱们之间实在太熟了，有些事反而开不了口，太那个了！叶羽你真敢说？"

"我敢。"叶羽语气坚决，随即故意压低嗓子，"再说，只有我们说了，何东城也才会说说他那事儿，褚红你就不想听听当事人自述？"

"想听！想听！太平洋万米上空的强暴案……好，豁出去了，我领头，先入虎穴，说点猛的！"褚红直拍手。周师也笑得有些轻浮，他咧着嘴巴纠正褚红："别夸张，东城强暴的只是人家的一只手而已。"

叶羽跟他们一起嘿嘿发笑。唉，何东城那事儿，不亲耳听他说出来，她真一直不愿意信也不能够信。不过他们几个这会儿眉飞色舞，倒像是算计何东城似的。叶羽心里有点担心，只愿今晚的事态走向如她所愿。

“哎，你家翟民不在真可惜了。又在哪里饭局啊？真是商人重利，你生日他也跑出去！”周师起身在房子里走来走去，不时举着机子隔着取景器张望。这房子买得早，原来是两层，装修时打通半边做了空间设计，曲里拐弯儿的简直能捉迷藏。叶羽摊摊手，不置可否，似乎答案就在楼梯之间的空气里写着呢。

何东城比约定的时间迟了十分钟。一进门，他解释，其实是准时到的，但刚才就在楼下，对着单元的防盗对讲门，他发了会儿呆，试图回忆一下：第一次来这里看叶羽，是什么时候？这都多少年过去了呀。随即他又转念，想象这辈子最后一次来看叶羽，那又将会是什么时候、什么情景？这么的两头一想，就好像在时间的秋千上荡来荡去，心慌得站都站不住了，不得不扶着那冰冷的铁门站了一会儿。

何东城垂着眼皮，旁若无人，像沉浸在什么浓厚的汁液里一般，慢慢地说着这些。他瘦了些，头发又长又乱，趴在额头上。

褚红对叶羽递了一个可怜他的眼色。何东城还在继续，说他现在常常这样，挺容易分神的，看到小婴儿的脸，就会想到他的劳顿中年，看到肿胖走形的妇人，就会想到其明媚的少女期，而看到性感女郎，却又想到她形容枯槁、行将就木。

听到这话周师突然“呵呵”笑了两声，叶羽知道他肯定是想起了何东城“那个事”里的女主角，据说是个极其普通的大脸女人，莫非真如他此刻所说，对女色，他已经高级到可以自我想象的“忘形”境界了吗？唉！何东城哪。

何东城不理会大家的反应，从口袋里摸出一个拳头大小的塑像放到茶桌上。周师眼快，抢到手上，摘下眼镜，努着嘴巴凑近又拉远，看来他已老花了，嘴里却奚落何东城：“廉颇老矣！东城啊，倒是你以前的货色值得一看，丰乳肥臀的座椅、接吻的骷髅什么的。”

何东城也不生气：“很久不做小件了，手感有点差，变形没有处理好。叶羽，生日快乐啊。”叶羽接过来，连她也看了几眼，才认出是自己。何东城原来的精细功夫，都坏在这些年的“政府订单”上，那么多、那么多的开发区和市民广场上的名人塑像、和谐组雕、世纪时钟什么的。这样一想，这个拳头大的小像，也算稀罕了。

周师还不消停，故意指着何东城的长头发：“手！感！瞧瞧你，不至于连梳头也没有手感了吧。”

何东城好脾气地随便用手捋捋：“记得我是梳过出门的，看来还是忘了。”

到目前为止，何东城表现得跟从前一样，斯文、马虎，有点小小的多愁善感。这让叶羽更加的想不通，这样的一个何东城，为什么会做出那样的事啊。

褚红的好处就是热情而可以信赖，吃罢饭菜，也分食了蛋糕，移坐到小客厅，大家又斟了一轮红酒，她便启动程序了——她问男人们要烟，周师忙殷勤地为她点火，一边奉承她抽烟的姿态很有范儿。褚红吐一口烟，耷下眼皮，顺着周师的话，沉郁地开腔：“大概一个月前，有个男孩子也这么夸过我。他比我小十一岁。我跟他开了房。”

褚红的丈夫高他们两届，大家也都熟识。褚红突然说出这样“出格”的内容，何东城闭目“噫”的一声，手在空中挥了半下，好像要去捂住褚红的嘴。周师也差点把打火机掉地上，可能是装的。叶羽不太吃惊，她知道褚红这几年总是翻江倒海的满肚子邪乎劲儿，不过她如此义气地“剃光头”，叶羽真是感慨又感谢。

褚红晃着烟，晃出许多烟雾，她瞅一眼叶羽："我是真的一直想跟你们说说的，老开不了口，都憋死姑奶奶了。哎，你们别这样看我，光是开了房，但没有那个。"停了停，咕哝着，"真要那个了，我就不憋屈，也就不说了。"

何东城坚决地调开脸去，好像这样他就不在场并且听不到似的。周师虽则表现得关切，可不知为何显得有点恻然，甚至有点生分起来。所以褚红实际上主要就是对着叶羽说了。

并无甚特别，无非是中年夫妻间失去兴味，她又自觉风韵尚余，想找年轻朋友来点激烈的欢娱。只是褚红每讲到"性"字，就一定要用sex代替，好像这样，就是说的另外一个字。她讲了许多细节，跟那个年轻人如何结识、用言语试探，直至毫不遮掩的挑逗，越讲越是有些难以入耳了……叶羽有心想让她煞住话头，可细看褚红，她双颊发赤，细长的眉毛一挑一挑，表情起伏，好像借此复述又重温了那些黏稠得能拉出丝丝的场景。

"那后来问题出在哪里？"叶羽看何东城简直想拔腿就走的样子，只好打断褚红。包括周师，也是满脸的不自然，准确地说，是不以为然。

褚红抿住嘴唇，口吃了："挺、挺什么的，我要说出来，你们不要笑、笑我鬼迷心窍啊。那种时候，真像是疯魔上身！"

叶羽看到何东城的身体似乎抖了一抖，也可能是她看错。唉，说吧，快说吧，越难堪越好，最好能赶上何东城。

褚红的所为也的确有点滑稽，大概也是对自己太自信或太不自信，她竟一直跟对方说她已婚无孩、从未生育，可等到彼此赤裸相见，那年轻人却像受到污辱般的，指着褚红的身体，上上下下指出种种破绽。骗子！原来都养过孩子喂过奶了，把他当成什么了……两人立时翻脸，一边吵着一边分别重新穿上衣服。“最可气的是，我穿衣服慢，后来开房费还是我出的。这不是钱的问题。是他的反应太奇怪了，生过孩子怎么了，就不是女人了？”说到这一步了，褚红反倒磊落起来，她摊开手，责问。

褚红此事，开篇小有旖旎，结局大煞风景，跟何东城传说中的“那个事”还真有几分神似。叶羽特意地不去看何东城。为了安慰褚红，叶羽不觉中也学起她的用词：“男女不同，对sex的理解不同嘛。不要气了。”她凑近褚红，把声音压低些，“你，也要接受现实，岁数在这儿呢。”

“就是不接受！”褚红大声反对。她眯起眼睛转过脸，“哎，你们两个男的，别死不吭声，说句实话，是不是生养过的女人你们就再也看不上了？”

周师哈哈直笑，嘴里嚷着：“真有趣，褚红你真有趣！”并不直接答话。何东城脸色滞住，嘴唇动了动，被周师的笑声压了回去。

褚红哼了一声：“我就知道，你们都是伪善分子。叶羽，我跟你一个人说好了。知道我最恨什么？最恨看到少男少女搞恋爱，他们总无情地让我明白，我真是‘过去了’。相信吗？我晚上常一个人到附近的小公园去转悠，说是散步，其实呢，是去偷看人家搞恋爱——你仔细看过小恋人抱在一起亲嘴吗？使劲地像要嵌到对方里面似的，真要命哪！我远远地死盯着，像个女流氓，又像个木头桩子，贪婪地无能力地看着，既恨又馋，怕看，又看不够。”

何东城轻声插了一句：“经验是艺术的敌人。毕加索说过一句话，他终身都在学习像孩子一样画出生涩的线条。”说什么呢，他这扯到哪里了，雕塑？见褚红瞪他，他忙加了一句，“经验也是激情的敌人，所以一切就‘过去了’，褚红，你刚才那个词是对的。”

周师大概是想摘掉“伪善”之帽，他显出挺有兴趣的样子：“褚红，我认同你后面说的这一段儿。我也最不高兴看到小伙子搂着大姑娘。你知道的，我每天都跑步，隔几天还游一次泳，倒不见得完全为了……为了那个事。但不管怎么说，几十年夫妻下来，嗯，打个比方，彼此都像植物人一样了。这是没有办法的。我们的年纪，不轻了。”

叶羽给他们再倒了些红酒，注意到何东城比开始要放松多了，他拍拍周师的肩：“你身体一直挺棒，我才各方面都退化了，你们相信吗？我耳朵都开始不行了，前天夜里下雨，我愣是一点都没听见。唉，春夜里那种淅淅沥沥的雨声，我这辈子再也听不见了。”

“外强中干而已。”周师龇开嘴巴，露出牙花子，出示证据，“我上周还刚补了牙呢，纳米牙！跑了六七趟才搞定。前后排队的全是老头老太，我夹在中间，丧气得想就地打滚，我怎么也成老头子了？”

褚红这回也不装嫩了，生怕落后似的嚷着说她的肩周炎，一个人在家就穿不了裙子出门，因为后面的拉链根本搞不定。叶羽年轻时头发浓密乌亮，现在不仅发黄，而且掉得惊人，每天地板上一大把，她刚说了个头，何东城竟不声不响从鬓角扯下两根白发，在她眼前炫耀般地举着直晃。

大家笑作一团，都是真笑，却也有种相互体恤的、中年之境的悲凉感。

褚红完成“剃光头”任务，像个忏悔后的伪教徒似的，替自己加了红酒，歪到沙发上去，一心等着别人的戏。何东城想喝茶，叶羽到厨房烧水，她的侧影隔着磨砂移门映出来，依旧窈窕。周师举起相机，对着走近的叶羽，又对着另外两个老同学，左对对右对对，却摇着头一直不按快门：“唉，都经不得拉近了拍！”叶羽新泡了茶，给周师递去杯子时，特意看看他，简直像递过去一只话筒。

周师端起茶喝了一口，烫得又赶紧放下。何东城倒捧着杯子专心致志地观察茶叶沉浮。周师心中有点来气，捅捅他：“你！回答褚红刚才的问题嘛！生过孩子的女人，男人是不是就不感兴趣了？”

何东城放下茶杯，不急不忙，好像这是一个再普通不过的常识问题：“哦，我刚才就想答的。答案是肯定的，包括自己的老婆。比如我，你们知道的，我老婆她人在美国，分居太久，但也一样——我还是不感兴趣。”

周师反而没了词，他又摆弄了一会儿相机，像课堂上做小动作的学生，吭哧了一会儿，用嘲讽的、似乎他本人也不以为然的语气说：“其实，我，嗯，不久前还费了很大很大的周折，去追求一个生过孩子的比我还大两岁的女人呢。”

几个人齐刷刷地抬头看他。周师仓促地回看大家一圈，赶紧补充：“也不是无缘无故。十九年前，我的第一次就是跟她。”

“哦，鸳梦重温。是部老片子呢。”褚红评点，似有点失望，刚才直起的身子又歪过去。

“我也是实在没有办法才回头去找她的。她后来嫁到南方去了，又改了行，茫茫人海重新找到她可真费了大劲。”

“实在没有办法？你是说这么些年里，心里一直只有她？”何东城嗓门儿有点拐弯，好像对周师突然另眼相看似的。

“怎么可能，你别挤对我了！”周师大摇其头，“东城你先前提到毕加索，你看他那一辈子，到死都牛逼哄哄的，为什么？人家一直在搞女人呀，从没断过，那就是他取之不尽的艺术资本。哼，他才不需要模仿生涩，我需要。”

周师的脸色有点涨红，他拍拍一直吊在脖子上的相机：“你们都没有说过我，可是我听到很多人说过我，差不多就是褚红刚才那个意思，说我‘过去了’，再也搞不出好片子了，就这么讲讲课混吃等死吧。我其实也同意他们的想法——我是真的没救了，不管迎面碰上多好的东西，旁边人哇里哇啦的直叫好，可我的眼睛、我的脑子再也没有年轻时那种感觉了。”周师头一次用这种颓丧的调子承认他与摄影的现状。“唉，这就跟老夫老妻一样，也像植物人。”

褚红不满意：“别跑题，还是说那个鸳梦重温吧。”

“没跑题，就是因为这点我才想到去找那个学姐的呀，去找我的第一次，你们这还不明白吗？我是想着能不能……”周师有点急，一副显而易见又不知如何展开的表情。

叶羽替他解围，说大家都懂了，何东城画蛇添足地解释：“就是我前面说过的，好的艺术需要生涩感，他就想激活那个！”

“不要老扯上艺术好吧。再说好的sex可未必需要生涩感，看看我找的那个小伙子，都生涩过头了。”褚红不忘开涮下自己。

何东城却满脸认真：“褚红你不要狭隘地理解，性和艺术，两者是真的有通道的。”他停了一下，又慢慢地加上一句，“我们都面临困境。”

周师却掉头不顾，完全忽略了他刚才所提的艺术苦闷，一头扎到他“第一次”的回忆里了。

“她当时，那个，你们都晓得的，第一次肯定很困难，我又太傻了，脑子很疯狂地想着各种外国电影的镜头，可是动作完全像个木偶，直手直脚的，只觉得她身子好重啊……可现在想想，那种艰难摸索是多么宝贵的感受啊。”

叶羽偷偷看一眼何东城，脑子里闪过什么。唉，何东城跟她，连亲吻都没有过，真不知道，他的第一次，是与谁，又是何种情境？她真想跟那个女人仔细攀谈攀谈！

叶羽正开着小差，没发现褚红竟难过起来，嘴角起了一排括号状的皱纹："行了周师，别说了。谁没有过第一次啊。"一边眼角发红，"想想不过也就二十年，可我怎么就觉得那是上一辈子的事了，那个我，像是早就死了。那个屁也不懂、慌里慌张的小丫头。我真想她呀，想得要大哭一场。"

叶羽给褚红递纸巾，后者却又不好意思地拧巴着一笑。被打断的周师一脸回味不足的样子，他朝向何东城，身子都倾过去，把他当作知己："我就想再要那种第一次的感觉。东城啊，你想我们可怕不可怕？人至中年万事休啊，就是想做个纵火犯也找不着火星子了，再没有什么事是第一次了。结婚、离婚、生孩子、迷路、醉酒、嫖妓、做老大、当孙子、出轨、出国、出书、出事，随便什么，好的坏的，都太他妈的胸有成竹了，这很悲剧你明白吗……其实对sex，我并没有看得多么重要，可是，我真的恨自己这么委顿，我怕自己完蛋呀。所以，实在没有办法之下，我才想到这个笨路子。你明白我的吧？"

何东城耐心地凝视着周师，不说话，只静待他的下文。叶羽则如黄雀在后，也细看着何东城，似乎想从他的表现探寻到某种关联，从而倒推出何东城三个月前的"荒唐之举"，甚至倒推出若干年前他对自己的多情与无情。

周师给何东城看得紧迫，嗓子里一阵趔趄："咳，前面的我就简单跳过吧，总之让她接受我这个提议挺难的，各种低三下四、连骗带求的手段都试过，好不容易千里迢迢地赶去约到她出来。学姐发胖了，头发烫染成碎花，全无青葱了，这些我早就想象得到，也完全能接受。她看我的眼光并无柔情，反而有点不以为然。我尽量不去注意这些，只顾着不停地说服她‘仿旧’：等会儿进了房间，到了床上，把灯关了，我们的对话和动作，要跟当年傻不拉叽的‘第一次’一模一样……”

客厅里一片密切关注中的寂静，大家都有些眼巴巴的，巴望着周师果真能够实现这一相当离奇、颇难操作的设想。

“你们猜怎么着，才进行到头几步，我正一边回忆一边说着什么呢，她突然提出要我用套套，我蒙了，这可是当时完全没有的细节呀，她一把推开我翻身下床，从包里掏出一个，有点不高兴地扔给我，说早该想到男人都很自私。又说过了这么些年，谁还知道谁呀，用套套是起码的原则。你们说，她怎么能这样对我啊？”

“这个，倒不能怪她呢。”褚红很客观地，“这也是为了你好！再说，你不能完全把人家就当个……对吧？叶羽你说说！”叶羽摇摇头。性一事，果真男女永远有别，越较真恐怕越糊涂。

“可是这些对话和动作当年都是没有的！我本来就是想找感觉的，又不是当真有多想搞sex！”周师急得眼睛直眨，“总之这样一来，就乱了，全打乱了，我违心地试了试，动作熟练但无效……嘿，最后，总之我整个儿就是自取其辱。”周师习惯性地伸手摸摸相机，又被烫了似的移开自己的手指，他抬头看了大家一圈，勇敢而凄凉地补充了一句，“我就知道，我的艺术生涯真的完蛋了，怎么也救不回来了。”

没有没有，周师你乱扯。别跟毕加索比呀。明明两回事嘛。大家争抢着反驳他，听上去却像敷衍性的安慰。周师脖子上的大单反相机仍然像一个外置器官似的挂在那里，没有一个人的目光停留在上面。

何东城点了一根烟，又分别给周师和褚红敬了一根，三支细白的烟杆如三根指针朝向不同的方向，像在强化此一时刻，哪怕这只是一个破烂的无价值的时刻。何东城拿起手机看了看，声音发闷，以一种总结似的口气说："晚上十点一刻了。今天是4月16日，周末，叶羽三十九岁生日。也许这是我们后半生经常要回忆起的一次清夜长谈。"

"何大师你急着要回去啊？"褚红有点沉不住气，匆匆看了叶羽一眼，担心自己折了本似的。

"没有，我不急。"何东城转头看看叶羽，似笑非笑地"唉"了一声，"我知道你今天为什么请我，也听出来了，你们今天为什么聊起这些。"

灯影之下，叶羽犹豫着，不知该简单笑一下算了，还是如实说说她的衷心。

何东城却冲她摆摆手，一边反客为主替每个人换热茶，他的动作很不灵活，几乎显得哀伤。褚红、周师、叶羽让茶、说谢谢，他嘴里则啰里啰唆地回应，像只是为了说给自己听："了不起啊，这么的倒个茶。就算有下次我再给你们倒茶，但我已不是今晚的我，你们也不是今晚的你们，这杯里的茶更不是今晚的茶了。"

叶羽举杯喝一口，冷热刚刚好。她知道，何东城要开口说了。

何东城先谈的是太平洋。褚红捂起嘴，喉咙里满意地"咕"了一声。

何东城好像对太平洋有着特别的研究，他很顺溜地报了一串数字。太平洋属海的面积是18000万平方千米，不属海的面积是16000万平方千米，跨越了177个经度、151个纬度，南北最长16000千米，东西最宽20000千米，平均深度4000米，最深处马里亚纳海沟11000米之类的。他每报一个数字，周师就赞叹地“哦”一声，可很明显大家的注意力都不在这串百科全书般的数字上。何东城谨慎地补充：“我说的是大概，有的四舍五入了。当然，对太平洋，人类也只能了解个大概。”

他的表情苦恼而陶醉：“你们看看，多么了不起，我绝对的崇拜太平洋！我所能想到的、最理想的死亡方式就是沉入太平洋，带着我最喜爱的几尊习作，这样，我就跟它们永远在一起，在太平洋里了。你们清楚的，我这些年太堕落了，光忙着做定制了，自己真正满意的创作其实没几样，玷污不了太平洋太多地儿。”

“不知怎么搞的，那天在AA182航班上，从上海飞往洛杉矶，我这念头变得尤其的强烈了！昏沉沉的途中，我目不转睛、死死盯着座位前面的小屏幕，航空示意图上，小飞机带着一串变化中的数据在蓝绿色的云图上缓缓地移动着，那么精确又那么虚妄。”

周师“嗯嗯嗯”地跟着附和。褚红皱着眉拽拽叶羽，似感到费解。

“盯着那仿佛不存在的小飞机，想着万米以下的黑色波浪，我突然激动起来，意识到，在此一瞬间，我与太平洋之间的最大可能性。我盯着屏幕，清清楚楚地看到小飞机改变了它原来的方向，转而往下缓慢地坠落，像蒲公英一样，浪漫地左右飘动，带着秋天的成熟弧线，往太平洋坠落而去。我兴奋得抓紧座位扶手，强烈的幸福中热泪盈眶。与此同时，我发现，我勃起了。”

何东城突然来了这么个刺耳的词，周师没法再跟着附和了，屋里几个人均像被点化般一动不动，像是变成了何东城手指下的雕像。

“周围的人都在沉睡，四肢松软，张着嘴巴，死去了一般。这会儿是深夜吧，上海的深夜或者洛杉矶的深夜、太平洋的深夜、世界的深夜。我满面是泪，情难自禁。多么纯洁的一次勃起，忠诚、绝望，完全没有目标。我非常尊敬我自己。”

叶羽感到何东城的目光向自己看过来，像夜色里的星星一样，寒冷而骄傲，饱含千言万语。但也可能是错觉。

“我左边是一美国老头，刚上飞机时我们简单攀谈过几句，是个背包客。右边是一个头发披散的中国女人，耷眉挂脸的，从上机起就戴着耳机，看小屏幕里的一部武打片，看完一遍再一遍。现在，老头和女人都睡了。我的毛毯被女人无意中卷去半幅，毛毯像半床薄被子似的共同盖在我与她的下半身上。”

“毛毯。”褚红小心地轻声重复了一下，身体坐得笔直，如一个注意力高度集中、军容整饬的士兵，两只手分别半握，对称地紧贴着她的大腿外侧。是啊，毛毯，这是“那个事”的一个关键道具，曾被许多嘴唇嬉笑地提及。

“一条共同的薄毯子裹住我们，我与她如同床共枕、相濡以沫。在这架虚妄的、不知所在亦不知所往的飞行器里，在太平洋的万米上空，我对她产生了难以说清的骨肉相连般的亲人感，我和她之间是没有区分、没有异心的。我轻轻把中间的扶手隔挡提起来，把毯子往上拉拉，然后从毯子下面伸出手去，慢慢摸索着，想要找到那个女人的手。我自己的手不行，这些年干活已干得坏掉了。哎，你别笑啊。”何东城和气地停下、抗议。

是周师在喘着气笑，好像哪里痒，恰好被何东城抓到了似的。他对何东城抱歉，抑住笑，脸上扭成一团：“你继续……我只是突然很感慨，心里感慨。”

“她一动不动继续在睡。我把她的手慢慢拉近，在毯子下靠近，同时用另一只拉下我的裤子拉链，并把她的手放到我那儿。我明知这举动是疯了，可我必须借助她的手紧紧攥住我。这是最朴素、最根本的一个欲望。”

“她看上去多大岁数？真的没有醒吗？有没有那么一点配合着你？”褚红像个勤奋的实习记者，抛出一串问题。

何东城看看褚红，却目无所见地越过她，自顾说着他的：“现在回想起来，她的手指又粗又短，冰凉僵硬，比例不够匀称，像一个失败的石膏质手模。我……听说，许多人正是笑话这一点，说我选了一个很平庸的、不值一提的女人，而且只是她的手。”何东城停下来看看周师，周师这时一点没有笑，表情反而像是有点震动。何东城于是自己笑了笑，“可是这一点都不重要。因为她根本就不是她本人，甚至不是任何一个具体的女人。她只是一个象征，必须呈现和参与进来，以她的手。这是当时当地的必然性，一个必然性你们明白吗？”

可能是屋子里烟雾太重，叶羽好一阵透不过气，她感到大腿根部很紧张，脚尖似乎都被拉直了。她不想与周师或褚红的目光相触，更不敢看何东城。她突然对屋子里明亮的灯光感到厌恶。真应当提前关掉一圈灯的。

“孤独的小飞机在卫星云图上继续下坠，翻滚的太平洋如黑暗的怀抱承接于下。所有的人都在睡。只有一只女人的手，在精微的局部劳动中耐心地陪伴着我。”何东城面色苍白，嘴唇发干，可态度十分庄严，“我从来没有感受到那么纯正的性欲和激情。我真感激她。”

“感激？就算她后来那样闹腾？切，她完全是装睡嘛！而且，她不是答应私了的？你都赔了她那么多钱，为什么还全世界都知道了？她辜负了你的信赖！本来这都还有点浪漫的呢！”褚红一连串地替何东城抱怨，怪那个女人太不够意思、太土了吧叽，好像忘了毕竟是何东城非礼在先。

“我……感激她当时坚持装睡，一点没有惊动我。整个过程很完整、很妥帖。”何东城心平气和，“事情后来的部分我就不说了，反正你们也大概知道，有点失控，我完全成畜生了。不过也没关系，这些对我都是有意义的。”

叶羽心里先是怦怦急跳，继而又慢下来，慢得比正常还慢。从何东城这一段坦白来看，传言的大部分细节都是真的，而何东城其实也并无什么特别的解释。她内心突然十分的空洞，如滚过一阵乱石。她试图理解何东城这孤独的、激越如闪电的性欲，却又感到高山大河般的隔阂——不，不是隔阂，而是另一个方向的似曾相识。

褚红的表情还是愤愤然，没心没肺地：“哼，要换作是我！”

周师单调地笑了两声，在沙发上挪挪身子，没想好说什么。而这种氛围之下，一旦错过一个发表评价的时间点，就不太好再开口了。包括叶羽，她咬着嘴唇，犹豫着，也只是沉默。

客厅里一片寂然，只有何东城“那个事”里的细节仍如微电影似的悬浮于空，连桌上的茶水都在默然回味着，并在回味中变温、变凉，然后冷了。

何东城看来并不期待什么反馈，他节俭地有滋有味地抽完手里的烟屁股，以打开另一扇窗户的新语气说道：“回国后这段时间，灵感突降，有如神助，多少年没这么好过了。我索性搞了个系列，主要是死神与人交缠的瞬间，估计市场上不太会有人要，但真是好东西啊，绝对可以陪我沉到太平洋的好东西！我大门都不敢出，就一心一意地弄它们。”

“这么说，你真是在家搞创作呢！我们真替你白担心了。我看，这伟大的创作激情真该拜飞机上的邻座女人所赐吧？”叶羽笑眯眯的，表示替何东城高兴。

何东城听出叶羽的反讽，他飞快瞥她一眼，似在祈求理解却又不抱什么希望，有些作难地捏着自己的关节。他的手粗粝灰白，如同干肠，好几个指甲都有些外翻，看来这三个月真是下狠功夫了。何东城半垂下头，如同自语：“我一直迷信荷尔蒙与创造力的关系。可是新鲜、充沛的荷尔蒙有多难啊，对一个四十多岁的男人！它不是节省出来的，也不是能保养出来的。这次的事，对我来说，绝不仅仅是那个女人或她的手，而是我重新找到了恶之花，找到了矛盾重重与艰难险阻，重新闻到了绝望荷尔蒙的刺激性气味，我真欣喜若狂啊。”他抬起脸，左手握成拳头，“我必须紧迫而珍惜地抓住！因为它们一转眼就会过去的，很快我又要四平八稳、气定神闲，他妈的像个活死人了！周师，就是你刚才说过的那样。所以那个女人，我只记得她脸蛮大的，我真的感激她！是她解救了我，前面的顺从，以及后面的羞辱，通通都是好事。这三个月，我感觉真牛，绝对赛过毕加索！赛过罗丹！”何东城挥舞的拳头里有着既得意又痛楚的癫狂。

周师忙拽他坐下，哽咽住了似的使劲点头：“对，我当然懂！你这一招当真管用了，全无章法，出奇制胜啊。这回我服了你，等会儿不如乘兴去你工作室看看吧，我突然有了冲动，特别、特别地想拍照了！”

叶羽捂着嘴，主要是为了捂住自己的表情，一直怪兴奋的褚红也有点匪夷所思地瞅着两个男人。不大不小的客厅如同蒜头似的裂成了好几瓣。

夜色依旧，夜谈未完。周师兴致高了，这回是他忙着给大家换茶，一边也如递话筒一般把茶杯端给叶羽，笑眯眯地说：“有始有终呗！”

叶羽站起来，把大吊灯关了，只留一圈蓝莹莹的灯光带，天花板一下子变成了虚假的无垠星空。褚红又甜甜地叫起好来了。叶羽坐到离何东城最近处，不做任何铺垫："东城，反正大家都是老同学，反正这会儿也都放开了。今天，我要当着他们的面问你件事，十八年前的一件事。"

何东城本来坐着的，听了这话，一下子站起，站到中途，大概觉得不妥，又重新坐下。

"十八年前，大四的那个元旦，我主动约的你，到我们宿舍，没别的人在，嗯？你不会已经忘了吧！天那么冷，我一件件脱得只剩下内衣了。你就是闭着眼完全不理我，简直像有多厌恶我似的，我只好用手，我用手……你明明有感觉的，却突然像个疯子似的唾了我一口，提起裤子就跑了，你不会记不得了吧……唉，那天晚上，多冷啊，我这辈子再也没那么冷过。"叶羽牙齿有点打战，好像她又回到了那个裸身之夜。

何东城吃力地看着叶羽，像在搜索更多的背景，他喃喃："我那时在做毕业设计，压力很大。后来我不是跟你解释过。我没有忘……你那天的手，又凉又滑。"周师很担心似的在一边按住他肩膀，褚红则"呀呀"地直抽气。

"承认吧，你其实从来没有真正喜欢过我本人。我跟飞机上的女人一样，跟她的手一样，就是个抽象的玩意儿，都是你处理荷尔蒙的某种变异手法，十八年前是压抑，现在是放纵，反正你就想要矛盾重重的绝望与刺激，是不是啊？这样你就抓住什么艺术创造力的小尾巴了，是不是啊我的大师！"

褚红支支吾吾地打岔，捏捏叶羽的手："行了，咱们只说跟别人的故事吧！不要说在场的人。"

叶羽放下褚红的手，逼真地模仿着何东城刚才的语气：“我必须说，这也是此时此地的一个必然性。”

何东城面色悲哀，可又有点稀薄的高兴，他轻轻点着头：“你懂得我的，你其实是明白我的。”

周师耳朵不好似的，高声问褚红：“你说什么？不要讲在场的人？对啊对啊，我也这么觉得！”

叶羽伸出她的手，好像初次认识一般，去握住何东城的手，慢慢地晃了几晃：“当然，我懂得你的。只怕你自己不太懂。”

然后她站起来拍拍周师和褚红：“你们俩别叫了，我就要结束了。”一边次第重新打开灯，一边绕过旋转楼梯，走到L形的北窗台，“唰”一下使劲拉开帘子，帘子后的飘窗台上赫然倚着一个人——男主人翟民。

翟民被灯光刺着，眼睛不适应地眯起：“你就不能等他们走了？哎呀，我就担心这个……你，是什么时候发现我在家的？”

“从你建议我搞这么个聚会的时候。我就知道你肯定会假装出门的。好吧，现在你满意了。关于何东城，关于我与他？”叶羽带笑不带笑地，转向表情凝滞的客人，“这是我故事的结尾部分。”

翟民倒也坦然，他理理衣服，走到大家中间，坐到小沙发上。他一贯喜欢抽雪茄，这会儿也将就地点起根烟，一边跟三个客人打招呼。惊愕、被冒犯但又装作自然地，他们彼此寒暄的声音略微显得有些刺耳。

“哈！诸位对不住了，这主意的确是我出的，不过没任何的恶意，纯粹就是出于无聊。”他把烟像雪茄一样在嘴里咬着，从左边挪到右边，“巨大巨大的无聊，勤奋工作、吃喝玩乐都解决不了的，像喜马拉雅山一样翻不过去的无聊。不过，就我刚才听到的，对不起，所偷听到的，你们几位也比我强不了多少哈，能让你们今晚这么的掏掏肠子也不赖！个个儿的都‘high’了一把……当然，我郑重道歉。不过，我想问问，你们后悔今晚这样的聊天吗？周师？褚红？”翟民像是一个出了题目之后，现在跑出来收卷子的人。他环视着大家，礼貌含笑。

褚红根本没过脑子似的第一个摇头，大耳环直打腮帮子。周师挺认真地回忆了一下他刚才的故事，然后摸摸他的相机：“我也没什么好后悔的。”

“那东城你呢？悔不悔？”翟民接着问，“等一下，东城，我要说明一点，叶羽刚才说得不太准确。偷听归偷听，实际上我……并不在意你与她以前的事，更不在意你最近的那件事。这些太不重要了，男人跟女人想的不一样。哎，你信不信我啊？我真的不在意！”

何东城还保持着叶羽跟她握手的姿势。他先是摇头，后又点头，大概是分别针对翟民前后两个问题。随即又愣愣地开口，带着点讶异，又显得那么的纯洁：“对不起，翟民，我刚刚发现，我……可能还在爱着叶羽。”

周师赶紧地拊掌大笑：“你看，都是红酒喝多了闹的。连我也有些上头了。”

翟民毫不意外地淡淡一笑。他的侧脸像一只衰老的鹰，庞大，空洞，还带着点搏击长空的余势。他转向自己的妻子，语调温柔：“听到他说什么了吗？我猜这是你一直惦记着的——就算是我给你的礼物怎么样？”

叶羽摇摇头，脸上闪过悲哀，语气却又欣悦：“好啦好啦，诸位，过完今晚，我就往四十岁走了，不惑了。”她抬起下巴，不去理会何东城正恍然地盯着她依旧光滑的手，骄傲的目光越过屋里的男人们，扭头看往外面的夜色。

褚红犹豫了一下，还是像小姑娘一样地拍起手："好呀，好呀。"

2012年12月

三人二足

鞋店男人喉咙里“咕咚”一响，像呛了一口水，随即整个人蹲下，脖子伸长，两只手求援般地伸过来，围合着向前缓慢移动，像趋近一簇摇曳的圣火。在距离章涵左脚脚尖半公分处，男人停住。他脖子见筋，耳朵外郭涨红，连带着花白的发根都发红了，似乎无法承受这样极限的幸福。他温文尔雅、无比恭谦地赞叹道：“我看到了世界上最美的脚。”

章涵没有尖叫、跑动或胡乱拨打正义的电话。她一动不动，听凭光溜溜的脚尖与男人的鼻子在空气里保持着初吻般的对峙。

这是一家突然冒出来的女鞋店，四壁鲜亮，就在章涵所住酒店的正对面，她本来是下楼买水果的，但鞋店橱窗摆出的样品像刚出炉的点心，让她忍不住隔着玻璃眼馋地盯看。里面的男店主注意到她，客客气气地邀请她“进来慢慢看呀”。她坐下，刚蹬掉左脚的旧鞋，因为她左脚要大一点——男人就这样了。

章涵屁股下的鞋凳，侧面装有镜子，这面镜子又对着另一张鞋凳的侧面镜。这样，章涵的一只脚和男人的半张脸，便在两面镜子里无限反射着，形成纵深的重叠与无穷尽的反复，像是一起掉进到这个肥厚时刻的深洞里，而下一步的走向，暂未显现明确的路径。店铺冷清，没有别的顾客，光线偏黄，有如暮色将近。几步之遥的大街上，正阳普照，昆明的阳光总是过分明亮磊落，在下面走来走去的人们也有一种坦荡但乏味的一本正经，他们骄傲并维护着这种普通生活的平庸之道，并好像随时可以接受全方位的监控与解剖。当然，只是在大街上。

在大街上，或别的公共场合，章涵曾听到过许多的赞美，但直接、专门赋予脚的，这是头一回。二十二岁的她正处于女人一生里收获赞美与烦冗殷勤的最高峰，这一高峰期可以再延续四五年，此后，她才会听到一些客观和相对诚恳的表达。当然她现在毫无辨识力，她认为她听到的每一句都是真理。她不禁也重新打量起自己的脚来。真的好看？世界上最好看？她上下晃悠着，又用大脚趾弹了一下二脚趾，类似于搓了一个无声的响指。响指形成了微小的气流，在沉闷的空气里划出一道令人心颤的涟漪，打破了接近僵化的画面。暗黄色的鞋店从昏迷中复活了，所有那些细长的鞋子们也都重新活跃了，它们像嘴巴一样急切地张开，等待吸纳赤裸的脚。

"我来替你试鞋。"男人语调克制，竭力保持着售卖者的体面，但他双手明显打滑，拿起一只翠绿的罗马式凉鞋，立刻掉地了，他重新捡起，莽撞而紊乱地解开扣襻，撑开鞋子入口。他让自己冷静了一下，然后才磨蹭着、相当仔细地往章涵的脚上套去，一边微微抬头，羞怯地、近乎祈求地征询道："我这样没有弄疼你吧？"可那表情却是巴不得章涵要喊疼、要挣扎、要扭动、要呻吟似的。

噗，原来碰到个恋足癖。

章涵知道这个！她感到一层通过考验般的愉悦。她可是处在一个具有前沿风范的领域，她所在的那个机组里，就有空姐玩女优模仿、玩制服游戏、玩同性恋、玩3P、玩SM等等。章涵懂得不比她们少，但就是一样没做过。这显得相当落后，多少遭人不屑的，连她本人也感到有些失望。真是没想到，今天会碰上这个。零碎的影像闪过，如同远程视频教程。好奇、好学、好胜，混杂成复杂的动力。

“嗯，你弄得我有点痒。”章涵软绵绵地说，音调拐着弯。她心里哧哧发笑，哈，多么别致、时髦！她敢打赌，机组里没人玩到过这个领域。是的，别致、时髦——章涵的命，确切地说，是致命的处境，从这一刻起，确立了这样的风格。她要很久之后才会意识到这一瞬间的意义。

男人肩膀夹起，连续喘了几口粗气，像犯了哮喘似的，却仍然坚持着把纤细的长鞋带一层层交叉缠绕到章涵的脚踝上，最后在末端打了一个婉转多姿的蝴蝶结。他用两只手托着章涵这只白腻粉嫩、被重重捆绑的左脚，像端详一个呱呱坠地的艺术品，眼里渐渐蓄满泪水。他可怜巴巴地看了章涵一眼，颤动着的嘴唇失态地凑上来，轻轻地对着她的脚趾吹气、亲吻、吮吸、舔食，从大拇指一直到最小指，挨个儿地来，并挨个儿地问：“这样呢？这样你舒服一些吗？”他的声音哽咽而苦涩，充满感激之情，好像一个跋山涉水的异乡客，终于抵达了他苦苦追寻的童贞子宫。

鞋店男人姓邱，他让章涵叫他邱先生。邱先生四十多岁，举止富有条理，又有一点江湖气魄。征得章涵的同意之后，他随即把店铺打烊了，并邀请章涵到里屋坐下“喝杯茶”。章涵谨慎地默不作声，又有点跃跃欲试的挑战感。她假模假样地留意房间的陈设与出口，好像随时打算自救逃生，心中又觉得并无必要：这位邱先生发根花白，有种白头男人特有的软弱感，使她大为放心，并动了善心。

里屋有个小吧台，邱先生让她坐在高高的吧椅上，替她泡了茶，他自己则坐在一张普通的折叠椅上。二人的构图，类似审判者与忏悔者。

邱先生解释了自己的癖好，指指外面："所以我一直做女鞋生意，这上面赚了很多钱。"他提起源头，像商人回忆他的第一桶金。"十三岁，我在公园看到一对男女，他们在长椅上幽会。冬天，天快黑了，两人的衣服层叠纠缠，什么也看不到，只有女人一双雪白的脚，举得老高，一会儿钩起，一会儿抵着椅背，一会儿又张得很开绷得笔直，我只能看到那个。我还能听到她在不住地吸气，好像怕冷，又好像给烫着了似的。太要命了，她吸气吸得我浑身刺痒。我趴在小灌木丛里，往下身摸索，头一次尝试自己的生殖器。"

章涵俯视他，像一个性别倒错的神父。她喜欢故事里这个十三岁的男孩。

"后来我也开始吸气了。我被发现了。男人忙着理裤子，女人却听凭裙子掉下，她咯咯大笑着抓起鞋子就向我扔过来，她的黑大衣半掩半开，长白的腿在暮色里亮得耀眼。先一只鞋，又一只鞋，其中一只她扔得很准，正砸到我脸上。我倒下了，并射精了。"

章涵喝水，更喜欢这个小男孩了，也喜欢那个扔鞋的女人。

"我猜，你是平面模特？"邱先生问。章涵不屑摇头，经常有人用这个开场白跟她搭讪。邱先生连忙改口："还在念大学？读研？"

章涵这回满意了，听听，还像学生呢！她高高兴兴地纠正："我是服务员，端茶送水的，伺候人吃饭。"她故意停顿一下，然后补充，"在飞机上。"

邱先生眼珠不转，挠挠下巴上的胡茬，那也是花白的，语气难以置信："你是空姐？老天，你绝对想不到，有多少、多少人喜欢空姐的脚！还有你们穿过的丝袜，肉色的、灰色的、黑丝的、全透明的。网上天天有人高价售卖你们穿过的丝袜。"

章涵尽量显得不太惊讶：“穿过的？那不是有味儿吗。”

“这个，以后跟你慢慢说。味道是很重要的，各人不同，比如我就比较偏好稍微出过一些汗的脚，以及穿过很久的鞋子。那么，你是昆明本地人？跟父母一块儿住？”见章涵瞅他，他小心地跟了一句，“假如你是一个人，我可以……照顾你。”

章涵老家是江西的，昆明、哈尔滨两头飞，昆明这边是航空公司长包的酒店，看排班，每周大概要来住两晚。哈尔滨那边则是跟另一个空姐合租的公寓。总之，昆明也好，哈尔滨也好，她都不算本地人。她可是最自由、最独立的哪。

谈到这里，章涵收起脚，表现出矜持：“谢谢，不需要什么照顾。就这样挺好。”她拢拢头发，站起身，这是要走的趋势。她联想起一些黑暗的故事。她可不想冒险，每天飞来飞去，已经够危险了。

“哈尔滨，哦，哈尔滨。”邱先生重复了两遍。他亦步亦趋地尾随着章涵，急切地想多挽留一会儿。他陪她走过店堂，突然高兴地一咳，“哎，你愿不愿意做份兼职？我正好特别需要呢。”

“我飞四休一，时间很紧张的。”章涵婉拒，同时感到失望。他真不如直接说出他的想法。

“放心，基本不耽误你的时间。我正好有客户在哈尔滨，你每次离开昆明前，到我这儿带几双样品鞋去，哈尔滨那边有专人专车接你，到那儿你就穿上给对方看看，对方凭此订货下单。每带一次，两千块，可以吗？你要觉得不合适，可以再商量。”

章涵随手拿起一只鞋打量。这样式，她穿了肯定好看。“光是穿给对方看看？”

“……在昆明，也要穿给我看看。”邱先生羞涩地补充。他紧张地盯着章涵，“你放心，除了脚，最多到小腿，我不会碰你其他地方。”

章涵被最后的坦白给说服了：他就是想要她的脚嘛。可以！她乐于成其好事，甚至乐于参与其中——她认为自己是绝对大都会、绝对现代派的！再说，还有两千块钱，打这么个挣钱的幌子也更有意思。

于是谈妥。邱先生又让章涵“再坐几分钟，祝贺一下”。二人回到原位，仍是一高一低，他继续仰视，语速变得更慢，显得郑重：“这么说，你，也喜欢这样？”

“谈不上喜欢，反正也不讨厌。”这是实话。章涵左脚的五个脚指头，到现在还湿漉漉的，好像红肿了，一时难以消退。

“没有感到一丁点儿别的？酥麻的、发软的、无力的感觉，或者想要夹紧你的腿、挺起你的腰身？”邱先生一丝不苟地追问，像启蒙，又像在做测评报告，他在空气中打着手势，替每一个感觉都确定了层级与格子。

“嗯，脚指头很想使劲儿地张开。对了，脚底下，就是脚弓那儿，感到很空虚。”章涵使劲地捕捉、发挥。她想证明自己：她懂并享受这个。“还有，我的右脚现在很不舒服。两只脚完全不一样了。”

“我就知道你很灵光的。右脚不舒服吗？我来了。”邱先生猛然滑下椅子，跪倒在地，他脱下章涵的右鞋，对着右脚趾挨个儿“补课”。接着两只脚一起，上下前后左右，花样百出。他含混不清地请求章涵用脚蹬他的脸，踩他的嘴、鼻子、眼睛、耳朵。章涵着实有点尴尬、不知轻重，可是，影像式的记忆再次像教科片一样帮助了她，好胜心与炫耀感也在推动着她，她顺利地进入了她的角色，她呻吟、抑制、践踏，甚至还有更多的创造性，表演出色极了。邱先生满足地瘫成一团。

章涵离开前，邱先生把那双翠绿的罗马式凉鞋送给了她："以后所有你试过的鞋，都是你的。"

章涵拎着新鞋，打算继续去买水果。走了几步，这才发觉，她脚底板麻木，脚尖酸肿，下肢控制不住地一阵痉挛，简直举步维艰了。她惊讶极了，跌跌撞撞地找到一处栏杆扶着。她抬头往天上看，太阳像月亮一样，朦朦胧胧、黏黏糊糊，令她感到十分的陌生。

"邱先生。"她迷惑地小声念叨了一句。

这一趟的航班上，某些东西大为不同了。章涵倚在备餐室休息，像通常一样，怪老实地、模样恭顺地听别的空姐们闲聊、抱怨、相互媲美。可实际上，她耳边风声呼呼，如腾云驾雾、穿梭蓝空。她垂着眼皮，敬畏地盯着自己闪闪发亮的鞋，坚信不疑：不是油料在燃烧，不是机翼在驭风，都不是，而是她的脚在开动飞机！她脚下的这双鞋，就是整架飞机的引擎和动力所在！是真的。邱先生赋予了这种力量。

出发飞哈尔滨前，章涵拖着小箱子如约到邱先生处拿样品鞋，也如约穿给他看——他一、二、三、四地教了章涵几个姿势，以帮助她更专业地展示脚上的鞋，他表现得相当的商务。

一切都交代完了，章涵往小箱子里塞好两双样品鞋，可以走了。她心里有点奇特的失望。邱先生似乎也在犹豫，他煎熬、强撑着的样子非常吸引人。章涵不忍心了，重新坐下，飞快地脱掉鞋袜。

"不。"邱先生做个制止的手势，"那个，会累着你的。你等会儿还要飞六小时呢。"他咬着嘴唇，绕着章涵走了一圈，腼腆地指一指她的鞋，"你这鞋……我可以替你料理一下吗？"

章涵脚上的工作鞋，是航空公司统一定制的，一双风格保守的黑色高跟鞋。不等章涵表示，他就跪下来，替她脱下，如获至宝般地捧在手上，并像个饿坏了的人似的，一下子把整个脸埋进去，拼命地嗅闻，同时发出悠长的哼哼。他仓促地瞟一眼章涵，迅速跑到卫生间，关上门，还加了锁。可是章涵还是可以听得清清楚楚，里面发出类似做爱的声音，他跟她那双旧旧的、几乎没了光泽的工作鞋！他大概是抵在马桶边上吧，身体与马桶的摩擦伴随着水箱的颤动形成一阵快过一阵的短促撞击声。可怜的人哪。

光脚的章涵蜷在沙发上打盹儿，眯了一觉醒来，还是不见邱先生出来，章涵看看表，走到卫生间门口，敲了两声，试图推，竟然推开了。邱先生正坐在地上，面前铺着一块雪白的浴巾，章涵的鞋子像并蒂黑莲一般怒放在正中央，他手边一整套相关用具，鞋刷、鞋油、小锉子、抛光蜡、鞋掌、鞋钉什么的，他正忙得不亦乐乎，当真是在“料理”着呢。“快了，我这就好了。”他此地无银三百两地解释，“我动作比较慢，但包你满意！喏，你看。”

果真。绝对像换了一双鞋似的。鞋头的擦痕与磨损了无踪影，鞋跟处的小磕碰不见了，磨损的鞋钉换成了新的，拿到手上，整个鞋甚至都重了一些，黑金一样发出蓝莹莹的幽光。

这不仅仅是一双鞋子了。

章涵有些害怕地瞪着，差点就要哭出来。这辈子，就包括爹娘在内，有谁这样替她料理过任何一样东西吗？邱先生银发闪动，慈爱的怜悯般的光泽，章涵简直想伸手去抚摩——这不是爱，而是一种崇拜，一种血肉相连的体恤。唉，邱先生，她绝对要俯仰承合于他的。

哈尔滨方面的订货人是个不爱说话的年轻人，可能比章涵还小上一两岁，开着一辆半新不旧的SUV。问他如何称呼，问到第三遍，才不情不愿地挤出两个字：华青。他耳朵上一排耳钉，捋起胳膊时，可以看到一小截文身。但这两者都不够劲儿，反倒像是故意弄上去撑门面的。他看上去就是个半大男孩子。他专心开车，神情紧张，带点抑郁，不大看章涵。可能是由于她的装扮，空姐就是这样的，只有在飞机上看才是最合适的。

正是由于这个第一印象，章涵此后对华青一直有些不以为然。这是年轻女孩常犯的毛病，她们更倾向于对中年男人抱有智性上的想象与寄托。这是不公平的，不公平会导致错误。可也没办法，世间本来就是如此，误解与误会构成了生活的基本程序。

华青把章涵带到一处小区的公寓房。“怎么不去公司？还是说，公司就租了这么点地方？嗯，现在生意也不好做。”章涵自问自答，摆出深知生意场疾苦的样子。实际上她心里有数：哈尔滨这一系列所谓送货、看货与订货，只是一种辅助性的假动作，如帷幕层层遮蔽，以便邱先生在昆明那头能够合理、尽情地跟她的脚或鞋子发生关系。章涵不清楚这个叫华青的知道些什么，出于对邱先生的维护，她倾向于把自己表现成一个跑单帮的财迷空姐。

华青并不回答，只管掏钥匙开门，先跨步进去，四处开灯，章涵刚要跟进，他一把拦住，递来一双新拖鞋，冲她的脚努努嘴。灯光下，他面色带点病容，递拖鞋过来的手似乎都有些晃悠。章涵未加计较，她很乐意换下这双工作鞋。航班是六个小时，前后的准备与收尾又是两个小时。而且今天特别的累，被邱先生所料理过的鞋子，有着不寻常的分量，她走一步都要惦记一步。

房间装修齐整，窗帘低垂，异常洁净，没有生活的痕迹，没有工作的痕迹，甚至没有人的痕迹。华青离她远远的，倚着窗帘，也不看章涵，像在执行一项水土不服的任务。

章涵有点乐了，她动作很大地从箱子里拿出两双样品鞋，一本正经地先后换上，照着邱先生的关照，在屋子中间找一条对角线，来回晃着走，各个角度摆一摆，间或转个圈，提一下裙摆，做一个六十度侧抬腿。她在脑子里播放起一段哥特风舞曲，自娱自乐地把自己想象成一个超模，脚上是……就意大利的吧……纯手工鞋。她像看镜头一样地对着华青，蛊惑、冷淡，死盯着。她是想寻开心。华青依旧心神不宁，只是应付性地偶尔瞟瞟她。更多的时间，他透过窗帘的缝隙往外看，好像外面有着什么更精彩、更要紧的风景。他还在玩手机，写微信或是看信息，手在屏幕上划来划去。

章涵被华青的样子弄得很没劲，她猛然停下，好像脑子里的配乐突然断了："行了吧。你要订货吗？"

"订。"他等不及地马上点头，并从哪里摸出一个信封，还有一个小本子。"你签个名。样品鞋也请带走。"他语速飞快，一脸急于出去透气的样子，好像一分钟也不能多等，以结束这场潦草的形式主义看样交易。嘿，章涵忽然明白了：他吃不消跟她在一间空房子里，到底是个小男孩呢。她想起在邱先生的鞋店里，其实她也不是真正自如的——总有种装满了水，要泼洒却洒不出来的感觉。她总等着邱先生有更多别的动作，可又担心着自己不会很得体地应承。她不愿让邱先生失望。

这位华青小弟和她，某种程度上，是同一个处境里的人。章涵亲热地冲华青一抬头："走，姐请你吃夜宵去。"哪怕是看在"佣金"的面子上也应该的。章涵随意一算，如此这般地，每个月就能轻松挣出一万多块，另外还有鞋呢。她应当把这件事做得更体面、更周到些，包括招呼好华青。

华青牙疼似的，腮上筋肉一抽："送你走。不吃。"

章涵打定主意要跟他做睦邻友邦，来日方长不是吗！“哎，大家既做生意又做朋友，互相帮衬呗。你如有什么难处，尽管跟我说！”这语气有点大——她每周在天上飞二三十个小时呢，那是多少的千山万水啊，这华青一看就是从来没有离开过哈尔滨的！

华青更冷淡了，他很无礼地径直站到门口，就等章涵换鞋走人。两人过马路走向汽车时，他更是在前面走得飞快。路灯明灭不定，寒风打着卷儿旋转，章涵这才发现，这处公寓相当偏远，视线范围内几无人影。不过离太平机场倒是近的，抬头可以隐约看见远处航站楼的信号塔，那让她安心多了，她跟在华青后面小跑，脚下的鞋子好像变轻了许多，纸飞机一样托举着她，在空荡荡的夜街上掠过地面飞。

华青坐在汽车里，低低地按了几声喇叭催她。透过车窗，章涵看不清华青的表情，不过以她的直觉，更加笃定地得出一个结论：华青有点“怕”自己，同时还有不耐烦与逃避，这些玩意儿构成了复杂的分泌物，像乔装打扮的多情先遣队，专门来自那种内向、热忱、脾气还挺倔的年轻男孩子。

也好，哈尔滨算是多了一个爱慕者了，这就像包里多了两双新鞋，没有一个女孩子会嫌鞋子太多的。

四双、十双、十六双，章涵的鞋子像树上的果子一样以繁殖的速度增长，争奇斗艳、枝头累累。她几乎来不及穿了，她肯定是来不及穿了，她最多来得及轮流试试它们，就像暴发户关上门数钱一样。不，这比喻不合适，章涵现在对于脚和鞋的认识，已经远远地超出了实用的消费主义，进入了审美阶段，甚至进入了抽象空间。她会独立地欣赏鞋，或者脚，或者某个部位，以特写、变形、联想的方式去审视和玩赏。不消说，这些既系统又充满即兴式灵感的影响来自邱先生。

邱先生常常替章涵洗脚。他先用稍烫的水清洗，像父亲照料一个生活不能自理的女儿，缓慢，周到，几乎心疼，但这只是过渡性的；随后会换上红酒、牛奶或酸奶，他把章涵的脚当作搅拌器、吸管之类，边洗边啜饮，角度总是别出心裁。他最为酷爱的则是用果汁来洗脚，准确地说，是借章涵的脚来做果汁。反正昆明水果多。他选用杧果、番石榴、木瓜、山竹、红毛丹这一类汁液丰沛、味道浓郁的品种，过程相当冗长烦琐，有时章涵简直昏昏欲睡，便朝后半躺在沙发上，只管把脚伸开在那里，随便邱先生去忙碌、操作。

事实上，她没办法真的睡着。章涵的脚早已从一个愚笨实用的器官，被唤醒、被抬升了，从最底层的苦力一步步登入感官的殿堂，像个新兴阶层一样的，它有意识、有权力了，并且发号施令、作起威风来了。它还有同盟军，像打电报似的，通过穴位与筋骨，把沸腾起来的需求传送到脑垂体、嘴巴、胸、小肚子等各个分部，而与此同时，黏稠的果汁也正顺着她的脚尖、脚趾、脚底、脚跟、脚脖子、小腿肚子，往上方寸寸渗透，一路逶迤出各种喧哗与骚动，最终，意识与果汁在章涵的耻骨处盛大地汇合，造成一种难言的空洞。

这样的洗脚，章涵真是不好过的。

最不好过的是，在这一切之后，邱先生就扔下章涵了，径直抱起章涵的那双旧工作鞋和她当天穿过的丝袜，又一个人关到卫生间去进行漫长的“料理”了。章涵光着两只脚就在沙发上，她觉得自己大腿也光着，屁股也光着，胸脯子也光着，完全赤身裸体。她无法理解、无法消化这令人绝望的局面。她瞧不起自己了，并以有限的经验，自卑而吃力地分析：他不碰她小腿往上的地方，真的只是为了恪守承诺？难道说，自己浑身上下就只有这一双脚算是好的，能够吸引到邱先生的？他就只肯通过这个器官来与她发生关系？要照别人看来，她这一点都不吃亏是吧，可她很难受啊，心里和身上都难受！她说不清自己是否喜欢上这人了，但他那样的蹲在她下面，晃动着花白脑袋，这情形里，的确有一种古怪但强烈的柔情，难道邱先生真的不知道吗？她到底该怎么办啊……章涵仰面斜躺，两腿张着，两脚空悬，更加地糊涂且怅然了。

时间就在卫生间和沙发两处分别流动着，那里快这里慢、那里热闹这里冷清地流动着。重新露面的邱先生，总是面目严正，他会谈起这一合作中的注意事项，对章涵晓以利害：样品鞋虽只是一双两双，佣金也不过是零花钱，但真要被人发现，其性质还是严重的，是借职务之便进行经济活动，往大里说，类似于公职人员的以权谋私，搞不好会有毁灭性的后果。他带点恐吓性地分析给章涵听，好像把石子扔到黑洞洞的枯井里，特意让章涵听那可怕的回声。“明白吗？毁灭性的后果。”他追问。

看到他这么的忧心忡忡，以至如此夸张，章涵真觉得他可怜极了——邱先生无非是要让她对他的怪癖保密呗，他假装把危险的重点落在捎带鞋子这件事情上，说得像走私什么违禁物品似的，好像他们之间从来没有别的勾当。“明白。我会十分小心的。”章涵一丝不笑地点头，压低声音。

好就好在，年轻女孩子随身带上一两双漂亮鞋子，真是再正常不过了——就算把她的行李箱打开来给全世界看也挑不出错儿来的。不过章涵还是煞有介事地跟同机组的姐妹玩点花招，比如她喜欢把新鞋子说成几十块一双的地摊货，偶尔露点风声，提及那个开着SUV、打着一圈耳洞的年轻人，暗示她在哈尔滨有了一个粗俗的追求者。姐妹们就算有点好奇心也迅速满足了，并对章涵东北土炕式的恋情施以同情。她们越是不屑，章涵简直就越是得意了。绝对没有人能够想象得到的，她的烟幕弹深处可藏着一个邱先生呢，多么理想的大家伙啊，既出格又老练，既多情又好像无动于衷！她们谁能想得到呀。

不过话说回来，华青真的算是她的追求者吗？章涵现在有点吃不准——与华青的相处越来越别扭了。这有一半得怪她本人，怪她的脚，或者，往根子上去，得怪邱先生——

每次离开邱先生、离开长水机场的章涵，她的内部都像是一张被拉得溜圆但没有射出去的弓。这张膨胀但空虚的弓随即上了飞机，像行李一样被压扁了塞进小行李箱，和那两双样品鞋挤在一起，休眠、与世隔绝了。她的外部还是正常的，一抹脸子就进入了国标ISO9002式微笑：先生请打开遮光板，女士这是您要的毛毯。吧啦吧啦的肉质机器人。直到飞机降落到太平机场、进入华青的SUV，进入那间封闭的郊区公寓，打开行李，赤裸的脚穿上细高的鞋——她内部的那张弓才又重新丰满了，甚至带有更多被压抑、被增值的积蓄。

这张弓，从其发生、暂隐与重现，章涵都只是受控的、不自知的奴仆。她还以为自己不舒服，哪里出问题了。她感到两腿被拴了一个超出她本人重量的大负载，灼火烧心，走路跌跌冲冲，非常地想抱住随便一样东西稳一稳、靠一靠，以替她解决点什么。这怎么回事啊。章涵费劲地穿上样品鞋，一边麻木地展示，转圈子，一边有些迁怒地盯着华青——后者一如既往，仍旧干巴巴地倚着窗户，三心二意地不时从窗帘缝隙瞟着窗外，同时在手机上点点戳戳。她的愤怒更盛，生气于自己出错的判断：这样的华青哪里像个爱慕者？

这一天，大约是第三十几次“交易”吧，签字拿钱的小本子都翻两页了。章涵发火了，她是冲着自己，但以冲着华青的形式——她一边动作飞快把鞋子从脚下抹下来，不等华青反应，掀开窗帘拉开窗户作势就要往外扔，一边气喘吁吁地讥笑："外面黑咕隆咚的到底有什么好看的呀？不如我把鞋子扔出去怎么样，给你找点东西看看，嗯？"北方窗户是双层的，章涵并没有真的打开。但华青已是吓得脸色煞白，立刻把章涵往下一拉、扑倒在地，好像她这个人根本就不能暴露出来，否则就会有子弹从外面飞过来似的。随即又连滚带爬地去把窗帘重新拉得严严实实。

真好笑，他如此惊慌失措干什么？又没干见不得人的事！章涵保持着被推倒的姿势，耍赖一般，索性瘫倒在窗户下，两只从鞋子中解放出来的脚，软弱地交叠着，放弃一切似的搁在一边。华青半蹲下来，刚要伸出手去拉她，章涵的两只脚突然昂起，绞缠着一下子蹿上来，她上半身仍然平摊在地，小腿和脚却以一种倒立的态势游走到了华青的腰际，半截裙翻披下来，在臀部形成喇叭花，内裤像花蕊一样。

章涵紧闭双眼，没法看华青的脸。她知道自己完全疯了，不知羞耻，可同时也委屈极了，她不是自己要这样的！她只是太憋屈了，从昆明一直憋到哈尔滨，这个账该算到邱先生头上啊，她真希望邱先生可以看到这一幕！可以说她正是为了邱先生才这样的，尽管这其中的逻辑隔着十万八千里，非常莫名其妙！可怜的替罪羊，可怜的华青，就算他曾经有那么丁点儿喜欢她吧，恐怕这会儿也被她这放荡的怪样子给吓住了……过了一小会儿或一大会儿，大概很长时间吧，她终于感觉到华青冷冰冰的手，正在剥开她的脚和小腿，毫无感情地剥开，手势坚决地剥开。随即抽身后退，在地板上放下什么，章涵听出来也猜出来，是今天那两千块报酬和签字的小本本。她听到他从她身边绕过去，一步一步走到门口："我到车上。你尽快下来。"

邱先生说："哈尔滨方面的客户投诉你了。"他这时正在替章涵修趾甲，语气平和。章涵缩了缩脚。

"哎呀，碰着你了？"邱先生吸口气，十分心疼，立刻放下趾甲刀，内疚地凑上来吮吸安抚。他有一套长短粗细不一、功能各异的磨甲磨皮刀片，使用起来极其讲究。一只脚能修二十分钟。

关于在华青那里的失态，章涵曾经考虑过是否要跟邱先生坦白。但后来她认为不必了——那晚稍后，章涵上车之后，华青没有上机场高速返城。他开上了另一条路，越开越荒野，路牌依稀闪过新农镇、榆树镇之类地名。章涵对哈尔滨的熟悉程度并不比对昆明强多少，尤其这种郊野。她淡漠地看着车外，不做询问。她感到十分疲惫。

车子把直路、好路、大路都开到尽头了，开始进入颠簸起伏的土道儿、烂泥道儿，最终歪歪扭扭地停在一个杂草丛生的野水塘边。这里白天可能下过雨，夜间温度低了，冰凌凌一片，夜色光泽透亮。水塘却黑漆漆的，像一只既恐怖又哀伤的独眼睛。

华青干巴巴地开了口，竟跟她聊起天来，并且是老娘儿们般的家常话题。他不大熟练地摆出一股哈尔滨土著的姿态，关切章涵的来龙去脉：老家在哪里，今年多大，有无兄妹，父母身体，等等。嘁，扯这些做什么？章涵机械地有一句答一句。华青尤其关心她的父母，并指出，作为独生女，她应当好好地守在父母身边侍奉云云。真是越讲越无聊了。不过，章涵在沮丧中还是琢磨出来，华青准是特意如此，以把章涵从刚才的"失格之举"中给拉回来吧。其实她哪里是冲着他呢。

章涵心中苦涩，扭头看往窗外的池塘。华青也陪着看了一会儿："这是我的水塘。只有我一个人知道。"

"现在是两个人了。你该不会想把我扔在里面吧。"章涵脱口而出，然后又惊讶于何来这么个阴森的灵感。

“别开玩笑了。”华青也一怔，突然起火发动，他打开大车灯，转动方向盘，离开了野水塘。他的耳钉一闪一闪，使得他的侧面线条更加模糊了，“我希望不要在哈尔滨再见到你了。真的，你好好想想我的话。不要再做这个了。为了你自己，为了你父母。”他的语气像是有所暗示。不，不可能，他不会知道邱先生的事的。

“再怎么说，飞机还是安全的。我父母不会担心的。”章涵含含糊糊地回答。

关于这场淡而无味的谈话——直到他们关系的后期，接近终点、接近一切的终点，章涵才明白过来，华青当时其实在跟她说什么，他冒了多大的禁忌。而她的回答，从他的角度听来，也是合拍的、心知肚明似的。人们在谈话时，常会有一个假设的共同前提，有时这前提不言自明，另一些时候却南辕北辙。不巧的是，章涵与华青就是后一种情况。

“哈尔滨客户投诉我？”章涵换了个姿势，一直举着脚简直比走路还累。华青会怎么说，她很好奇。

“腿酸了？我来替你放松一下。”邱先生体贴而机敏，不放过任何一丝机会。他马上蹲下来，替章涵按摩，他熟知脚部的穴位，一边念念有词，什么太冲穴、申脉穴、涌泉穴、丘墟穴、昆仑穴等等，哪个哪个对应着肾虚啊、内热啊、失眠啊、消化不良啊、内火啊什么的。

“投诉什么？”章涵追问，并想抽回脚。

“没什么，你别在意。这事我说了算。”邱先生头埋住不抬，在方寸之地上大做文章，不愿分散注意力。

“到底讲什么了？”章涵一使劲，她真的抽回了脚。邱先生越对她的脚用功，她就越是恼怒，简直有股无名之火。

邱先生合抱的双手空了，可他仍然保持着，好像就是这种空落的模拟动作也足够他留恋、玩味的。隔了好一会儿，他才落寞地自语："我就担心着，哪天，你像刚才这样，脚一抽，抬脚走人，离开我了。"他半垂着眼皮，仍然看着章涵双脚原来所在的位置。"具体没讲什么，就是不满意，说你不适合干这个。我问为什么，他挂电话了。我猜……"邱先生抬起头，他空空地看章涵，视而不见，"你们是在闹恋爱了。"

"没……"章涵急得要站起，脚却又光着。邱先生伸手来一压，像一个骤临的热吻，不让她动，也不让她说。

"也是预料之中。"邱先生自己站起来，一下子站得笔直。他总是这个特点，跟脚、跟鞋子在一起的时候完全没有人样儿。一离开那两者，就恢复节制、斯文。"年轻男女，当然的。"他突然语气一变，有些滔滔不绝，"华青这小伙子呢，还是不错的。我见过，高高的，蛮帅，比我年轻时强多了。家底子嘛，据我了解也可以，算是家族生意，将来什么都是他的。哈尔滨也挺洋气，房价什么的却不太高。"他边皱眉边笑，挑剔但也还算欣慰的笑容，像一个父亲在替女儿分析男朋友。

"可能他有那意思……"章涵好不容易插上一句，急于洗白辩护。可突然也有一种骄傲的幻想，试图激发起邱先生一丁点儿好胜心，"对，他是喜欢我！"

"那你呢？"邱先生飞快地问，刚问完，又更快地一挥手，"别说！你不用回答我。我不打听这个，这是你们两个自己的事。"他很洒脱地背起手，在屋子里走了半圈。"我只是想问，你觉得你适合再送货吗？这个，我不听华青的，尊重你的意见。"他眼巴巴地看着她，同时又忌惮着自己的这种急迫。他收回目光，又接着在屋子里走。

“当然送。不行的话，哈尔滨那边另外换个人也行。”章涵像个士兵一样地大声回答，不容许自己有半点犹豫，她要证明她的忠诚和可信。“你放心，华青什么也不知道。我从来都没跟他谈起过你。”她有种近乎母性般的冲动，几乎想要上去搂住他。看看，他那么落寞！华青这个投诉真是好啊，邱先生终于露出尾巴来了：他其实很在意她不是吗？

“你，不会扔掉我这个老男人？还会到这儿来，跟以前……一模一样？”邱先生眼睛往下方移，移到章涵的脚部。

“一模一样。”章涵重复，心头喜悦。

“你知道，我们已经快有四个月了。我习惯这一切了。”邱先生把眼睛看望半空，衰老的脸上显出一种通往问题核心的态度，“那么，说好了。哈尔滨和华青那边，也一切照旧，所有的程序和关系都不受影响，好吗？”

章涵没有直接回答。她冲动地滑到地上，那天在哈尔滨的公寓只是一次预演，今天来真的。她把她的脚和小腿，两条蛇一样地往邱先生的裆部缠绕上去。这一回，她自如多了、优美多了，也彻底多了。裙子再次像喇叭花打开，白色双腿的根部，镂空真丝绣的黑色花蕊——这才是适得其所的怒放！好像从内部下起雨一样，章涵感到自己湿淋淋的。她睁着眼，勇敢地向上看。她想到自己二十二岁的好年纪，想到邱先生像父亲那样替她洗脚，想到邱先生坐在地上替她料理旧皮鞋，想到从这个角度并不能看得到的邱先生的花白头发。她在想象中进行弥补和发散，一切都不再是局部或残缺的了。时间嘀嗒，在她静止的两只脚上轮流走动，每一步都让她更加灼热、百感交集。

邱先生热泪滚滚，毫不掩饰地用手指揩着。尽情哭泣了一会儿之后，他极有分寸地握住章涵的脚，把她轻轻地安置到沙发上。

像换了一缸水的金鱼似的，邱先生自若地重新游动起来。他拎出另一个精致的小箱子，重新坐到章涵面前。“来，上指甲油。”他挑挑拣拣，留下四支，全黑、玫红、亮紫、银粉。第二轮筛选时，他更慎重了，他把四支指甲油分别扭开，在自己的手指甲上试涂，又对着章涵的脚反复对比，一会儿顺着灯光一会儿背着灯光。指甲油那甜腻的人工香精味在空中弥漫开来。终于，邱先生选定了玫红，像个无臂人似的，他把小棍子衔在嘴里，小工蚁似的替章涵的脚趾涂抹起来。

章涵屏息不动，如坠深渊。昆明的温度比哈尔滨还要低吧。万物冰冻，包括她的脚、腿、裙子、花蕊，一切都被冻住了，她成了冰冻模特。

章涵没有跟华青对质“投诉”之事，华青也闭口不谈，各自只管照旧。华青后来又带章涵去看过几次野水塘。有时候天气很糟，加之是夜里，又是乡野小道，凄风冷雨之中，汽车像在黑色的海水里开。华青心无二用专心对付方向盘，两人几乎没有交谈。

颠簸的驾驶厢里，章涵呆呆地坐着，凝视着混浊的前方，身体随着车子起伏。外面越是恶劣越是黑暗，反而使得他们所置身的小小车厢，获得了朴素紧凑的密度，一种排斥掉整个世界的依偎感。她喜欢并安于如此，最起码她可以忘掉鞋子或脚，忘掉昆明及邱先生。偶尔，她半是自嘲地幻想，也许华青会把车子停到路边上，像一个腼腆的追求者那样，期期艾艾地做点边缘性的小动作？这滑稽的联想说明什么：她心理上已经越过邱先生了，或者说她也有点喜欢华青？真不清楚。算了，就这样吧。正如她答应过邱先生的：一切都不受影响。

但还是出了一点问题。

那天，她正昏昏欲睡地给华青展示着两双超高跟的水果色凉鞋，还是那种没着没落的满弓状态，华青照旧倚在窗帘边在手机上划划拉拉。突然，他抬起头，眼神呆滞、震惊，好像眼前的章涵突然变作了女鬼。章涵被吓一跳，她惊慌地上下打量自己，随即往华青那里跑去。她不知道危险在哪里，但她确信华青一定可以保护她：哪怕就一个拥抱，也足够了！想想看，不管是昆明还是哈尔滨，她到现在连一个像样的拥抱都没得到过。华青却目中无人地闪开，粗鲁地把她匆匆一推，大步跑着冲出去，他拉开大门，蹲下去，拿起她脱在外面的工作鞋，神情古怪地端详，凑近了看——那动作，几乎像邱先生了——他看了好一会儿，好像那双鞋会说话，正一五一十地对他倾吐邱先生对它做过的一切。

章涵不知所措地倚在窗帘边，这正是华青平常所站的位置，她下意识地也从窗帘缝隙往外看，这里可以看到公寓的正大门。正大门对着一杆路灯，静静地照着简陋的巷道，并无任何异样。

华青走进来，脸色煞白，他机械地掏出钱和小本本，却又骤然停住，重新收起来，眼睛看都不看章涵一眼，好像她完全成了死人。“快走。”他一边说，一边在房间各处疾走、关灯。

这下子章涵真的生气了，计较起来：“订不订货都应当给佣金，昆明那边说好的！”她从刚才华青猛然跑去看鞋的动作分析出：他准是发现邱先生的事了！他明白自己只是一个可笑的小龙套。不行，得扳过来，她要强调她跟昆明那边纯粹就是金钱关系。这可不仅仅是为了邱先生，也为华青：她也不愿让华青在心理上太委屈。

“不给。快滚。”华青粗暴地一甩头，耳朵上的铆钉竟显出几分杀气。

章涵劲儿也上来了，伸手就拽住华青，两人在玄关处扯起来：“凭什么不给？我哪一步都照合同办事。做生意不能这样。”她力气当然不算大，可她真的在拼命，心里也仗着一丝底气，她有心想要逼一逼华青。如果他肯说出他的喜欢，她会跟他好好解释邱先生的隐私，说不定还会试着跟华青交好，她本来就不排斥华青，华青的赤诚、胆怯，包括那一丝阴郁都让她有好感。这一切反正也不是太矛盾的，是为了三个人的长久之计，她就像一片丰饶的土地，不同的区域、不同的出产可以供给不同的采撷者。章涵这么想着，心里涌上一股兼爱的侠骨柔情，手上拉扯得更加使劲了，简直要掐到华青的肉里。屋里所有的灯都黑了，只有玄关的顶灯昏黄，像一颗快要融化的蛋黄。

华青既想躲她，又要推她，手臂乱扑。他是板寸头，灯光从上面射下来，在额上形成刘海儿一般的漂亮弧线，使得他的面孔更为稚气，却又是一张饱受折磨的面孔。“快离开这儿，求求你。”他带着哭腔。

“那你告诉我，喜欢我吗？”

“喜欢。”华青闭上眼睛。

“那件事，你要我解释吗？没错，送样品鞋，只是个形式。”

“不用。”华青猛摇头，不愿提起具体内容，“我本来还以为你不知道。”一团泪水突然滚滚地沁出。年轻男孩子的眼泪多么金贵啊。章涵突然一阵松落，曾有过的寒冷好像猛然间得到了巨大的补偿。她想也没想地就踮起脚来，她头一次觉得她把这双脚用得最为自如，她想要高一点，以够到去亲一亲华青的眼泪。华青却突然睁开眼，双眼血红、发狠：“快走！否则我……”他再次翻脸，挥挥拳头，几乎真要揍到章涵脸上了。他把章涵的包、样品鞋、她的工作鞋，通通地胡乱扔到门外，并咬牙切齿诀别般地吼道：“你自己走，一直往前，不准回头，不准四处张望，不准回头看我。”

章涵惊愕莫名，随即迅速宽容了：他当然是要发火的！无法接受恋足癖的！他只是个没见过世面的东北小伙子嘛。他是那么老实地、绝对地喜欢着她，像一块滚烫的烙铁呀。

章涵骨碌碌拖着小行李箱，模糊的夜色中并没走出多远，就听到华青的车子从公寓楼边开出来，却往完全相反的方向，陌生人一样呼地开走了。他真的把章涵完全抛在郊外的半道上。那天夜里，章涵足足走了四十分钟才叫到一辆出租车，脚上起了两个大泡。她没有觉得时间漫长，也没有觉得脚疼，她三心二意地品味着哈尔滨冷冽的夜色，同时断断续续地想到阳光刺目的昆明。这下子，邱先生的事算是真正暴露了，她要不要去当面解释？

没等章涵开口，邱先生先自摇手，表示他什么都知道了。他飞快地保证，并笼统地代表了两方面：“没有人会因为这个生气的。我和华青都会一如既往。”这承诺来得如此轻松——这么说，邱先生与华青之间达成了某种协议，混杂着对秘密的锁死与利益区域的划分，以此为凭，一方得到了她自小腿肚起的上半身，另一个则是其余部分。章涵没吭声，但点点头——看看，她竟然还在点头，她也认同这样的瓜分了？章涵忽然难受极了，好像既对不起自己，也对不起他们两个。

今天邱先生没有替她洗脚或做别的。他客气但不容拒绝地邀请章涵一起欣赏照片。有的在手机里，有的在相机里，有的在iPad上，有的在电脑上。他先后打开。一部分照片是精心摆拍，一部分则很模糊、画面不全。自然了，全是脚。爬楼梯的，正在脱丝袜的，天台上走秀的，游泳池边的，流血的，带污泥的，裹在水草里的，穿着迷彩军用鞋的，光脚衬着深红色天鹅丝绒的，高跟鞋底踩着一只小白兔的，戴着毛绒脚镣的，两只脚抚弄着阴茎的，被射上精液的。

邱先生并不讲解，事实上他都不大看，他只是负责地、匀速地像工人般地一张张翻，然后紧盯着章涵的脸，吸收她的表情，吸收她眉毛、嘴角、眼神的任何一点变化。

被如此死死地瞪视，很不舒服。何况这些照片，看得多了就觉雷同，令人厌倦。章涵于是像在飞机上一样露齿微笑，偶尔挑眉毛，睁大眼睛，发出惊叹、吟哦之声——实际上，她心里还在为刚才的事而心乱如麻，急于疏解，急于寻求答案。如此这般的三人关系，真是可行的吗？他们这样算是大智慧？还是通通都变态？扪心自问，她真的可以做到被两个男人共同分享？她是否可以推翻这种格局？比如，她就干脆地告诉邱先生：她就只要他一个，完整的一个。同时，他也必须要一个完整的她，而不是局部的。对，就这么跟他说！她可以声明放弃华青，尽管她也有点舍不得……

邱先生突然一按开关，显示器猛然黑了："不要浪费时间了。"章涵笑容停住，心头怦怦直跳，涌上一股被识破的恐慌。邱先生带点冷笑："我还是看错了。你一直糊弄我，也糊弄你自己。你其实根本不懂得'脚'。你跟大部分人一样，抱着那点儿特别正常的趣味。喜欢大眼睛，喜欢粉红舌头，正确。喜欢长头发，喜欢白皮肤，正确。喜欢长脖子和大胸脯子，喜欢小细腰和小肚皮，喜欢又小又翘的屁股，正确。喜欢湿漉漉又紧又滑的小丛林，也都正确。"他不带起伏，也不带任何煽动地罗列着各种器官，并没有辩论者那样一浪高过一浪的声调。他举起一根手指在半空中比画，好像他面前正站着一个赤裸的性感女郎，他十分准确地在其身上一一指点，一直到大脚、小腿，他蹲下来，轻声轻气，好像怕吹出来的热气痒着那位女郎。“喜欢脚丫子呢，就不正常了、就神经病了。唉，多可怜啊，就这么个身体这么些器官，还弄得三六九等的。太他妈傻了。”他对着一双不存在的脚，微微偏过头，噘起嘴，伸出湿漉漉的舌头。

章涵忌妒地望着那位女郎，那具隔在她与邱先生之间的不存在的胴体。是的，邱先生还是看出来了，她的确是不爱臭脚丫子的，她只是顺应情境、装腔作势；甚至，她可以爽快地承认，她要是跟男人好了，跟邱先生之外的随便哪个男人，就比如跟华青吧，那将至的肉体欢爱中，主角肯定是嘴巴、胸脯子、屁股与小丛林……可是，对邱先生，则是不一样的，他对她所做过的那一切，已经像楔子一般，从脚踵开始，逆流而行，钉入了她的意识深处，使得她对他产生了难以解释的投靠与倾心之感！在邱先生这里，她已经把脚丫子当作了她的阴阜，她做到了，弄假成真了，她体味到暗示、饥饿与战栗，面对邱先生和脚，她是热诚投入、有所贡献的！难道他看不到吗？

章涵抑制住委屈的泪水，没有任何分辩。她站起来往外走，绕开蹲着的邱先生，绕开他的花白脑袋，绕开那具女人胴体。

她几乎都走到门口了，邱先生却匍匐着快速爬动几步，伸出胳膊来拽住她的脚。他的全身拉长，四肢贴地，头几乎贴到地面，十足像个奴隶一样，声音重新变得低声下气：“别离开我。我没有权利生你的气。我求求你，不要嫌弃我。”章涵一怔，突然聪明起来，邱先生这是在做游戏啊，就像他们以前玩过的那样呗。章涵高傲地蹬掉鞋子，扶住手边的高背椅，毫无警告地往邱先生的头上、肩上、腰上、屁股上使劲踩上去。哦，真有劲，上一回这么做，她只是听从邱先生的建议，只是模仿和训练，可这会儿，是真的，她放纵脚丫子的野蛮，听凭筋骨的格斗，肌肉与脂肪在摩擦中交融，她止不住一阵阵欢叫，完全没有注意到脚下邱先生的反应……当她被猛然推倒一边，面对邱先生那张疼痛而愤怒、毫无享乐之意的脸时，她完全无法明白：怎么了？这不是他最喜爱的项目之一吗？

如果，是说如果，如果章涵在这个时候再多想一步，往深处多想一步，也许她就会觉悟出一些什么，发现她头顶上正在逼近的乌云。当然了，命运的乌云注定无人能识，否则又怎么能叫作命运呢。

邱先生一瘸一拐地，蹦到房间另半边，简直像要躲开她，躲开一头被他本人养大的什么小动物一般。他有些喘气，态度十分严厉，硬硬地一字一句："我只要求你一件事。以后不许再换掉、扔掉或处理掉那双我给你擦过的鞋。无论如何，永远不要。"

换鞋？什么时候换过鞋？章涵大感冤枉，她拼命回想，终于恍然大悟，不禁咯咯发笑。要不是邱先生这么一说，她都完全忘了。上一次飞哈尔滨，因为生理期，她双脚沉如灌铅，活像个站了八小时的售货员。送完一个来回的点心和茶水，她悄悄躲到休息室，跟一个实习空姐背靠背休息。她脱下鞋子，想替自己捏捏脚——刚伸出手，突然冒出个念头，她怂恿一边的实习空姐也脱下来，她想跟她比比脚。她们双双伸长双脚，章涵别有用心地来回瞅着，既怜惜又挑剔。乍一看，真没什么两样，衬着机舱那亚光白的背景，半透明的浅灰丝袜有种金属般的后现代光泽……可章涵相信她看出来了，她这双脚，跟实习空姐的完全不同，大大的不同。她的这双，已经被开发过了，是有过春风与柔情，有过暴雨与放荡的，她浮想联翩，感觉到一种蓝丝绒般的甜美。突然耳边有人低呼：乘务长来了！两人跳起，赶紧套上鞋子，也许，就是那会儿吧，匆忙中两人把工作鞋穿错，鞋码可能是一样的，所以章涵毫无感觉……

邱先生张着耳朵，十分仔细地听，不时盘问细节，像侦探一样，包括实习空姐的姓名、籍贯、性格、生活习惯等。他忧心而气愤：“你真的太不爱惜了！你对我通通都是假的！你不尊重我的感受。你知道我多么爱你那双鞋，你穿过的鞋！”他把重音放在“你”字上。

“下次我会注意的。其实两双真的差不多呀，你怎么看出来了？什么时候发现的？”章涵恢复了活泼和亲昵，可她知道自己突然换作了空姐标准笑，凡是她笑不出来的时候，这张标准笑就会自动替补。内心深处，她感到哪里不大对了。

邱先生没有回答。他继续追问实习空姐在昆明的落脚处，并要求她立刻设法换回……章涵突然一捂嘴，想起实习空姐已经在这条线上跑了两个月，结束实习期了，她们不会再碰到了。邱先生脸色更加阴沉：“那么她这双鞋呢，是上交航空公司，还是她自己带回家，她要穿到什么地方去呢？那可是我亲手替你料理过的鞋子！”他一连声追问，显得十分迂腐。

“实在不行，我可以找公司人力资源部打听打听看？”章涵继续微笑，露出标准的八颗牙齿，她内心有某个角落更黑暗了。

“不！不！算了！到此为止。”邱先生立刻高举双手强烈反对，“你不许再跟任何人提这件事。绝对不能让人知道我们的事，明白吗？”这是两人认识以来，他表现最为焦躁的一次。他也意识到了，突然放慢语速，忧伤地敷衍地解释，“你也知道的，人们不会理解我的。我毕竟还要做生意。”

那天，邱先生花了更长的时间在卫生间，料理那一双被替换过的工作鞋。他大费周章地把电脑和两只音箱都搬到卫生间，在里面替自己播放背景乐，非常吵闹的摇滚。听上去，像有一群狼在卫生间里嚎叫。章涵温顺地躺在沙发上等待，她蛮可以利用这个时间打个盹儿——可怎么也打不成。她糊里糊涂地总也捋不出一个成型的想法，就像卫生间传出来的摇滚一样，一句也听不清。

华青一如从前，像月亮准时升起，仍然到机场来接她。可他看章涵的眼神，像是劫后余生一般，他一边开车，一边时不时扭头看一眼章涵，好像对她能够完整地、准时地出现这一点，需要加以反复确认。章涵一个不漏地承接、捕捉华青的眼神，心里直荡漾。可以确认的是，华青那天的愤怒已经过去了，被更强大的情感所驯服和淹没了，并几乎要溢出整个驾驶室。前面不远处，可以看到还有别的空姐坐到别的车子里，路上还有更多的男人，正在接送他们的女人。可章涵相信，没有一辆车子里的浓烈程度比得上她与华青这一辆的。这很好，这与她所想的正好是一致的了。

离开昆明前，章涵做了一个决定。这决定并不高明，她只是想做点什么，好抵挡某种不可解释的危险，同时也是对邱先生的反击。她比任何时候都需要华青。

他们在路上始终一言不发，共同的意念像终点一样一望即知。脱鞋进了小公寓，章涵连包里的样品都没有拿出来做样子。他们直接就开始脱衣服，没有羞涩或说辞，几乎显得很熟稔。他们断续地亲吻了几下，随即开始了实质性的交合。好像他们这根本不是第一次，好像在前面那无数次关于鞋子和脚的演示中，在那些失败的挑逗与生硬的拒绝中，在公事公办、生意人一样接头并交易的漫长过程中，他们已经反复预演过这一场景，包括上一次的争执与撕扯：一切都属于不得不经过的前戏。

……根本没有意识到的，挣扎与呻吟中，章涵还是无意识地提起了脚：去他的脚丫子，去他的鞋子……她是以否定的、撇清的，实则也是自我解放式的口气这样说的，越接近顶点她喊得越急，她想这也应当是华青所渴望听到的。脚或鞋都是不存在的！他们只有最正宗、最直接的情欲！

华青却像听到什么咒语似的，刚才还沸腾着的身体一下子僵住。章涵惊讶地睁开眼，看到华青的眼也正对着她，很近的距离，放大镜的特写，被汗水所浸泡，看上去像猎物的眼睛那样，突然间饱含沧桑与惊惧。华青硬生生地移身下来，趴到一侧。

“你还是在意那件事？”这个小土包子啊。

“我是不忍心你！你不该扯进来。”头闷在枕头里，华青混声浊气。

“行了，至于吗！”章涵有点不耐烦了，她今天不想提邱先生与鞋。“那真的不算什么，这会儿不说好吗！”她去拨弄华青，想重新调和并修复一下气氛。

“你真的不怕？我们随时都会被发现？”华青的声音听上去像个胆小的孩子，这跟他的耳钉和文身完全不般配呀。这会儿，可以看到他后背上的整个文身了。

“你真好笑，那有什么好怕的！”话刚出口，章涵突然一愣，她感到她明白了什么。不，她没有。

“你难道……”华青从枕上猛然抬头，脸色愀然一变，“这么说，你还是不知道！”

华青抱住头，发出“嘿嘿嘿”的声音，像在笑，又像在叫唤，他一边“嘿嘿嘿”地讥笑着，一边滚落到床下边，他胡乱套上内裤，抓起桌子上的手机看了看，然后咚咚咚跑到门口，把章涵留在外面的工作鞋给拿了进来。他把鞋子抛在床上，抛在枕边，他刚才躺过的地方，好像要邀请这双鞋子来跟他们一起继续做爱似的。

“干吗呀？”这双她太过熟悉的、样式传统的工作鞋，虽然已经在飞机上飞了六小时，但由于邱先生的精心处理，依然保持着油光锃亮的色泽，发出蓝绿色的幽光，好像把邱先生的气味和做派都带进来了。章涵下意识地瞟瞟自己的脚，她开始套衣服。她的乳头刚才还是硬的，这会儿已完全没有状态了。

华青伸手来拦着章涵，全然不顾她的衣不蔽体，他嘴里咝咝地，吝啬地从牙缝里往外挤，像舍不得把这些话一下子说出来："来，你自己动手，打开这双鞋看看。"

"打开？"章涵茫然地想要捂着胸部，胸前没有衣服，她捂了个空。难道鞋子是一本书、是一听罐头？还能"打开"？她听凭胸脯继续暴露，耳朵里却突然响起刺耳的摇滚乐，就是昨天她在昆明那边听到的，从邱先生卫生间里传出来的，一模一样的难听。

华青抓住她的手，她没有挣扎，她根本就没有力气，可他还是毫无必要地青筋暴突。他左手扭着她的左手，去固定住鞋帮子，然后右手扭着她的右手，去抓住鞋底，两边向相反方向拉，没拉开。章涵突然使上劲了，她两只胳膊一顶，把华青顶到一边，然后就靠着她两根纤细的手指，像在飞机上给客人端茶送水那么轻飘飘的，一下子就"打开"了：鞋帮和鞋底分开了，中间露出一个与鞋子完全贴合的、线条流畅的夹层，夹层的底部还曲径通幽地与鞋跟的空心处相连，从侧面看，形成了一个带柄勺子般的完美空间。

"空的！里面是空的！"章涵高声叫着，好像发现一个死人嘴里还有一口气。她忙不迭地又"打开"另一只鞋，她把两只鞋都举起来，对着华青亮相，展示她激动人心的发现："空的，两只都是空的！没有什么呀。"

华青拿出手机，点出一条微信来给章涵看，几分钟前刚收到的三个字：货已取。他又拉着手机屏幕往上翻，他与这个人的对话永远都是雷同的：货已到。货已取。货已到。货已取。

章涵镇定极了，脑子转得飞快，她真为自己的智商而感到自得，她十分流利地应对，好像这会儿已经站到了法庭上，已经进入了自辩的阶段："对的，没错呀。我不就是来送样品鞋的吗。货已到，货已取。最多，我不该拿样品鞋，可这是合作双方一致同意把货样赠送给我的，不行的话，我可以通通归还，我其实都没怎么穿，我来不及穿……"她直盯着华青的眼睛，后者扭头，她也跟随着扭过身子，继续如饥似渴地寻找他的眼睛，寻找他的认同。她已经完全不在意她的赤身裸体了。她的整个身体都在向华青耸动着，就像邱先生曾经虚拟过的那具女性胴体一样，调动一切器官，毫无羞耻地寻求支持，支持她刚才所陈述的那个简单的事实：她只是个送样品鞋的。

华青的声音像在放录音，带着回声在屋子里荡漾："嘁，还样品鞋！你的工作鞋才是真正的货。在每只鞋底的夹层，都藏着一块经过压缩成型的海洛因，一百五十克的厚鞋垫，每双就是三百克，你晓得你一共跑了多少趟？七十三趟，不，上一趟没送成，我当时手机里收到的是这个：'鞋子被调包了！撤！'（他烦躁地翻看着手机）哦，找不到了，被我删了。你还记得吗，就是你没有拿到佣金，我也没有送你回去的那次。我当时多么恐惧，我以为我们被盯上了，一切都完蛋了，幸好只是虚惊一场，你又好好地再次出现了……那是你唯一失手的一次，可怜那三百克的上好货色，将要在那个实习空姐家的鞋柜里永不见天日了。你知道五十克就可以定死罪吗？所以老天保佑吧，但愿如此，但愿它永不见天日。你已经够伟大的了，七十二趟，每趟三百克，你算算看，能算出来是多少克吗？够你死多少回的？"

章涵两只手在玩着鞋子，打开又合上，像是被这个精致的小机关给迷住了。怪不得每次邱先生要在卫生间"料理"那么长时间。

她突然嘿地一笑，忍俊不禁似的：“看来我们说的根本不是一回事。一直都不是。”她压低声音，“你知道他有多喜欢我的脚吗？”章涵稍稍抬起她的腿，足部优美地跷起，好像还想替自己挣回最后一点筹码。

“喜欢你的脚？你在说什么呀？喜欢你的脚？”华青惊骇地看着章涵，他一边摇摇头，一边小心地从她手里夺鞋，“当心不要给玩坏了。你还要穿着飞回昆明呢。”

“坏了就坏了。我永远不会穿这样的鞋了。”

“邱先生不会答应的。”华青干巴巴地说。他已经把鞋子拿走了，小心地分别合上，并笃笃笃地走到门口，把鞋子端端正正重新放到门外。

昆明正午的阳光永远那样，走在里面，总归是光明磊落、特别正当的感觉。最后一次去见邱先生之前，章涵来来回回地在大太阳下走，好像真的能够越走越光明越正大。不能够了，阳光再明媚也不是她的了，她只要一眨巴眼，就老是看到哈尔滨的那片野水塘，风雨交加的黑夜里，四周僻无人烟，一片萧索，水塘像凄苦的眼睛，又像大张着的嘴巴，苦苦等待着一点儿热乎乎的东西。那天晚上稍后，华青承认，对这片水塘，邱先生虽不曾亲临现场，但早有明确交代。

“交代什么？”章涵明知故问，自恃被娇宠的样子，似乎她手里还握着一张大牌。邱先生说过，她有一双世界上最美的脚，他怎会舍得让它们去沤了野水塘。

“如果出事情，要么你，要么我，要么我们一起，就得去野水塘。邱先生势力很大。我的父母也都在他手下。我估计，合作这么久，他对你的父母也有所考虑了。”华青平静地解释。共同的困境被说破之后，一直缠绕着他的抑郁与痛苦似乎得以缓解，连爱的成分也有所模糊了，也可能，在这黑色空间里，爱情的可变光谱本来就是缺乏光泽、无法明鉴的。

被秘密所解放了的华青显然渴望说出更多。待章涵穿好衣服之后，他又领着章涵，在公寓里四处走，好像重新认识一般。这处窗户正对小区大门的套房，是邱先生亲自选定的，并一一交代好，如何让章涵“装货”的工作鞋留在门外，取货人与华青如何确认联系，包括章涵的佣金一定要签字以备查，等等。就像邱先生曾经替章涵所穿上的那双长鞋带的罗马式凉鞋一样，他再次把她的双脚缠得十分周到，使得她与他、与他们，三个人紧紧地结为一体，永远无法退出也无法停止。邱先生甚至对华青这位异地雇用者提出一项特别要求：最好能与章涵坠入欲爱之河。这既是华青的福利，也是给华青的配套任务。这样的话，华青每次去机场接章涵，就更像是恋人间的火热约会，就算有人留意，也不会乱加怀疑。而且，一个从床上下来的热恋少女，是不可能留意到她脱在门外的鞋子的。章涵忽然联想到，在昆明也一样吧，一双被尽情抚弄过的脚，也不会意识到脚下鞋子的轻重之变吧。多么人性化的简直是有情有义的完美谋略。

章涵拍手叫好，同时眯眼打量华青。

华青脸色涨红：“我对你，是真的。我没打算占你便宜，还记得吗，上次你那个样子，腿和脚那样子缠着我，我都逃掉了。但今天，我……我本来以为再也见不到你了！”华青急于解释，他拉扯着身上的T恤衫，急得要哭。他抹把脸，突然硬呛呛地，“你信不信，我都愿意跟你一起去投野水塘。”

章涵拍拍他。爱情的小光泽依然在黑幕中闪烁，就像他依然还是个男孩子，就像他全盘接受了这样受控的木偶命。他没有别的证明，就是一条命，就是准备好一起去死。也是可惜了。他要真是个铁打的没有心肝的计划执行人就好了，如果他真像铆钉、刺青那样酷烈无情就好了。可惜他不是，他偏偏是个爱慕者，甚至曾经像老大娘那样地，试图劝说章涵退出，回家陪伴父母颐养天年！

不能的，当然不能够让这样的华青去死。

“我信。但我不允许。”章涵的语气又有点大了，好像她飞过的那些千山万水真的说明她有着非比寻常的力量，又好像她和邱先生之间会有另一笔更重大的交易。

章涵终于走近了鞋店，她没有进去，对，就像第一天那样，她站在橱窗外尽情欣赏这些糖果色的漂亮小玩意儿。邱先生也像第一天那样，彬彬有礼地主动招呼她：“进来慢慢看呀。”

章涵笑眯眯地摇摇头。她喜欢从这个角度去看玻璃后面的邱先生，他勤勉地摆弄着鞋子，看上去真是温良恭俭让的一个生意人，一个雅致且可信赖的人。花白的头发经过玻璃的几层折射，更加的晶莹夺目，令人心动。

章涵从鞋店走过，过其门而不入。今天她想换个开阔敞亮的地方见他。那太多的鞋子，恐怕会扰乱她，也扰乱邱先生。走过去就是这栋大厦的电梯入口，章涵一边揿下上行键，一边回头对邱先生做个含糊的手势。电梯门打开，她跨脚进去，等不及看到邱先生的任何回应，按下最高的数字键。电梯门合上，她随即开始担心，万一邱先生不跟上来呢？不，他当然要上来的，他应当清楚她已知道一切了。他与华青的交情与交道，早在她出现之前呢。

出了电梯，转往安全通道，又爬了半层楼，走过一截灰扑扑的走廊，直走到顶头，打开一扇需要用力才能推开的消防门，章涵发现自己来到这栋大厦的天台了。

四边一望，简直比在飞机上还要高呢，她很满意。这里无遮无拦，阳光更加强烈和直接，以致连自己的四肢五官好像都猛地消失在这白成一团的光线里。章涵眯了好一会儿的眼睛才慢慢适应，并十分宽慰地发现：这么快的，邱先生真就跟上来了，并已经很近地站在自己眼前，他从容地笑着，那眼神表明他的确无所不知。

章涵注意到邱先生身上多了一件灰色的轻薄外套，这灰色很衬他的花白发根。是啊，天台风大。看看，邱先生总是有准备的。她随即明白，他根本不是她勾上来的；邱先生永远早她一步。章涵心里一塌，随即抛开。反正也没什么区别了。

章涵拉着邱先生，站在女儿墙边，无目的地看了一会儿。天台之下，风景丑陋，尽是些破败的楼顶。“其实，你早瞄好我是空姐对不对？”

邱先生伸手搭上她的肩，像是有些不好意思地躲开她的眼睛，他无目的地望着远处，点头承认：“这鞋店就是特意为你开的。”

“嗯，我信。”她低声地，像恋爱中的少女那样，试探地挨上去，轻轻搂住邱先生。自认识以来，他们的上半身还是头一次离的这么近。她半仰头，眼睛正好可以看见他的花白胡茬和鬓角，“我现在才知道。你可真是个坏人。”

“我可从没说过我是个好人。”他声音更低，像发狠的情话。总是这样，就算全世界一片寂静，恋人们还是要轻声絮语。他温热的手轻轻揽过章涵的腰，使她贴得更近些。这也是头一次啊。两人一起摇晃，一阵近乎庸俗的柔情蜜意几乎溢出整个天台。所有的鞋子与脚忽然之间都涌来了，潮水一般的细节死而复活，那些别致的空白、光滑与滞重，那些拟真的时刻，那许多的禁忌与温情脉脉，那些既折磨她也打动她的画面……拥挤、叠压、交错，把他们双双淹没了。章涵突然停止晃动，热泪盈眶:“我一直都喜欢你。”

“我知道。”他脸庞边际的轮廓线模糊，好像消失在白光里，无法看到他的眼睛。

章涵抬头看了看太阳，双目被刺得发黑，内心里却一阵激越，如狂澜拍打悬崖。她突然问：“你愿意怎样去死？”

“死？”

章涵飞快但清晰地说：“你信不信，我可以跟你一起去死。”

邱先生摇晃了一下，好像这滚烫的誓词是一个难以抵挡的攻击：“我信。但不会那样的。”

多么耳熟的对话。章涵怔住了，既伤感又自豪。一阵耳鸣般的聒噪中，白光忽现乌云，阴影层层下压。野水塘。七十二双鞋。长柄勺般的夹层。罗马式长鞋带。缠绕的三人二足。华青那脱口而出的热烈求死。

“傻姑娘，什么死不死的。你是担心那双被调换过的鞋？我会解决的，不会有事的，我保证。”邱先生慈怜地笑。笑容使得眼角和下睑的皱纹向中间挤压着眼球，他看上去年长了一些，像亲人一样的忠厚，令人敬爱。

看来他没有听懂。“反正我们该死，迟早会死，随时会死。我愿意跟你一起死。”章涵重申，同时紧紧地贴上去。邱先生的身体厚笃笃的，中年人的瓷实。她又望了一眼清白的太阳，好像把她寄放在那里的一样东西终于给取了出来：“我是说，我们一起殉情吧，这样最好了。人们反而会传颂、羡慕我们的。”

“你到底在胡说些什么？”邱先生推开她。她复又软绵绵地靠上，他再推，这次用了力气，推得更远。“我不仅在哈尔滨有客户，全国各地都有的。乌鲁木齐、银川、成都，有飞机线的都有。你放宽心，一切顺利，从来都没有问题的。”他语气笃定，也有点不耐烦。像一个高明但低调的生意人一样，他本不想说到这些。

章涵被他推得比较远。她也就站得那么远，双脚呈丁字形，一种受过训练的仪态，显得格外亭亭玉立。“除了客户，还要找物流平台。”她细声细气地补充，“你有许多平台吧，并且都像我一样：最便利、最高效。”

邱先生迟疑了一下，腔调黏软：“你一向都很聪明，太聪明了。”他往前跨了半步，试图弥补什么，也像是动了真情，“但你是唯一的。你应当明白。”

“因为我有世上最美的脚？”章涵脸色被照亮了，阴郁的野水塘骤然远去。她紧紧盯着邱先生，带着鼓动人心、逼迫般的热情。

她的身子从生硬的仪态中陡地放松，她灵活地脱下脚下的鞋，就是那双工作鞋，曾被多次打开，此刻又像处女一般合拢如初。她拿起鞋，妩媚地亮相给邱先生，接着，她又脱下她的长丝袜，在手里打个圈儿，像脱衣舞女郎那样洒脱地往后一抛。天台的地面是极其粗糙的水泥地，还有不知自何处飘落而来的枯树枝与鸟屎，还有木屑与碎石子，褪了色的塑料绳儿与半截子衣服架子。肮脏的地面上，章涵的双脚，粉白无骨、蔻丹如画，像降临凡间的天使。她带点憨态地一笑，顺着一条看不见的对角线，忽左忽右地向邱先生走近，然后一个高抬腿，把脚搭到他的肩上：“不要等了，不要等最终的那个结果。我们俩就这样干干净净地走吧。我连遗书都写好了。”

邱先生以前曾多次请求章涵做这样的高抬腿，这样他可以很方便地侧过头，像小鹿啃啮树叶一样地啃啮她的粉红脚趾。“最终的那个结果？”有点忌讳似的，邱先生皱皱眉，面色忽然极其干燥。阳光如万箭直射，他的瞳孔极度收缩，像个盲人。

章涵耐心而热烈："那个结果不好。你想想我们的父母、熟人、朋友，他们会吃不消的。其实我们根本没有做什么，明白吗，我们只是为自己最喜欢的东西去死。我为你，你为脚，这样最好不过。你放心，遗书里我专门写到了脚，我帮你做了最有力、最漂亮的声明，什么大眼睛、小嘴巴、细腰、大胸脯子、翘屁股……通通不算什么，我替你把脚排到了所有器官的前面！我们要让所有的人都明白，脚是至高无上的……"

邱先生突然打断："你老这样举着不累吗？把脚拿开。"

"你不喜欢？"章涵惊愕。她回想起来，曾经有过一次，仅有的一次，邱先生也是猛然翻脸的。

"不喜欢。从来没有喜欢过。"邱先生侧头掸掸肩膀，刚才章涵搁脚的那半个肩膀，一丝不苟地抹平灰色外套上那处并不存在的褶皱，"但为了业务，有时就得装模作样，走点偏门。"他把手从肩头上移下，抬起头，又补充道，"就算要死，我也只会为生意。我看，你那封遗书，对我而言，是派不上用场的了。"

"那太遗憾了。"章涵温顺地收回脚，就像她以前无数次温顺地为他提供脚，往事的潮水也像到来时那样迅速而无情地退却了，只留下地狱般的寒气。她小腿肚子开始发抖，下肢疼得钻心，像失去双脚却行于刀尖。

"好啦好啦，这下子通通都说清楚了不是吗？我再也不必躲到卫生间去操作了。也不用老搞那些脚的名堂，很烦琐也很累人的。我与脚，从此再无勾连了。"邱先生掸灰般地拍一下手，好像在打趣了。他嗓音里小小地紧了一下，如果不是特别留意，几乎听不出来那血丝般细小但鲜艳的痛苦。他突然悠闲地四边望望，语气好像挺欣慰，

“不错，看来你也喜欢这里，喜欢这天台。”

章涵用力品味邱先生的话，咂摸出几层的滋味，又好像压根没有。只有一条是肯定的，他和她真是想到一块儿去了。“瞧瞧，我本来还有点舍不得您的呢。”她站立不稳，寸步难行，不得不跌撞着重新往邱先生身上靠去。显然早有准备，邱先生迅速避让，可某种生理的本能又使他接住了章涵，接住了这一具温软，同时也接住了他和她最终的处境。二人的身影将计就计地再一次缠绵悱恻，像激情难抑的恋人。

“可我还是舍不得你的，真的。”亲昵地紧挨着章涵的耳朵，邱先生苦涩地回敬道。与此同时，没有任何犹豫的，他的手上开始带上了反客为主的力气，腮边的咬合肌鼓动起来。他把章涵往女儿墙那边拖，又搂又摸又捏，急切得像是要带她上床。可真是的，他和她还从来没有上过床呢。少女绵软的身体显然难以忍受这样根本性的挑逗，变得像八爪鱼一样吸盘倒钩，芳香的鼻息在邱先生脖颈间喘息如醉，喷薄出毒汁一般的春情，反过来也使得邱先生脚底发虚、晕涨难持了。在近乎勃起的刺激中，他意识到他陷入了这个艰难的局面：他的计划是她。而她的计划是他们。

无限透明的白光之下，二人都搭上了全部的性命，不断搏斗不断呻吟，同进共退，投射在地上的影子拉扯、扭转，难分难舍，像是这急切的淫荡之情已经使他们无法保持哪怕仅仅是一秒钟的静止或平衡，他们都在拼命寻找突破与抽离的出口，或是虚拟的可供欢爱的倚靠之处。女儿墙的外面，那白晃晃的半空中，像摆着一张天底下最高级的鸳鸯眠床，心意已决的多情少女痴缠着要共赴云雨，老练的男子则固执地吊着胃口，故作正经地要与她划清界限、分榻独处，而关于这一点，他们显然难以达成一致的意见。远远地从空中俯瞰，他们好像不是在跟生死搏击，而是在一起玩人体骰子——骨碌碌的转动中，在一个似乎是不够小心、用力过猛的跃动中，纯真的情欲侥幸获得了胜利，这两只藤萝附身互为镣锁的影子最终共同升腾起来，一半是惊骇一半是喜悦地越过女儿墙，升腾到半空，继而消失在天台之外。这对影子在半空中移动、滑行、翩然，在难看的楼宇与风景上方恋恋不舍、盘桓再三，最终，降落在鞋店之外，与他们沉重的肉身合为一体。

鞋店的遮阳板与橱窗被砸碎了，当季新款的女鞋像彩色爆米花似的，噗地弹射开来，对坠亡现场加以现代风格的点缀与构图。有过路人心存怜惜，从中挑了一双红得灿烂的细高跟鞋，套上章涵已被污损的光脚丫子，好像担心她还会感到寒冷、感到害羞、感到兴奋似的。

2014年9月

万有引力

1. 五十六岁的看门人昨晚没有睡好。睡眠问题，对小学生重要，对女明星重要，对国家元首重要，对看门人也一样。夜里睡不好，第二天大门就看不好，多少的安全隐患就会从他眼皮子底下溜过去啊。

看门人的卧室和卫生间分别紧挨着隔壁人家，厨房与后面人家的阳台对望，阳台与前面人家的厨房对望。大部分公寓楼都是这样的，好像各家各户相通、一起过着日子呢。看门人在厨房咬黄瓜，后阳台的女人在嗅一双袜。看门人到卫生间刷牙，旁边“嗯嗯嗯”肛门收缩。看门人爬上单人床裹上单人被，老关节咯咯碰撞，隔壁夫妻也上床。看门人侧着身，淡漠地听任他们在旁边吱吱作响，如旋律单调的摇篮曲，他们越搞他睡得越香。

昨晚没有摇篮曲，邻居女人一直在骂男人，如果句句听不清，或者句句听得清，看门人都能呼呼睡着。不幸情况介于两者之间，女人的声音忽而切切忽而嘈嘈，像特意对看门人进行听力测试。看门人赌起气来，他把头昂起，离开枕头，控制着呼吸，一会儿头偏向左，一会儿扭转脖子，像在活捉蚊子。果真，他活捉到了那些嘤嘤嘤飞来飞去的声音——

女人发火的由头是一条没有拧干一直在滴水并滴到了棉拖鞋里

的毛巾，她随即抛下毛巾和拖鞋，延展到其他方面。二姨住院……打牌……清明节……有线电视……各种指责大幅跳跃，看门人几乎难以跟上。但这些还只是掩体，女人最终暴露出真正的火力：她一个拐了两拐的乡下表弟，要在南京找一份工，来了半个月，男人都没帮上忙！又不是要做公务员，就是要打个小工，这都搞不定，你简直连路口的石墩子都不如……捕捉这段独白的难度系数最高，因女人一直在移动，边走边数落（估计还挥舞着胳膊），声音起伏飘忽，男人也偶尔穿插分辩与解释。这简直让看门人听得筋疲力尽，同时也为之扬扬得意，他甚至涌上一股冲动，想要穿衣起床，敲开隔壁的门，从头到尾复述和核对一下他所听到的内容。他相信，他无可挑剔的精准度与完整度，肯定会让邻居女人啧啧称奇，完全忘了她发火的原因并与男人拥抱和好；而被解救出来的邻居男人也会隔着女人的肩膀对看门人投以感激的目光！

然而没有。清早，睡眠严重不足的看门人头痛欲裂、胃口败坏，并且便秘。出门正好碰到邻居男人。邻居男人还像往常一样，戴着棒球帽，他一年四季戴棒球帽，以致看门人从未真正看清过他的长相。看门人盯着邻居男人压得很低的帽檐，突然感到一阵深深的委屈和软弱，他多想对“棒球帽”诉说点儿什么，可能的话，对方最好能摘下帽子……看门人刚刚张开嘴巴，后者却铁青着脸，有仇似的瞪了看门人一眼，抢在他前面，跑下楼梯，扬长而去。

看门人僵住，迷惑地回头看看两家相连的、分别紧闭着的大门。他本来还仅仅是瞌睡与不舒服，现在却愤怒了，心情大为不好。

2. 看门人所看的是一家摇摇晃晃说不准哪天就要散伙的玻璃制品厂，除了外面拖货的会填写几张潦草的单子，也没什么好看管的，进进出出哪个不是养家糊口的，他从不为难人家。

看门人今天改变了想法。哪怕拦下一只狗，他也打算叫它登记市民卡或身份证、进入时间、所找何人、所为何事。看门人八点半接的班，厂子九点才正式上班，这前面半小时，没人！看门人满肚子的气只得一直憋着，越憋越胀，简直比宇宙还要膨胀了。

敢情好，大门左边的空道上突然“吱”地停下一辆车。一个当兵的端坐于驾驶座，背挺得笔直，嘴唇紧闭，不打招呼也不摇下窗户，连喇叭都没有按。

看门人骄傲地岿然不动。他不会开门的。规定上写着的：非工作时间社会车辆一律不得进入。再说，他看清楚了，只是个上士而已，嫩仔鸡，才不尿他。

然而那小车看来并不是要进来。它早歇了火，悠闲地停在那里，上士解下安全带，放松地往后背一靠，好像回到家坐在沙发上似的。看门人也突然明白过来，人家的确不必进来，左手这块三角形的闲地儿，一直可以停车的，免费的长时间的停，看门人还经常热心地替人家指挥倒车与掉头呢。尽管如此——今天不行。

看门人腾地站起身，矫健地冲出去。他脸色严厉，两只手臂先是交叉成一个漂亮的大叉，然后赶小鸡似的直挥手。

当兵的本来眯着眼，这时睁大了，他在车里匆匆忙忙敬了个军礼，又轻轻按了一声喇叭。看门人这时也注意到，小车牌照是武警的，嗬，武警了不起啊，联合国来的也不认。这事就我说了算。没有原因也不讲道理，不让停不让停不让停。看门人焦躁地继续挥着双手，还往地上吐了口唾沫，跺跺脚，地头蛇似的，姿态很嚣张。

上士重新坐得笔直，呆呆地盯了看门人一会儿，再次按响喇叭，勉强算是一个隐秘的诅咒：三长两短。然后原地扭了几圈，灰溜溜地开走了。

看门人抬起下巴斜视目送，直到上士的车成为车流里的一个小灰点。他有点惊奇于自己的蛮横，但心情为之一爽，肚子也猛然松动。“傻兵蛋子”，他痛快地骂了一句，急急忙忙往厕所跑去。

3. 看门人的判断不假。落荒而走的傻兵蛋子的确是个嫩仔鸡，在营房里尚好，一出来跟社会上的人打交道，总是极为笨拙。二十四岁的上士有种悲观的想法：社会上的人都认为当兵的是白供养、白糟践国家钱的，故而总是瞧不起乃至要活活欺负他们的。对这一方面，上士异常敏感。那种不敬与轻蔑哪怕细得像门缝里的一丝小风儿，吹到他脸上也刀割似的。何况今天这位看门人一点都没有掩饰：他完全像轰一只野狗呀。

上士是消防大队的，上午出来替首长办事，赶早了，他只是想找个地方停车，等上半小时。可这个发了疯的看门人！有那么一秒钟，年轻士兵的火气简直烧得整个车皮都通红了，真想能掏出一把真正的枪来，或直接把车冲看门人开过去碾上去……当然了，腼腆的上士不会这样做的，他甚至连吵架都不会呢。

红绿灯口，上士翻翻车右侧的抽屉，看到一摞子三联单：消防安全检查表。早过期没用了。他翻着表，咬着牙齿瞅了一阵。好吧，没法停车，只好找点事体。

上士往车流里开，转个弯，换条马路，听凭茫然的冲动为他指路，一边注意着路边各个单位的门头与牌号。有一家，字体张牙舞爪，简直认不全，还是黄澄澄的金色，傻逼极了。就这家。

上士直通通地把车子开进去，并对第一个拦他下来的人出示了证件和一叠表格：消防安全检查表。上士没有表情，也没打算说话，军礼也不敬。他只是吹了一声口哨。

最多半分钟光景，好像正是那声口哨引来了一只肥胖的“鸽子”。“肥鸽子”举止矜持地自我介绍：安保部主任。主任，主任，他口吃般地强调了两遍，并不伦不类地称呼上士为“长官”，这一抬举显然是为了适配他的亲自出面。

上士抬起眼皮，注意到这位“肥鸽子”连笑容也是冲着他自个儿的。他那股子迎来送往的方式明显装腔作势，并充满对这一过程的自我欣赏——他心不在焉，根本搞不清也不想搞清上士这一番“莅临检查”的真正目的。

上士为他感到一丝遗憾，并立即决定：不开玩笑，来真的。上士此前从未做过类似的抽查。但从理论上讲，作为人民的消防卫士，他有这个权利和义务，他要“保一方水土，保百姓家园”不是吗。

上士沉着脸，按照检查表的列项，一丝不苟地巡视了消防通道与消防安全门、各房间消防逃生线路图、各楼层消防器材、消防台账建设、消防演习预案、消防演练记录等。“肥鸽子”保持着纡尊降贵的热情，相当周到地主动引导，如新财主在展示他的全部家当。上士一边在检查页上记录一边用余光瞟瞟“肥鸽子”，后者微笑着神思游离，有种秘密的踌躇满志之感。上士“啪”地合上记录簿，“肥鸽子”猛然一惊，重返现场，恢复了端着架子的诙谐：“长官，有什么吩咐？”

上士没有任何吩咐。上士只是递给他一份带编号的三联单“限期整改与处罚通知书”，令其签字。在扯下其中一联交给“肥鸽子”时，上士把“本规章自2005年起执行……”那一行字给撕破了，使得这张处罚通知书具有了栩栩如生的活力和震慑力。

上士这才不紧不慢地敬了一个庄重的军礼以示道别，回到他的汽车里，点火、发动。后视镜里，他看到，匆匆浏览完通知书的“肥鸽子”脸色大变，捧起大肚皮追着他的车尾，谄媚地连连挥手，企图挽回刚刚发生的一切。

上士再次吹起口哨，感受到血液的欢快翻滚。他现在完全原谅那位看门人了。上士看看表，时间刚刚好，他打个转向灯，执行首长的特别任务去了。

4.“肥鸽子”其实不是安保部主任，主任大人到法德两国学习“欧洲消防先进经验和做法”了，为期十二天。他算是临时代任部门一把手，为期十二天。

“肥鸽子”官运多舛，从工会到党群到安保，每个部门都只做到副职，可谓千年副手。他多年来一直有个疑惑：正副职之间，一定有着巨大的不为人知的利益与权力差异！此番代理，或许可以孔窥一番，甚至找到越位密码。没有料到，代任首日，却代出这么个“限期整改与处罚通知书”：罚款十万哪。

“肥鸽子”放着电梯不坐，硬是从消防通道苦叽叽地爬楼梯，一直爬到八楼，到了老总办公室。他听由自己气喘吁吁、脸色发红。他觉得这样可以揭示和强调出他的无辜：他只是个代职的副手！

“肥鸽子”很少有对老总直接汇报工作的荣幸，这倒霉事也不知从何说起，索性一横心径直递上那张轻飘飘的单子，像甩掉一手鼻涕。老总正在电脑前手忙脚乱，里面一片打杀吟哦之声。他头也不抬，大声地说：“念！”

“肥鸽子”只得把鼻涕又收回来。他本想念得结结巴巴，随即又改变主意，声音洪亮、抑扬顿挫，如宣诏书。必须如此，这本就不是他的错！

“……现提出如下整改内容：1. A座、B座、C座各大楼所有消防通道内的强电线路全部移走。2. 中央花园需加设消防水池。3. 仓库所有吊顶的塑料（易燃材质）扣板全都换为铝质扣板。4. ……”

老总突然暂停游戏，从显示器后露出半张脸，似笑非笑地盯着“肥鸽子”，语速慢吞吞的：“哦，他要检查就检查喽，他要整改就整改喽，他要罚款就罚款喽。看看你，才当家一天！”他使劲一拍桌子，“紧急开会！”

“肥鸽子”汗如雨下，忽感一命休矣，搞不好连副职也难保了！一年三百六十五天，为什么那上士偏偏挑了今天来抽查？

会议室里气氛凝滞，只听到打火机声和叹气声。薄薄的“限期整改与处罚通知书”悼词一般在桌子上传来传去，一阵深海般的沉默之后，大家突然争相发言，像找碴儿游戏，他们都在第一时间找到差错点，问题通通集中在“肥鸽子”身上：应当把婴儿掐死在襁褓里呀！他如果不放上士进来就对了。他如果拒绝带领上士参观就对了。他如果在参观过程中照顾好、控制好上士就对了。他如果及时挽留住上士，加以沟通协调就对了。现在，婴儿活下来，还跑掉了！

“肥鸽子”未作辩解。几分钟前，他还幻想有人指责上士滥用权力、整改内容严苛、罚款额度过高什么的。现在他放弃了。大家句句在理，他完全同意，也认为自己罪该万死！办公室主任还辞藻华丽地谈了谈社交嗅觉与危机公关。基建办主任在手机上按来按去，然后一口报出，这么逐条“整改”的话，没个三十万拿不下来的！你看看！

如果会议像一只茄子、黄瓜或类似的玩意儿的话，这会儿，它的线条已经走到尾部，到把柄处了。众人渐次乖巧下来，把目光向老总处集中，表现出对上层决策的嗷嗷待哺，渴望着要鼓个掌叫个好什么的。包括“肥鸽子”本人，他心口咚咚咚大跳，也同样的等不及了：

要杀要剐，来吧。

会议室坟场般死寂，但老总还是用金属笔杆敲敲茶杯口。自从三个月之前儿子出国，老总感到自己也成了半个外国人，很讲究西洋做派。在西方，那些半正式半不正式的场合，大人物讲话之前总会“叮叮叮”摇个铃铛或敲个酒杯。他很崇拜这个小动作。这三个月以来，只要他主持开会或宴请，必定要敲点什么。

敲完之后，老总环视众人，做了几点指示。他体贴地放慢语速，以方便秘书完整记录：第一，国务院一直强调，人民群众的生命财产安全是头等大事。本公司坚决拥护消防大队的抽查与整改要求。第二，基建部立即执行五条要求。要从根本上、从长远上杜绝本公司安全隐患，造福子孙。第三，关于罚款，办公室负责协调联络，急事特办，妥善解决，安保部积极配合。

会议室一片空洞，集体缺氧，随即响起一阵掌声，热烈持久，因为困惑而导致的热烈与持久。老总侧头听听这难听的掌声，摇摇头，他疲惫地压压双手，怜爱又不满地看看他的部下：“集团培训时，不是讲过GDP拉动效应的吗，你们在公司运作中要活学活用。散会。”

“肥鸽子”没有鼓掌也没有点头。他不敢动弹，怕一动弹这好运气就飞了。直到人都走光了，他还站在会议室的原地，小心翼翼地捧着那张整改通知书，重新又读了两遍，可他一个字也读不出。他脑子里只有一句话，像自动钢琴在欢快地反复地敲：安保部积极配合。安保部积极配合。安保部积极配合。

5. 老总回到办公室，按一下鼠标，继续玩游戏。

儿子出国后，家里陡然空虚，一天长似一年。太太每晚一回家就坐到儿子书桌前，打开儿子以前的书和本子，像儿子一样端坐到十二点才肯上床。老总则高明一些，他在儿子电脑里找到许多游戏，逐个地学着打，好像是替儿子接着往下玩，越玩倒越上瘾了。有趣的是，对一些难搞之事、难搞之人，他会在打游戏的过程中突然地灯泡一亮。今天这一招就是。他要瞄准的对象马上就会找来的，他只管边玩边等。

果然，敲门了。“进来。”老总继续打。基建办主任默默地等着。沉默像半缸水在房间里微微晃动着，既不友好又友好。

就在上个月，老总想动一动基建办主任，后者在这个“饱受考验的重要岗位”上已经三年了，可以考虑轮岗了。但基建办主任托人传话：他前面几任都干足五年，他想再接受两年考验。可老总这里已经答应一个人了，把“这个人”的姐夫从团委调至基建办做主任。就是“这个人”把他儿子一手办出去的，不仅跳过预科一年，还争取到半奖，省下大几十万。接下来，老总的外甥、老总夫人的姨侄女，都想走同一条路子。故而“这个人”的姐夫，必须马上到基建办来。

终于，在没完没了的“啾啾啾”声中，基建办主任耐不住了：“真要整改？五条都改？”

老总手中有条不紊，头都不抬：“改几条？怎么改？大整还是小整？反正你得一手抓。三十万不够就四十万，四十万不够就五十万。事关安全，这个钱，不能省。不要怪我给你压担子啊，忙三年等于人家忙五年。”

基建办主任不作声，心里盘算了一番。他对着显示屏屁股点头：“那就最后再为公司出一次力吧。”他退出，轻轻替老总带上门。

他前脚一走，老总后脚就关了游戏。他站起来，痛快地伸个懒腰，给“这个人”转了一条微信：一幅美图加一段人生哲思。

看，这就是洋派的风度了——不讲事情妥当了，只是淡淡问候一下！他妈的多优雅。

6. 办公室主任打电话叫“肥鸽子”过去，腔调有点古怪，要谈机密的样子。

办公室主任相貌中常，但又不懈追求外表上的完美，为了弥补头发稀少的不足，她常年使用各种假发，像换丝巾一样以配合不同的场合、季节、服装与心境。因此她挺难“相认”的，面对面撞上她而完全认不出，是常有的事。

刚才在会议室太紧张没有注意到，今天的办公室主任是齐刘海儿的紫色波波头，唇膏也是相配的紫色。“肥鸽子”只看了一眼，便不敢再直视：颜色太惊人了。“紫色波波头”递过来一张发票，上级对下级的口气，是啊，高半级就是高半级：“这个你们部门承担。”

“肥鸽子”接过来，注意到她的指甲也是紫色。发票金额两万，这干吗的，他不大明白。作为一个有罪之人，他不打算发问，只签字，同时小声申明：“我是副职，签字有效吧？”

“瞧你这点志气。”“紫色波波头”不耐烦地敲着桌子等他签字，一边自我表扬，“十万罚款，两万块轻松搞定。看我能干吧，你败钱，我省钱。”她突然指着头上的紫色波波头，“这个怎么样？紫色里面挑染着冰蓝，怎么样？”

“肥鸽子”毫无心绪。他没精打采地想起一些传言，说“紫色波波头”家里有一柜子的假发，每顶假发都套在一个有鼻子有眼有红嘴唇的头部模特上，像关着一柜子的人头。据说她丈夫就是因此提出的离婚；另一种说法则是，她是离婚之后，才陆陆续续买了一柜子人头与假发的。“好看。”他赞美道。

“你知道吗，其实另外还有一款，是冰蓝里挑染紫红的，造型完全一样，但效果完全不一样，好比一个是白天的效果，一个是晚上的效果，你明白吗？上周末我买了这个，可又觉得那个更好。你试着想象一下，想象我戴上那个，你觉得哪个更适合我呢？”“紫色波波头”紧紧盯着“肥鸽子”，既信赖又怀疑，她咬着嘴唇，紫色唇膏立刻豁掉一块。

喊过来就是讨论假发的吗？“肥鸽子”使劲儿微笑：“我敢说，肯定都好看。”

“紫色波波头”不满地瞪瞪他，从抽屉里拿出一个信封，递给“肥鸽子”。她指指自己的假发：“今天这哥特范儿不适合跑机关；再说我也不便直接出面。得，便宜你去攀个权贵，去地税局见一下杨局长。”

去地税局？“肥鸽子”如坠迷雾。信封没封，他抽出来看了一眼：消费卡，五千一张，两张。为什么成了一万？仅仅半秒钟的疑惑，给“紫色波波头”捕捉到了。她从抽屉里取出另一个信封，在手里拍打玩弄着，很像电影里的男人在拍打着一支手枪：“喏，这一万，咱一人一半吧。”

“肥鸽子”一下明白了，反应很快，躲开手枪似的往后退一大步：“这么作难的事，全仰仗您的人脉和公关。我感谢还来不及呢！”

“紫色波波头”动作不变，仍然拍打着信封，但手势比刚才要柔和多了：“倒不是吹，税务局的关系，是我的内线。找到税务局就等于抱到皇上的大腿。我说，你真的不要这个？”

“肥鸽子”突然活泼了：“算我请客，请另外那顶假发。这样你白天也有了晚上也有了。”他掉头转身就走。

“紫色波波头”好像被戳了一下似的，眼眶和鼻头突然酸胀、发红。但她成功地控制了语气，仍然是职位高出半级的那种姿态，懒洋洋地冲“肥鸽子”的背影一笑：“以前没发现，你人不错啊。做副职委屈了。”

“肥鸽子”心中感动地一热。他很有气概地没有回头。

几分钟后，千年副手“肥鸽子”驾车往左，去往地税局。“紫色波波头”驾车往右，跷班直奔专卖店，把另一款冰蓝夹紫红的波波式假发买下了。她揽镜自照，不厌其烦地把两顶假发换来换去。她被镜中人，那相互争艳、难辨高下的两个自己给迷住了。

7．地税局大楼的气氛亲切极了，巨大的显示屏滚动着各种恭维纳税人的标语，到处都有长椅和绿色植物，还有免费纯净水，卫生间提供卷纸和烘干器，处处让人感到纳税的无上光荣。

“肥鸽子”没心情享受这种气氛，他只是匆匆上了个厕所，虽然没有挤出几滴。他以前当然也送过礼，即便如此，他还是像考试之前一样，感到膀胱那一小块区域很不自在。

“肥鸽子”找到行政楼805室。没料到，拜会杨局长也像下面的营业窗口一样，需要排队。接待室的沙发上坐着两个人，都非常严肃，严肃到既敌意又羞怯，眼光相互躲开。“肥鸽子”只得放弃攀谈的打算。过了一会儿，后面有了新的加入者。他陡然地也盛气凌人起来，目光越过所有人的头顶，只一心一意盯着805室的门，好像那是天堂的入口。

天堂之门在三十五分钟之后向“肥鸽子”打开。天堂的结构与陈设有些类似于酒店套间，可是，咦，杨局长人不在？“肥鸽子”动作幅度尽量小地顾盼寻找，终于在通往里间的衣帽架边上看到一个身材矮小的秃顶男人，他脸色苍白、神情寥落，正拿块毛巾擦脸，几乎跟衣帽架融为一体。“肥鸽子”被他的落落寡欢所惊骇，试探地，轻声地，像唤醒梦魇中的婴儿：“杨局长？”

杨局长再次把毛巾往脸上一捂，捂了几秒钟，重新拿开后，已是非常高级非常官方、一种漫无边际的表情了。他没有“请”“肥鸽子”“坐”。他盯着桌上一张纸，纸上是空白的，可他看了好一会儿，最终抬头：“说说？审批手续走到哪一步了？评审组成员有变动知道吧？”

看来搞错了？“肥鸽子”连忙躬身递上名片，随同名片附上的还有那个信封，并飞快转达了“紫色波波头”的口头问候。

杨局长接过名片，盯着，又是好长时间，有所了悟之后，他喝了口水，在嘴里转了转，随即张口，把那口水慢条斯理地释放成了话语：“哎，你们公司嘛，不错的，区里排名前十的纳税大户嘛。全区人民的衣食父母嘛。哎，这个，你们碰到的困难和问题，就是我们的困难和问题。哎，作为政府服务部门，我们一直致力为你们营造和谐宽松的氛围，促进企业驶入快速发展的绿色通道。哎，消防那边，OK的，OK了。”官话真是好听啊，如细雨洒落，句句落在“肥鸽子”干涸的心窝子上。

杨局长演讲完毕，随手把名片丢进桌子左侧的一个大方盒子里，那里面，许多张名片，扁平化的尸体一样，堆成了小山丘。“肥鸽子”忽然十分崇敬起这位秃顶局长来，这每天每天的，多少远远大于或约等于“肥鸽子”这样的“困难”和“问题”都需要他来帮助和解决啊。由于感慨和心疼，“肥鸽子”竟脱口而出：“杨局长，您要多保重，注意休息。我们的一切可都要仰仗您呢！”话刚出口，他就被自己给吓住了，他不是被这份赤裸裸的肉麻给吓住了，而是被自己发自内心的真诚给吓住了，简直对亲爹都没有说过这样的话呀，真担心这过分的亲昵会冒犯了杨局长！

杨局长皱眉，厌倦地摇摇头，像一个听惯火热情话的美貌女郎：“哪里休息得下来——你后面还有几个？”他往外面努努嘴。

“三个。”“肥鸽子”像幼儿园小朋友一样举起手大声回答。

“几点了？”杨局长又问，像是来自一个没有时间的星球。

“嗯，十一点三十五分五十六秒。”“肥鸽子”对着手机飞快地念出。

“这样，小兄弟，帮我一个忙。在我办公室再待二十分钟。不要说话。”杨局长闭上眼睛，往双人沙发上一摊，像个突然死去的人。

“肥鸽子”闭紧嘴巴，因为巨大的信任而倍感幸福。看，杨局长把他当“兄弟”了！从早上碰到上士到现在，不到三个小时，事情像钟摆一样荡来荡去，越荡越高，以至让他产生了一个甜蜜的预感：今天，就是通往正职之路的起点。看看，从“紫色波波头”到杨局长，他既有“内部人”了，也有“大后台”了。

那位莫名其妙的上士，不，那位尊敬的长官真是从天而降的天使啊。

8. 十二点差五分，小个子秃脑袋的杨局长送走当天上午最后一位“耽搁时间较长”的来访者，走到等待室，对三位仍在排队的纳税人点着他的秃头，颇有分寸地表示遗憾：“中午我有个紧急会议。各位下午吧。要不，诸位的饭我来？”

半小时后，在一间女性化的狭小出租屋里，这顶铿亮的脑袋已经像半只大皮球一样在离地面仅一公尺的低空飘浮。杨局长四肢着地，像一只肥胖的大型犬似的，气喘吁吁地一会儿爬到东，一会儿再爬到西，一会儿叼起一只拖鞋，一会儿扯下沙发垫子，一会儿又打翻一瓶牛奶。上午最后二十分钟的休养生息着实为杨局长积蓄了相当的能量，他跑动积极、汪汪声不断。房间的桌子上，那只瘪瘪的装有两枚消费卡的信封像一只没有家的小鸟一样，这已经是它今天飞到的第三站了。它歇在那里，饶有兴致地瞧着地上的旧主人，他正听凭它的新主人、一位“小姐姐”拿着领带不停抽打自己。

杨局长专心致志地爬动、吠叫。信封看他，他不看信封。事实上，他忌讳信封，太土太笨了。另有些人空手而来空手而去，他们办事更漂亮、更有分量，可杨局长同样讨厌他们，因为太喜欢而讨厌、恨不得忘光光。可所有这些，杨局长偏又记得太清楚，他们眨动的眼睛，含糊的语气，他们的暗示与明示。他们各怀目的，来来往往，纷纷扬扬，像灰一样不停地落在他的肩上，这很折磨人明白吗？每次想到这些越积越厚的灰，杨局长就会深感疲惫和沉重——就像“肥鸽子”今天所看到的那样。他时不时地就会发作，脸上发木，身上打战，脖子后头如有一块寒冰，正在慢慢地融化，冰水直钻骨髓。

这样的时候，他就会来找这位“小姐姐”。

“小姐姐”才二十岁，在宠物寄养店打工，那些送宠物来的人，会借“狗儿子”“猫女儿”的口气，称她为“小姐姐”。杨局长也随了这个叫法。杨局长来店里寄养过他的“哈里”，一只萨摩耶，随后，他私下里提出了“寄养”他本人的申请：偶尔的，就中午两小时，在“小姐姐”家里。“小姐姐”干瞪着眼睛，完全不明白他在讲什么。

杨局长耐心启发“小姐姐”：“主人走后，你们店里会如何对待那阿猫阿狗呀？”“小姐姐”犹豫了一下，不太情愿地说了实话。它们在这里日子不好过的。不听话的挨骂。爱打架的单独关笼子。白天晚上死叫的，就勒住嘴。大小便无序的，拿棍子抽。都这样。因为这个，她不喜欢这份工。可“小姐姐”讲一条，杨局长就快活地叫一声好。

“我们就这样玩——我是一条被寄养的狗，你是残忍的小姐姐。”

说着，杨局长已经脱去西装，并两手着地，灵活地开始满地爬了，一边卖力地摇着屁股，拿头去拱“小姐姐”的腿，同时急不可待地提醒：骂我，快骂，越难听越好。我随地小便了、我满地打滚、我又脏又臭，打我，快打。求求你，快点，拿领带抽我、拿书砸我！我一刻不停地乱叫呢，我要打架、我要咬人呢，来呀，快捆我，把我嘴巴捆起来、眼睛捆起来。使劲打，拿脚踩、拿脚踢。

杨局长“汪汪汪”地叫个不停，满地撒野。“小姐姐”开始还有些胆怯，可被杨局长求得厉害，她烦透了，反而心硬起来。“小姐姐”把杨局长推倒在他假想的便溺前。“小姐姐”把牛奶瓶朝杨局长丢过去。“小姐姐”找到一把拍被子的藤拍子，使劲抽他的屁股。杨局长慢慢满意了，忘情了，“呜呜呜”地哭，是真的哭，鼻涕眼泪俱下，魂魄分离、满头大汗地哭。

这么闹上一个多小时，直至嘴巴发干、浑身长毛、屁股长尾巴、舌头拉长。杨局长获得了脱胎换骨的满足。他干净、无邪、软弱，像一只刚刚从产道里出来的、四肢还无法站稳的、湿淋淋的小狗崽。

顺便还处理掉了讨厌的信封——多完美啊。

恢复了衣冠的杨局长细心梳理好不存在的头发，回头挥手。“小姐姐”没有像往常那样还之以微笑，反而凶巴巴地一瞪眼：“快滚，被打过的狗狗才不回头呢。”

杨局长先是一愣，随即像得了意外赠品似的，嬉笑一下，做四蹄跳跃状，走了。

“小姐姐”一边打开窗户透气，一边整理一团糟的房间。她在水龙头下使劲冲手，心里有点后怕。这秃子越来越神经了，是不是真的疯了呀？秃子叫什么？干什么的？问过他，他伸出舌头：汪汪汪，我是哈里，我爱吃除口臭饼干。除了装四脚畜生，他再没有别的交流内容和交流方式，也从来没碰过“小姐姐”一根毫毛。可是，“小姐姐”还是觉得自己身上的每一根毫毛都好恶心啊。她接连洗了五遍手。

“小姐姐”拿起信封，掂量估摸了一下，但还是照老习惯，原封不动直接丢进包里。到底多少钱？她特意给自己留着这个小小悬念——这是她看管“哈里”过程中唯一有点乐子的地方。看看表，离下午的班还有一会儿，正好去一下“茶叶店”。

9. “小姐姐”在“茶叶店”前停下来。这家茶叶店蛮有趣，门面只有屁股大小，朝外两节寒酸的小柜台，柜台里却堂皇地垒着各种豪华包装的茶叶盒。“小姐姐”天天路过，从来没有看到有人来买过一盒。老板一年四季戴着顶棒球帽，看人的眼光总要从帽檐下拐一道弯。他趴在柜台上，奓着脖子，袖着膀子，像钓鱼似的守着铺面。

但他真的会钓鱼，“小姐姐”第一次“收养”过秃子“哈里”之后，路过他的门面，听到棒球帽下突然扔出三个字：“卖卡吧？”声音很小但方向准确，像三枚石子，直接丢到“小姐姐”耳朵里。她吓得一惊：他怎么知道她包里有一只信封，信封里有卡并且寻思着要卖掉的呢？“小姐姐”就此服气“棒球帽”了。

“小姐姐”倚在柜台前，照老习惯，挑剔地指着一只花哨的茶叶盒，提出要“看一看”。“棒球帽”配合她，带着殷勤的神气，像模像样地要做一单茶叶生意似的。他小心地拿出茶叶盒，对小姐姐讲解这个包装的讲究。有时是木雕，有时挂满中国结，有时是灰色的锡盒，有时又金光闪闪不知什么材料。“包装很重要，这个时代包装什么的最要紧啦。”这么的吹过一通之后，“棒球帽”才讲到茶，无非是白茶、红茶、毛尖、普洱之类。讲到这里，他一般就有些词穷，表演的兴致也淡下去。“小姐姐”也不为难，从包里抽出信封，把茶叶盒子掀开一条小缝，往里一丢，空荡荡的盒子里传出一声短促的回响，这是这只信封的又一个寄居处了。

“小姐姐”站直身子，冷淡地对“棒球帽”摇摇头，毫不留恋地掉头走了：这笔茶叶生意谈崩了。“小姐姐”高跟鞋一笃一笃地，走过不到三条街，像往常一样，就会收到一条银行短信，“棒球帽”已经把钱打给他了：九千。嗬！比她预感的还要多一倍！

已经够了，终于够了，她的存款总额有八万！够本儿开个自己的小铺子，专门卖零食，再不用去寄养店啦。谢谢你，哈里。滚蛋吧，哈里。

“小姐姐”在街边忘乎所以地跳起来，鞋跟儿一歪，差点撞到一个戴眼镜的白脸男人身上。男人扶正眼镜，那是一副没有镜片的时髦镜框，“眼镜框”宽容地冲她笑了笑。

10. “棒球帽”气喘吁吁，扶着农业银行自助区的玻璃门。刚才跑得太急了。每回都是这样，只要给“小姐姐”打款，他都是百米冲刺，冲到最近的那家农行自助区。如果有人排队，他就哭丧着脸跟人商量插队：我家里出事了，急用钱。总之，以最快最快的速度，把钱打给她——他谨以此来对“小姐姐”表示最隆重的谢意！“小姐姐”是他绝对的大客户。稳定、高额、洒脱，从不讨价还价。九折、八八折、九二折，她都不介意。比如今天，这一万块的卡，九折给了

“小姐姐”，回头九六折稳能出手，一下子能吃到六百块空头呢。太美了，要是一个月弄上三四次，就衣食无忧了。“棒球帽”臆想一通“小姐姐”的情况，然后合掌祈祷：祝愿“小姐姐”的那位朋友继续升大官掌大权呀，祝福他们的感情海枯石烂呀。

喘完气，祈完祷，“棒球帽”这才踱着步子从银行自助区返回茶叶铺子。现在已经是下午三点多了，要是一般的懒汉，大可以关门回家打牌享福了。“棒球帽”不。一分耕耘一分收获，他还是要守着摊子。再说回家也是挨骂，女人最喜欢炒冷饭，又会接着昨晚的话题磨叽：表弟的工作、表弟的工作。

“棒球帽”继续耷着脖子，袖着膀子，从帽檐下面拐着弯盯着来来往往的人，像从绵羊里挑出山羊。“卖卡吧？”“卖卡吧？”他勤奋地小声念叨，像慢火车一样“哐哐哐”地开着。总有一声会入到某只耳朵里，起到化学反应，让那人心里一动、脚下踌躇：就像“小姐姐”当初那样。

突然，他眼睛溜到了街对面的一个人：“眼镜框”。他正很有风度地从一家炒货店里出来。妈的！“棒球帽”后脚跟发疼，狗屁一分耕耘一分收获！就应当关门回家做懒汉，就是听女人骂也好！

“棒球帽”身子僵着，却满脸堆笑，隔着街冲“眼镜框”打招呼。“眼镜框”也友好地挥手回礼，样子文质彬彬，像个大教授。

红灯亮了，许多人照旧乱闯而过，“眼镜框”可不，他盯着红灯，盯着黄灯，直到绿灯亮、亮得很亮了，再两边张望一下，才不紧不慢迈开步过马路。“眼镜框”这个人的特点就是非常的遵守规矩，不仅遵守，还自己制定——这附近的几条巷子，就是以他的规矩为规矩，由他“罩”着这些小苍蝇铺子，卤菜店、烟摊、炒货店、水果店、烧饼店什么的。他倒也不狠，两个月来一趟，一千不嫌多，三百不嫌少，实可谓一位通情达理的保护人。

有一回，“棒球帽”起了异心，远远见到他，临时打烊，溜之大吉。猜怎么着？第二天，茶叶店门前就端端正正有了一坨大粪，牛的粪，热哄哄烂乎乎，不算很臭，可特别的大而圆，新鲜极了。引得好多人围观，啧啧称奇，有的拍照，有的还往天上看——认为是打那儿掉下来的。

“眼镜框”走进茶叶店，也像顾客一样倚着小柜台，眼睛在“眼镜框”里眨动着，看上去像是刚刚读了一本书，想要跟人分享读后感。“棒球帽”躲开他的眼睛，他头一个反应还是会想到那坨热哄哄的牛粪。他怵“眼镜框”。

“棒球帽”默默地把手伸到裤口袋，在里面轻轻捻动，数出四张票子。他捏了小半刻，跟它们道别。然后掏出来，双手递上去。

“眼镜框”接过，弹了弹随意塞进兜里。他扶扶眼镜，说话有点咬文嚼字：“最近怎样，心情好不好？”听听，简直像嫡亲哥哥一样的关切。他还拿出炒货店孝敬他的一袋带壳椒盐杏仁，摊到柜台上，邀请“棒球帽”一起剥食。

“棒球帽”没有碰杏仁。“眼镜框”这么一问，倒惹得他心里大为酸痛。心情好不好？妈的怎么可能好。就是刚刚做了一笔好生意也不好，鬼知道那小姑娘什么时候给玩腻了，还有你这祖宗过来白吃白拿，能好吗？“棒球帽”没打算吭声。但他的舌头与声带，却独立分离出来，搅拌配合着，发出一连串悲惨的哀叹：“难混啊老大！死女人天天晚上骂我没本事，她乡下表弟过来找工作都半个月了。可你说说看，我哪里有门路帮他，要有门路不先解决我自己啊！”

“眼镜框”埋头剥着杏仁，连续剥五个，一粒一粒渐次送到嘴里；然后再连续剥五个。第二批剥完之后，一粒一粒往嘴里送之前，他露出雪白的牙齿哈地一笑：“老大干什么的，老大白当的吗？也算你运气好，我有朋友刚好接了个小工程……”

“棒球帽”把手伸到口袋里，又想往外捻票子，但又实在不能够相信！“眼镜框”真的假的？他连表弟什么文凭、什么专业都没问哪！当然问了也白问，表弟啥都没有、啥都不会。也许老大就是随口说说的？说反话的？玩儿他的？

“眼镜框”吃完五个杏仁，拍拍手，细心吹掉手指上黏着的一粒盐粒子。他留下未剥完的杏仁，同时扔下一句话：“明天就开始！干一天拿一天。管中饭。”

“棒球帽”追出小茶叶铺子，脚下高一脚低一脚，他伸长脖子拿眼睛爱慕地追随着“眼镜框”的侧面线条，远远地不懈地追随着。真的，跟所有戴真眼镜的人相比，“眼镜框”的气质真真是第一好的，也是本事第一大的。他都能弄到最新鲜的牛粪，还有什么不能做到的。

11. 从八点算起，包括上士的那辆车，看门人上午一共拒绝了五辆车子停在厂大门左边的三角形空地上。其中一个火爆脾气还下车来对他又推又搡，弄得看门人老骨头都差点儿散架了。但这口闲气到中午就消了，完全消了。随后，看门人又开始做老好人了，蹦跶着帮素不相识的开车人看倒车、看掉头。别人敬他一根烟他别在耳朵后面老也不抽。

没有车进出的时候看门人就看人。每天都是这样，许多许多的人打门前走过。拿大包小包的。甩两只空膀子的。大胖子。老人拖着老狗。女人拖着孩子。戴假头发的。戴假眼镜的。一路小跑的。走走停停的。男扮女装的。孤零零的。又搂又亲的。看门人看的不是门，是人哪。

看饱了一天的人，看门人下班了。看门人今天感到特别的累。他在厨房马马虎虎做了碗面条，边吃边瞧着后面人家的客厅：沙发上站着个衣不蔽体的小伙子，做着各种下流的动作，有个人趴在地上给他拍照。他到客厅看电视，边看边打瞌睡，猛然间对面厨房里飞出两只碗和一只铲子，把他从口水中惊醒。看门人洗洗弄弄爬上床，老关节咯咯作响，西隔壁卧室传来恩爱的调笑。他叹口气：这女人真没性子，该多骂骂那个没出息的“棒球帽”才对！

看来今晚是要有摇篮曲的了。看门人翻过身去，虚着眼皮想等，却只等到了睡神——

睡神有一对雪白的翅膀，轻轻罩着衰老的看门人。梦境像一只庸俗的小船，毫无创意地驶向光线不明的深处，吱哑地拐弯，忽将沉入，忽又疾驶，不停地靠岸，不停地起锚，倾倒零星的过客，倒叙走马灯般的面孔。在某一帧模糊的定格里，看门人看到了腼腆的上士，他抱歉地想要嘟囔一句什么——梦境却已驶至亮光闪闪的终点：明天来了。

12. 明天来了，明天大驾光临了。乡下表弟开始了他在这个城市的第一份工：刷墙。

表弟没有任何此方面的经验，可工头儿使劲拍着他的背，好像越用力就越有把握：“很简单，你就沿着这道线儿，刷两米左右宽，从上到下，刷完这一层，再刷另一层，沿着楼梯一直往上刷。就行了。”

表弟甚为奇怪，鼓励自己“不懂就问”，他乡音浓重，扭卷着舌头，认为自己在说普通话：“为什么要刷这么一道？这墙好好的，又没脏又没裂。白刷呀？”

工头儿上下瞧瞧雪白的墙，好像瞧着一副难以辨识的无字对联，他再一次拍拍表弟的肩，富有权威地说：“白刷……也是一种效果！就好比这面墙给打开过了，里面走的什么强电线路弱电线路给重新换过了，然后又合上，并重新刷过了。总之，你只管刷就对了！”

工头儿接个电话，他突然站得毕恭毕敬，冲着墙壁直点头：“明白，我明白。放心，你放心。我不认识你，完全不认识。报价五十万，一分不能少。”他扔下表弟，到裙楼当中的花园区去了，那里另有几个小工在挖坑，说是要搞个大池子。

空荡荡的消防通道里，现在只有表弟一个人和一桶白漆了。他松落下来，哼唱起一支情歌，仅开了个头，就猛地刹住，连皮带核地咽下去——这是个特别的时刻，这是他这辈子开始挣钱的伟大时刻。

表弟抿紧嘴唇，重新掏出皮尺，上下左右地量了一通，用本子记下数据，计算了一番，然后又用刷子试探地拉了两道，对将要“白刷”的白色墙面进行初步的定位。随后，他半握着下巴，眼神锐利，站远，再站远，左边踱到右边，从不同的角度反复推敲。

表弟晓得自己有点夸张。可他必须这样。机会永远只垂青于有准备的人。细节决定成败。他要一直做好准备，一直重视细节——万一，对面办公楼的某扇窗户里，有个大人物起身休息时，正好透过这里的气窗看到他呢。万一这个人，就正好是个寻找千里马的伯乐呢。他会眼睛一亮，从表弟一丝不苟的举止中发现他是个可堪造就的杰出人才。大人物会从对面找过来，冲过人群不辞劳苦地打听过来，一把从他手中夺过刷子：“你不该干这个，跟我来！”

表弟眯着眼睛畅想。真是有可能的。连往白墙上白白地刷两道白漆都算一份正经的工作，为什么就没有别的可能呢。表弟可不是一般的乡下表弟，他行李袋里除了牙刷与衬衣外，还有一本翻得稀烂的盗版书，上面全是大人物的发迹史，马云啊、俞敏洪啊、柳传志啊。表弟对这些传奇深信不疑。他雄心勃勃，开始创造自己的新世界。

2014年2月

西天寺

上

清晨的西天寺一点没有墓园该有的寂静，几步之遥的工地上，两架巨兽般的机器正在吼叫，敲敲打打的工人们已经热得脱掉了外套，只穿着猩红色线衣。符马却冷得直缩脖子，大姑妈也往脖子里加了条蛇纹般的围巾，小声嘟囔着：“这种地方，总是比城里冷。”大姑父东张西望地找厕所。符马掏出烟，似乎没睡醒的小叔叔接过一根，侧身就着符马的火头。

奶奶被小姑妈挽着最后一个下车，手上一枚挺大的老式金戒指直晃眼，刚刚出门前她还很顶真地挨个儿检查了大家一番：无论男女，身上都要带样“小金物件儿”，“压一压”。小叔叔忘了，被逼着在脖子里挂了一条女式绞花细金链。其实在平常，作为老人，她懂得看晚辈脸色行事，必要时装装糊涂。只上坟这桩事，她讲究，几乎一出正月就开始查老皇历、择挑相宜之日，并要求所有的人除了上学的小孩都要把这半天给空出来，隆重程度堪比过年。不过怎么可能呢，大家多忙啊。比如这次，符马爸爸出国去了。还有大姑妈家女儿，说是有个重要面试。

奶奶环视了一圈，皱起眉：“搞什么？这里怎么也是工地？”

奶奶的大媳妇，也就是符马的妈妈正对着手机谈床上用品，拿腔拿调地讲着普通话，为了价格上一个零头，跟对方搞了三四个来回。一干人都垂着眼皮在听，符马扭头掐了烟……终于，妈妈卷着舌头面露微笑："那张总咱回头再聊哈，下次有业务再照顾哈。"一合上手机，她变回南京土话，对奶奶解释："你们还不晓得啊，报上登了，原先的石子岗火葬场要搬得唻，就是搬到西天寺，这块盖的就是新殡仪馆！不得了噢，以后这块墓地肯定要大涨。"她是随便什么事都能想到价钱上去。

"那也好，老头子喜欢交朋友，这下子，他这边倒热闹了。"奶奶看看工地。大家也跟着看，眼光往半空中移移，好像那里已经竖起根大烟囱，并缓缓升腾起了青白色的烟。

各式小贩这时早围上来，卖菊花、爆竹、青团、纸别墅、纸汽车什么的。大家都富有经验地毫不理会，只管往前。奶奶对祭品早有安排，她提前半个月便在家叠好所有的金元宝和银元宝，并一家家打电话分派款项：红绸带子、香蕉（指定要国产的小米蕉）、红富士、金南京、洋河大曲、烛台与香什么的……她的语气像在做什么公益动员：每个人都要参与进来，准备一样小东西，哪怕就是个打火机也好。

小叔叔落在后面，推却不过，从小贩手里买了一簇柳枝，耷着肩跟上来。离婚后的小叔叔越来越少参加家庭活动。去年中秋，他曾带回过一个相处中的大胸女人。这次上坟，又形单影只了。

往墓园里头走，一路要走过很长的台阶，大姑妈、小姑妈平日里纷争颇多，这会儿倒是手挽手，左顾右盼地小声讨论着路两侧的墓碑。这块是新墓，腊月才下的葬嘛。看看这个，是三口合葬。哎呀，看这张照片，小伙子多精神，可惜。

到了爷爷墓跟前，奶奶跟几年前一样，总是先被墓石两边的两棵小柏树所吸引，她直作揖："好，又长高了，这么绿！看看，这是老爷子在下面保佑你们哪。"姑妈姑父们都连连点头，好像接收到爷爷通过这两棵柏树所发出的信号，他们的台词也是大同小异："对对对，爸在保佑我们。"

两个陌生人，一男一女，凑上来，穿着十分邋遢，符马正惊讶着，男人手里却骤然响起快板："老板发财！大姐发财！大哥发财！大嫂发财！全家发财，子孙万代！"他每说四个字，旁边的女人就短促有力地跟上一个"好！"，非常富有节奏。他们两个一边念着粗糙的喜话，一边往他们跟前紧贴着。小姑父欲伸手掏钱，大姑父却伸手拦住："让他们再念一会儿好了……蛮好的。"

工地的敲打声似乎突然停止了，带有淮北口音的喜话再一次轮回，所有的墓碑都一齐竖起了耳朵屏气聆听："老板发财！好！大姐发财！好！大哥发财！好！大嫂发财！好！全家发财！好！子孙万代！好！"

符马伸手摸摸烟，但忍住了没拿出来。他早就发现，不论平常多么吆五喝六、不信邪、要个性的，一到这地方，都变得随和、从俗起来，以一种迷迷瞪瞪却又相当认真的表情遵循着所有烦琐的程序：拭灰，系红绳子，次第上香，点烟敬酒，磕头，一边烧纸一边连绵不绝富有感情地呼唤爷爷来拿钱，诸如此类。包括现在的听喜话。

符马满意地，几乎有些贪婪地瞧着这个场景里的亲戚们，这个时候的他们，与平常那些打牌时、吃喝时、吵架时、亲热时的他们是多么的不同啊。也包括自己，符马每年在墓前磕头时，都会故意慢腾腾地，似乎在细细感受这个难得的形体动作：膝盖那么地弯下，屁股小心地抬起，头往地上深深俯去，眼睛用余光看到旁边的鞋子，以及贴近脸颊的那么粗粝的地面，额头像是一下子就撞上了水泥地，又像是并不可能真的碰到。

……这会儿，大家正在额外讨论一件重要的事。关于墓碑上的字。

毕竟有八年了，爷爷碑上的字均已褪色，黑字变灰，红字变白，不大好看了，附近有些新墓或是描红过的墓，对照人家上面新崭崭的字，爷爷这块便显得疏于照应、风雨沧桑似的。

描红是好办的，墓园管理处有这个服务，交钱即可办妥。问题是……这八年，家里有些变化，其中有一两样，体现到墓上用红字刻出的家庭成员。比如，小叔叔，和他名字左方的婶婶，离了。再比如，小姑妈家的儿子，请人算了命，说是缺水，去年改了名字。“包括你家符马。”小姑父冲符马妈妈转过脸去，语气十分贴己，“不是说年底就要结婚的吗，既是重新弄，老爷子的孙媳妇当然是要加上去的。”

符马本有些走神，听到讨论到自己，连忙摆起手，嘴里胡乱推辞，好像饭桌上让酒或是开会座谈时表示谦虚，想想不对，又把手放下来。他突然感到恐慌，喉咙管给掐住了似的：要结婚了，真的吗？然后一辈子，他与她将永远困守在一起，多么难以想象的局面！而且，估计她一定不会喜欢这个主意：把她的名字，刻在西天寺的某块墓碑上，她与墓碑的主人、这位渡过长江打入南京城的山东老兵素昧平生，并且估计也没有共同语言。嗯，她现在连跟符马之间都没什么话说了，这令人不解的冷淡，似乎正是从他们定下婚期的那一刻开始的……

符马妈妈有些大儿媳的派头，她观察了几秒钟奶奶眉头皱起的角度，发表意见：“要是这样论起来，这碑真不知要改多少回呢。比如，小弟再结婚呢，还有符马这一辈儿里再生孩子……”

奶奶长叹一口气，冲墓碑摇头，好像爷爷就坐在那里似的：“唉，你看这些年，咱们家多少事啊，你都还不知道呢。”符马听得心虚，想着奶奶是在说他，这些年，他屁事无成，好像总在闹恋爱，那些半吊子的女朋友，总是饱受家人诟病：最年长的比他大了十二岁，两个是外地网友。有拿着B超单子跑上门来要割腕的，有一个后来竟然跟小叔叔眉来眼去……他心虚地抬眼，却惊讶地发现每个人脸上都有些讪讪的。也对，谁都不消停。分管工程的大姑父险些被“双规”，而小姑妈则搞了出风雨交加、不可理喻的婚外情，还有妈妈，被人骗了参加老鼠会，连奶奶的养老钱都给她搭了进去。

大姑父踮起脚，他又要去小便了。小姑妈手里捏着纸巾，把鼻子揉得红红的，有些犹豫：“要我说，还是以立碑日期为准，爸当时晓得些什么情况，就保持个什么情况吧。”

这话也有道理，大家脸色一松，目光一齐往碑上聚去，看那上面八年前的日期，似乎那几个数字现在别有了一番意味。灰白色的阴刻文，呆板的魏体。目光们在石碑上酸涩地挪动。八年，实在是远得超出视力范围，根本看不清楚了。

离开墓园之前，大家跟爷爷道别。这也是奶奶定下的规矩：一年才来一次，不跟老头子说点什么吗？

郊区的太阳穿过有点脏的薄雾升起来，照着宽大但拥挤的墓园，照着那些平躺在地面上的墓位，照着竖起来的、写着先人与后人名字的石碑，以及墓位与石碑之间老绿色的柏树。也照着他们这一群人，符马注意到，妈妈、两位姑妈都精心地化了妆，衣服也搭配得相当正式，可是，她们，以及几个男人，在这里，在这样的阳光下，显得那么衰老、松垮，十分弱小似的。

妈妈闭着眼，涂得不匀的睫毛在抖动："爸，你大儿子又出国了，我最担心他坐飞机，你可要保佑他平平安安。也保佑咱这一大家子每个人都好。嗯，还要保佑我的小本生意，你晓得的，我还要还妈的钱呢……"她没完没了地说，好像是在家里的晚饭桌上。符马戳戳她。

大姑父咳了一声："你最疼的迎迎今年就要工作了，你就放心吧。"大姑妈凑上去，小声补充："爸，我知道你会护着迎迎的，她今天的面试可重要了。外企，全讲英语。"

小姑父合了合掌："身体健康、身体健康就好。你家小外孙蛮聪明的，明年考外校，你只要保佑他正常发挥就好。"他的语调显得清心寡欲，好像不敢祈求太多，怕老头子忙不过来。

"爸，我今天跑了好几个摊子，都只有洋香蕉，你爱吃的小米蕉怎么那么少，我跑了几条巷子，找啊找啊，好不容易找着个卖米蕉的，那小贩一开口就管我叫大妈，你听听，都叫我大妈了……"符马听得有些发笑，却猛然发现，小姑妈哭了。小姑父脸上淡淡的，不动。从小姑妈婚外情之后，他们已分居很久了。唉，符马想起来，他们两个热恋时，说是带符马到动物园，却总把他丢在一边，只顾着躲在长颈鹿馆后面没完没了地抱着啃……旧日好像就在眼前。

小叔叔磨磨蹭蹭的，他问符马要根烟，嘬着嘴吸几口，敬到墓台上，凑过去，嘴巴动了动，像是跟爷爷耳语，谁也听不清，也包括爷爷——爷爷去世前两年就严重失聪，就是打炸雷也听不见。

轮到自己了，符马像以往一样感到张口结舌。他一直不习惯这个仪式，好像爷爷死了之后，就不是爷爷了，倒成了尊无所不能的菩萨，什么身体好、工作好、成绩好之类的都通通替大家张罗上了。妈妈在边上着急，索性替他祷告了："你看他没出息的！求你老人家关照关照他的婚姻吧。"

奶奶落在后面，一个人又待了几分钟。上车时，表情显得神秘而安宁。

时间才十一点，但照旧是要一起吃饭，还是那家饭店——这里大姑父可以直接签单、公家报销。

面试结束的迎迎赶来了，这么冷的天，她只穿着米色小洋装，腰细得快没了，还踩着高跷般的皮鞋，显得周围的人都臃肿得像矮脚鸡。围着她的大人们在问长问短，她轻快而矜持的回答中不时冒出英文单词。这种家宴中，作为第三代，迎迎总会成为中心，拜赐着大姑父主管的那座高架桥，她到澳大利亚一个符马老也记不得名字的大学待过三年，这使得她的教育履历表一下子比符马漂亮了一万倍，估计未来的职业表也会漂亮一万倍。符马算个啥呀，不要说迎迎了，到大街上随便拉出十个来，八个都比他强，这是妈妈的话，符马本人也深以为然……迎迎亲切而匆忙地跟符马打了个招呼，夸符马"衬衫很有型啊"。符马低头看看，外套还没脱，衬衫只露出一个角。

小姑妈到学校去把儿子豆豆也接来了："学校的伙食，真跟猪食一样！"当一个小胖子哼哼着喊符马"哥哥"时，符马真差点没认出他就是豆豆，怎么更胖了！像美剧里专被人欺负的胖配角。豆豆带着本小册子，在小姑妈的督促下待在一个角落里，翕动着嘴唇开始默记。符马不敢扰他，站到另一个角落抽烟，五六分钟过去了，他发现豆豆根本就没有翻动书页，除了嘴唇在极小幅度地振动，完全像个雕像。符马突然十分地想念几年前的小豆豆，也是在这样的家宴，豆豆像小雀子一样叽叽喳喳，有着新鲜的、令人忌妒的记忆力，他连篇累牍、拦都拦不住地一直在背各种电视广告，语调语音完全一模一样。“奶奶烧的菜口干——妈（声音带拐弯），用太太乐鸡精。好吃！太太乐鸡精，还真鲜得有一套。”“时间不经意地溜走，一天二十四小时，你有多少时间留给自己？停下来，享受美丽。美即面膜。”“奇瑞新旗云：更省钱，更省油，更安全，更时尚，更皮实。”

大家推让着落座，奶奶在上首，并指定迎迎和豆豆分坐在她两边，好像那是对未来成功人士的最高待遇。妈妈暗中乜斜一眼符马，表情复杂又竭力掩饰。符马最恨她这样子，有什么嘛，成功有什么了不起啊。一直落落寡欢的小叔叔坐到他边上，五十步笑一百步似的拍拍他，像是在安慰他。奶奶还在跟大姑妈接着谈：“哎呀，迎迎刚才要打个电话就好了，我们还来得及在西天寺跟老爷子说一下这个好消息！了不得啊，当场录用！”

符马举起筷子，早饭赶不及吃，很饿，却又不知往哪里下手。菜单是奶奶定的：青菜烧豆腐、山芋粉、带鱼、豆芽。这几样是上坟后必须要吃的。其他的菜，则通通是爷爷以前喜欢的，红烧鳝鱼、霉干菜扣肉、咸鱼干、臭干芦蒿、臭豆腐煲、大葱夹馍。大家转动着桌盘，齐心协力替爷爷吃起来。

筷子一举，再没人提过爷爷半个字。各人说的都是老生常谈，跟过年差不多，跟中秋也差不多，好像每一个人都是被固定死的角色，一辈子就无非是这些陈旧的台词。

大姑父毫不讳言他痛苦的根源：前列腺炎。“现在越来越熬不住了，就上个坟，我跑了四趟。为什么这么个世界范围内的、威胁着一半人类的病症，找不到有效的控制方法呢？”他举着筷子，环视大家。

小姑父跟小叔叔谈着换车：“哈哈，换人换不了，就换车。”

他似乎话中有话，眼光从小姑妈脸上飘过。小叔叔忙替他分析起各车型油耗，两人还竭力回忆着三年以前、四年以前，直至五年以前的油价，一连串低廉的毫无意义的数字。

小姑妈用启发的语气在跟豆豆谈论一篇作文，一边替他细细地剔鱼刺，好像他还是个三岁宝宝。

大姑妈与妈妈在讨论内分泌与黄褐斑，她们说到滋补药膏、子宫肌瘤以及停经时间，发音带着中年妇女特有的尖利。迎迎一边讲究姿态地在小口喝汤，一边注意地听她们说，偶尔插一句，带来来自国际的最新观念，比如，保养卵巢的最好方法是有规律的性生活，尤其在更年期之后。符马对付着一块碎了的臭豆腐，联想到女朋友在电话里与他争辩避孕方式，心中称奇：现在的女人，都是这样子的吗？可他记得的，小时候见过的那些少女们，那样的鲜美而羞涩，他那时候就爱上她们了。

唉，消失了的少女啊。现在这个世界是没有少女的。现在这个世界什么好东西都没有了，只剩下无聊，无聊得遮天蔽日，透不过气来。

无计可施之中……符马低头玩起手机。妈妈从桌子对面瞪他，要是她的腿够长，肯定要从桌子下面伸过来踢他。老娘哎，你以为我想玩手机吗，所有那些一刻不停，连过马路、坐马桶都在玩手机的人，你以为他们想玩手机吗？一切都这么空洞、这么没劲，有什么办法啊。

手机前一阵刚换，符马漫无目的地鼓捣着各种功能。找到世界时间与时差、全球天气预报、计步器、卡路里计算、手电筒、酒吧骰子、词霸（英语和日语）、全景图片编辑，一个个试过去，倒也能打发些时间。尤其是计时器，看着屏幕上的数字飞快地翻动，10、50、80，快得眼睛都看不清，100飞秒过去，一秒钟没了，再看数字飞，再一秒过去……真把他看得呆住了……

小叔叔碰碰他，符马抬起头，奶奶颤巍巍地夹了一大块扣肉冲着他，好像是为了安慰他的被冷落，他连忙站起，伸出碗去接过，奶奶嘴里嘟囔着：“趁年纪轻啊，要多吃，越多越好。”符马注意到，奶奶的神情已变得毫无权威了——上坟的事结束了，她又恢复了她的次要性与旁观性，她困恹恹地坐着，襟上落了两根豆芽，半块大葱饼在她不齐全的牙齿之间艰难地蠕动。符马看了奶奶一会儿，忽然有点儿尊敬她，并感到很饱了。

大姑父手机响了，他接电话的样子很有气势，听出来是重要的事，大家都连忙噤口，并记起来这顿饭是他结账。大姑妈开合着嘴打着夸张的手势喊服务员过来。小姑妈轻声问豆豆要不要再来一块大肉。迎迎掏出小镜子补口红。小叔叔伸手到符马外套里摸烟，好像是为了感谢今天的几支烟，他突然对着符马耳语，很清晰，带着突如其来的沧桑：“我劝你一句，还是不要结婚算了。真的，我想清楚这个问题了。你也看到了吧，多没意思。”符马惊讶地抬头。小叔叔却眯起眼，往桌子上方吐出一大口烟。

屁股下的凳子摩擦着地板，刺耳地响起来，穿外套、系围巾的动作更加重了如鸟兽散的气氛，奶奶疲惫地扶着桌子站起，留恋地挨个儿检视着桌上的盘子，小声埋怨没有人肯打包，就是带回去喂野猫也是好的。没有人理会。服务员拿着账单来了，大姑父却又跑到卫生间去了。大家于是耐心地站着，没有人装着要结账。

奶奶仍在不甘地东张西望，忽然，她想起什么，神情郑重地拉起大姑妈，想了想，又拉起符马的妈妈：“……哪天我不在了，你们两个可别忘了招呼这码子事，要提早，并一定看好皇历上的吉日啊！”

“看你说些什么呀，你身体好着呢。”大姑妈摇摇头，一边嘛着嘴把围巾打成蝴蝶结。妈妈对她的围巾啧啧称赞，问了价格之后若有所思，兴趣大减，一边把脸转向奶奶，把差不多的话又说了一遍：“看你，你身体好着呢。”

奶奶抓住她们短暂的注意力，急急忙忙地补充道：“记得我喜欢吃什么吧？到时候，除了老爷子的菜，你们替我叫份菜泡饭、小笼包子、韭菜炒螺蛳，最后来一份赤豆桂花糕。”奶奶是常州人。

符马离座前抓起手机。上面的计时器还在跳呢，他按下了停止键：00:21:37:95。他愣了一下，明白了，这就是刚才，在这个包间里，从他们这一群人身边刚刚过去的21分钟37秒零95。嗤。

小叔叔把烟掐灭，有点不满地问：“你冷笑什么？”

下

符马站在路边伸手。一辆的士停下，司机走下来，冲符马打个莫名其妙的手势，到路边报刊亭买了两提子黄纸与几摞冥钞，一边匆匆点根烟，一边坐进来跟符马嬉笑，好像他们是老相识：“嘿，这冥钞上全印着老外呢，是华盛顿还是克林顿？我家老娘绝对不会想到啊，她死了我倒能孝敬上美元。”

符马应付地点头，心里盘算着，这个时间回单位，有点亏，要到两点半才打卡呢，甚至迟到也是可以的，都知道他是上坟去了。不如……干点什么吧。但是，得跟对方约好才成哪。

好在，“那个女孩”白天黑夜都蹲在QQ上，对，她的签名就叫“那个女孩”。符马是在QQ漂流瓶里跟她搭上的，漂流瓶的某些功能很淫荡也很诚恳，可迅速在人海中发现同类项。“那个女孩”比符马大两岁，似乎也有了确定的结婚对象。两人每次见面也没什么交流，从不故作柔情蜜意。想想是有点生硬，但管它呢，这样的事情，就不要太挑剔了，越离谱反倒越好。

一说，“那个女孩”欣然允了，说是恰好也发着呆呢。

其实都快到单位了，只得让司机改道往另半片城开，司机听说是汉庭快捷酒店，心知肚明地嘻嘻一笑，一边假意皱眉：“哼，那可蛮远的，你得有耐心。”一边扭开电台，人往后靠靠，像是要跑长途。难听的股指与难听的广告之后，更难听的主持人冒出来，以一种应景的节日般的语气，如同讨论南北菜式似的聊起生态葬，什么树葬、海葬、花坛葬之类的，并拿自己打趣，牡丹花下死好呢还是玫瑰花下死好，撒入太平洋、北冰洋呢还是莫愁湖。他还扯到某个外国小城，通过环保设计，其殡仪馆为全城的面包店免费提供热能。符马听得差点被口水呛住——用先人之躯来烤制面包，怎样的滋味啊。

车子开始堵了，身陷地下隧道，前后的车子不见首尾，一长串惨白的照明灯像纸项链一样挂在头顶，使得此刻如同沉沉的深夜。司机烦躁地切换电台，没有信号，全是杂音。他大口喘气，好似有洪水淹到脖子：“我最讨厌地下隧道，什么玄武湖隧道、九华山隧道、富贵山隧道、过江隧道。真讨厌，现在又要把河西高架拆掉改隧道。再这样下去，老子真没法做生意了。”

符马递去一根烟，司机勉强接去，一边恼怒地翻翻眼睛：“老子以前不这样的，也真是出怪事，5·12之后，他妈的就屄了，现在连地铁老子都不肯坐，打死也不坐。你呢，你就不怕闹个地震什么的突然死掉？现在死个人可容易啦。”他瞳孔似乎放大了，恐慌密布。符马一边简直想笑，就这，他还“老子”“老子”的，一边在QQ上安抚“那个女孩”，说要迟到。

“南京阴气重得很，你不觉得？”司机绕在他的逻辑里，“外地人一上车，总是要去那些地方，明孝陵、中山陵、雨花台烈士陵园、南京大屠杀遇难同胞纪念馆、瞻园路太平天国历史博物馆、南唐二陵，就包括总统府、秦淮河什么的，也一样，你想想呢？哼，什么六朝古都啊，都是死人一层层堆出来的……”

符马心不在焉地点头，只顾忙着在线上与“那个女孩”商量今天的体位，虽然到时会另有发挥，但这差不多也算是前戏吧，毕竟时间比较紧，这样要好一些。

车子终于慢慢往前挪了，司机忙不迭地重新扭动电台，让车里响起声音。他对符马的冷淡有些不满：“哎，你看你！真有那么忙啊。”过会儿他又自言自语，“其实也对哦，及时行乐就好。”符马瞅瞅这位司机。有的时候人是不想说话的，司机要是也在QQ上，他倒愿意跟他扯几句。

出了地面，符马把视线投向枯燥的街道，用四根手指搭成取景器，好像这样可以增加一点可看性……透过小小的长方形，符马头一次注意到，许多的小烟酒店、杂货铺、报刊亭都在显眼处摆放或悬挂着纸钱或锡箔元宝，它们与报纸、口香糖、矿泉水一起，好像特殊的手势，在对匆匆忙忙的路人们发出重复的、耐心的暗号。符马感到惊异。司机借机摆老资格：“经常卖啊，一到鬼节、冬至、除夕，还有这清明，到处都是。平常也有人烧，逢到忌日生日之类的。哼，你们这些小家伙，没心没肺光晓得快活，大概都不记得——人是会死的吧。”

符马咧咧嘴，垂下手，扭头继续专心地盯着那些风中的纸钱，它们在车窗外晃动、消失，再出现、再消失。司机先前的一团团废话，好像一段滞后的录音，重又在他脑子里断断续续地播放起来。他用手抓住车座，以免自己过分地摇晃，他突然感到，自己身下的这辆车，好像成了这个城市的最后一辆车，为了奔赴一个末日的约会，正艰难地穿行在一个拥挤不堪又不见人烟的地带，那些消逝了的肉身、败落了的繁华恍然再生，相互层叠、覆盖着，发出震耳欲聋的叹息。

冲过澡之后，他们喜欢在床上闲聊几分钟，“那个女孩”抱怨新买的“百丽”磨脚，又说到她最近在健身房做的身体成分分析报告：脂肪比、骨骼肌、腰臀比什么的。她很关注自己的身体，要是由着她，也许可以在这个话题上谈上几个钟点，哪怕符马一言不发。有一次，她说起她的头发，从四年前开始，哪个情人节做了接发，哪个生日剪成波波头，又是哪个假期挑染了什么色，哪个周末做了软化什么的，记得那么一清二楚，简直让符马听得心酸起来，多么结结实实的孤独啊。

由着她永无休止地自述，符马打开电视，调了几下，碰到动物世界，总是那些窥视与博弈的画面，豹子与鬣狗为着鲜肉与腐肉的分配额度进行漫长的奔跑，不过符马觉得这个做背景还凑合，一边瞅着，开始抚摩起她的脂肪、骨骼肌与腰臀比例。“那个女孩”却扭扭身子，抱怨起她的偏头痛，她琐碎地说着，疼了快有一个星期了，不是很疼，但隐隐地疼，也不影响什么，但总归不太舒服，有时候左半边疼，可是到第二天，又换成后脑勺疼……

符马继续忙碌，试图改善她的兴致，也试图改善自己的兴致。有那么几分钟，他感到时间变得缓慢极了，像蜡烛油一样垂落着，软软地凝固起来，绝望与枯索的气息把他紧紧包裹着，他好像不认识此刻的自己——在这个乏味得无法命名的时间，在这张此生只会使用一次的床上，与一个心不在焉轻声低语的女孩。符马抬起头，求助般地看看电视，里头那只丑陋的鬣狗已经等到了它的时机，正在滚圆的橘色暮日下大啖着腐烂的鹿架，嘴角渗出血糊糊的肉沫。

符马侧头看看枕边的手机，那一小块方正精密的金属。在这无助的时刻，他突然对它涌出泉水般的亲切与涕零之感，最起码，这整个世界上，它是他唯一熟悉的、保有他体温和气味的东西，它像万能的楔子一样扎进他生活里每一个松垮的、难挨的缝隙——比如此刻，他冒出个想法，不如用用它的计时器功能吧，看看一个回合时间会有多久，这想法好歹有点意思！不过，真是的，老也来不了劲儿，他感到自己那放在女孩身上的手都开始发黏了，可能，今天太仓促了，尤其是家宴过后，那些令人沮丧的细节总挥之不去，亲戚们以及他本人，通通比平常更加令人失望，好像勾起了生活里所有混浊的部分……还有，那个怯懦的司机，他那么饶舌……

“那个女孩”突然一抖身子，有些激动地捂住嘴：“噢！我知道了，这个偏头痛，一定是我爸想我了。我说呢，这不是快到清明了吗，每年一到这个时候，我总会莫名其妙地不舒服，要么发烧，要么闹肠胃，要么皮炎发作，吃药挂水都不行……但只要去看看我爸，给他烧点纸，立马就好，真的，几年都是这样，灵得不得了！明天，明天我就去……”符马十分惊讶，不是惊讶于她所说的内容，而是惊讶于自己身体的反应，像被一股汹涌而至的荷尔蒙所绑架似的，他被驱动着一下子翻身上去，如同开启了发条的机器人。“那个女孩”被扼住似的闷叫一声，随即发出得到滋味的细长叫唤。

符马没有忘记按下手机的开始键，用余光看到计时器的数字键应声开始滚动，胶着住的时间就这样被抽打着活转过来，在符马与她的身体里滚动，泥浆飞溅，流星追月。符马憋着气，像骑着危险的劣等马，伴随着末梢神经的肿大血腥，他品尝到一种腐朽与败坏，就像刚才的那只鬣狗，在荒草摇动中吞食它的晚餐……但电视不知何时已换了节目，可能是探秘之类，主持人正用悬疑的眼神凝视着姿势怪异的符马……符马冲主持人努努嘴，示意他手机上的计时器、示意那滚动的数字，以此来分散自己的注意，以延长这唯一可以证明他存在感的血肉时刻，耳边风声呼呼、身下喘息如兽，符马咬紧牙关，竭尽全力地奋战，似要摆脱与甩开，好像身后紧贴着一个如影随形的家伙，那人半遮着脸，黑色的长袍飘动，拖曳着死神的修长阴影……

“那个女孩”突然大声呜咽起来，泪水如河水在枕边奔流，她用手指拼命掐着符马的背，眩晕中语不成调：“你……我……我的头不疼了。”

四周像海洋深处一样地幽静恬然，修长的藻类与深蓝的波光触手可及，他成了透明的细胞，四面八方没完没了地平铺伸展……符马慢慢睁开眼，瞟到天花板上的简陋吊灯、墙上挂的印刷品，以及垂挂着的毫无活力的窗帘，窗帘外光线不明，这么说，天快黑了……这一觉多么漫长，昏死一般的，简直像到了另一个世界，要是能一直待在那里该多么好。

符马蜷起腿，动动胳膊，也难怪，早上为了赶西天寺，实在起得太早了。他看看时间，现在连下班的卡都来不及打了，也没关系，在网上捣腾来的塑胶仿真指膜，正好可以试一试，请同事用那玩意儿按一下好了。

符马一边慢腾腾地发了短信，一边有些畏惧地感受到，身体的体温开始恢复，大脑也有了悲喜的感知，好像二者都从遥远的超现实领域返回了现实——一无所有、无计可施的绝望感又轰隆隆地、火车似的准点开来了。一点不意外，每次纵情之后都会这样，似乎是孤苦大脑对下半身的轻佻所做出的报复性防卫，所馈赠的无药可治的并发症……

他洗好穿好，看看镜子，有点变形的镜子里，胡子看上去更长了。早上在西天寺，妈妈还说到这个，她的意见听上去像是不满剃须刀的价格：那只新的，六百八十块呢，你得天天刮才划算啊。可是，胡子不就是身体长出的庄稼，为什么要通通剃光，不肯承认似的？他偏不刮，没什么的，有人会仔细看他吗，包括同事或是上司，他其实也从不仔细看他们。公道的、彬彬有礼的世道啊。

到楼下结账，他发现前台服务员面带愁容，像有满腹心事，看他的眼光似也充满同情。看错了吧，也可能是在借她的眼睛看自己？符马心中着恼，很粗鲁地与她直视，直至她垂下眼皮。符马四处看看，看到“不可吸烟”标志，高兴地摸出一根烟，点上，舒服了一些。

就是这个时候，符马发觉自己想起了爷爷。在这一天快要结束的时候，这毫不相干的纯粹打算用来浪费和踩踏的时刻，他一边用三根手指拈起找回的皱巴巴的零钱，一边想起了死去的爷爷。

有一段时间，每个周末的一大早，就像今天去西天寺这么早，清冷冷的空气里，爷爷带着十多岁的符马去爬紫金山，从白马公园那里上去，起始平缓，继而渐陡的山道，身边一群又一群呼哧呼哧喘着气的人，有时还有白色的小狗与黄色的大狗，有人提着小收音机一路放着激亢的老歌。山道右侧，人们专心致志、目标一致地上山；左侧，另一群人神态轻松、心满意足地下山，两边互为映衬，似乎构成了一个自给自足、循环往复的境域，整个山道弥漫着与世无争的甜美……在山风飒飒的休息亭，爷爷一边歇上片刻，一边摸出皱巴巴的零钱，给符马买黄瓜和茶叶蛋。稍后，爷爷牵着他的手，他们继续加入人群，疲劳而笃定地，慢慢往上爬，往天文台那里去，到那郁郁葱葱的高处。

符马双腿微微打战，那消逝了的、令人不敢相信但的确真实存在过的幸福感像在抽打他的小腿腹。

符马与服务员最后对视一眼，他羞耻地感觉到了自己眼中带泪，并注意到那姑娘平静的、毫不吃惊的眼神。

二十五分钟后，符马站在了紫金山山脚下，站在从白马公园开始的栈道上，所见有了显著的变化，却又令人感慨地依稀可识。走在栈道上的人多得令他惊讶，三三两两，偶有说笑，一幅平常景象。竟有这么多的人在夜里来爬紫金山啊。看不清任何一张脸，不过他们肯定都不是从前的那些人了。

夜色已浓得像一件又厚又重的袍子，符马犹豫了几分钟，还是混入黑黝黝的人影，往山上慢慢走去。没有路灯，附近的山路上，汽车的灯光不时扫过，穿过树影，造成一种流动的栅栏般的光影，以至于让符马觉得，他，以及周围的人们，像是在一个抽象的牢役中辛苦而无知地跋涉。多么美的、值得同情的画面啊。

他试图再回忆一下爷爷，却发现大脑已无动于衷，对纯真童年的感慨疾如闪电，那么无情地一下子就过去了。唉，狗屁不值的软绵绵的温情们，符马本也看不上。就这么空空荡荡、冷冰冰地只管爬就好了。

……到半山腰，已经可以看到一部分城市的夜景了。楼群的灯火、车流的线条，那么的典型而老于世故，像一张令人不屑的业余摄影师之作。符马闭闭眼，重新睁开，尽可能地往远处看，极目的边缘，是参差不齐的、显得非常复杂的黑——山、水、田地、植物、昆虫、墓园、道路、门窗和面孔，过去了的，将要来的，通通包含并消失在其中。

这么侧头看了几分钟，符马的步子慢下来，好像有细雨丝落到身上，有蜘蛛网落到头上似的。他不知道那是什么，用手徒劳地拂了拂。他站住，完全失去了爬到山顶的欲望。

这真是挺讨厌的。连符马自己也感到不解，为什么每一桩事情，或迟或早，殊途同归，他都会感到无聊，这无聊，大得像天一样，硬得像老树根一样，根本抵挡不了。如果死去爷爷的魂灵真能保佑什么的话，能保佑他不这么无聊吗？能保佑他像别的人一样，看上去好像蛮带劲的样子吗？

符马摸摸口袋，烟抽完了。只有手机，他掏出来，一边无奈地、厌烦地翻到计时器功能，并揿下开始键，一边不争气地转过身，逆着人群，逆着那些在半明半暗中起伏的身影，往山下走去。他把手机放回裤子后口袋，听凭那些数字在屁股后面滚动，好像小蚂蚁似的，一秒接一秒地叮咬。

2012年6月

徐记鸭往事

我要是没死的话，现在南京最老牌的水西门鸭子店肯定是我家“徐记”了，说不定都有了分字号、连锁店，那绝对是出人头地了。这话不是我自个儿胡乱吹牛，是当年那些老主顾们说的。大夏天的傍晚，街面上洒过水，燠热的蒸汽在夕阳里摇摇晃晃，三两个老爷们光着膀子在街边就着鸭四件下酒，“滋溜”下去半盅，总会有人这么叹上一句。他们至今怀念我的“徐记鸭”。

是啊，二十多年前，水西门二道埂子那一带，我家“徐记鸭”是相当出名的，同样出名的还有水西门尹记、水西门程记、水西门陆记等，反正大家都自称是正宗水西门鸭子。而只要有了“水西门”三个字，生意就好得不像样子，尤其是下午，我三点半准时开张，往往三点不到就有人排上队了，我和小伙计一个卖一个剁，六点不到就能卖光光，只剩下油亮的罩子灯照着空空的玻璃搁板。别的几家也差不了多少。要知道，南京人实在是太喜欢吃鸭子了，像中了邪一样，钱多钱少，有客无客，天冷天热，下酒就粥，不来点鸭子那真是过不去的。街上的大小店家也顺着这股子风气，往细做里折腾，一只鸭子，拆散到各个部位，煲呀、烤呀、腌呀、风呀、卤呀，从大席面儿做到巷尾小吃，能搞出八十多种花样来。比如，用鸭油做酥烧饼，鸭肉丁做五香烧麦，血、肠等下水做粉丝汤，胰肝做“美人肝”，鸭掌做

“掌中宝”，连鸭屁股都有人指定要买，说是有股奇特的松子香味！最好笑的是专做素席的“绿柳居”，在这种风尚的影响下，也弄出一道有名的“素烧鸭”来骗骗舌头！

我家鸭子店虽叫“徐记鸭”，但小的并不姓徐，那一家家尹记、程记、陆记也不是真的姓尹、姓程、姓陆，也就是各自认个干爹、随个门宗，算是有个出身呗。不管做人做鸭子，出身总是要紧的。我的出身呢，其实算个破落户，父母是从安徽那一带摸滚过来的，不知怎么的就在鸭子上讨起生活来，并吃下个小门面打起万年桩了，我等于还没落地就注定要接班做盐水鸭了。好在我能吃苦，别的不说，光说给鸭子“搓盐”这一道，别人家都戴胶皮手套，我从来不戴，哪怕数九寒天，担心影响手感、盐搓不匀，弄不好还有股子橡胶味——盐水鸭为什么容易入卤味，就因为它的肉又娇又嫩，敏感得很，这方面我是特别的注意。我也不用塑料盆，怕有塑化味儿串进去。我鼻子最灵光，别家的鸭子只闻一闻，就晓得他用的是生盐卤还是老盐卤！哎呀扯远了，勿怪！死人寂寞，话多。总之，我从来都是直接用光手去“搓盐”，把鸭子当小女人似的，里里外外仔细地给她揉皮捏肉按摩，把每一只光鸭都伺候得匀称调停，白亮、喷香！只可怜我的这双手啊，给盐花子蜇得通红，肿得老高，疼得不能碰。我这里疼得越狠，“徐记鸭”的味道就越好，保管咱全家老小顿顿肚儿圆。

我管老小肚儿圆，我老婆呢，则管老小衣衫新。我老婆在国营泰昌布店站柜台。老南京都晓得的，泰昌布店营业员名声很响的，她们一溜儿的整齐、苗条、能说会道。漂亮女人做生意最占便宜，尤其是卖布！我老婆呢，话不多，在那当中算不得最出挑的，但她自有她的一套生意经：花的薄料子，她灵巧地抖一抖，往脖子里那么一搭，坠成一种时髦的弧度，女顾客瞧了，马上一拍手就欢欢喜喜地要了；厚的藏青料子，她则老练地折两个斜角，在肩头比出一个格格正正的西装领头来，眯眯一笑，连快进棺材的老头子都想掏钱！

站布店最大的好处就是：经常有次品。布店里整匹进货，每匹布的起头卷尾，常会有些小毛病，上不得台面，基本上都是内部人员半折半拿，各自往家里头抱。我老婆经常抱布料回家，当晚踩半夜缝纫机，第二天就是一件时新春秋衫、一条时新八片裙。美得不得了呢。

嗯，这个，我老婆有狐臭，这个事情我生前从来没跟人说过。其实你想，要不是有这个小毛病，肯定也轮不到我这么个卖鸭子的来疼她。胳肢窝下的事，外面哪个晓得，我不在意的。我反而更加的疼她。我每晚都搂着她，我要一辈子都这样搂着。怀里的她细声细气的，总显得我特别的粗鲁。

本来，一切都该顺顺当当，我顺当地卖我的鸭，慢慢把"徐记鸭"做成水西门头块牌子。我老婆呢，顺当地卖她的布，一直卖到泰昌五年后倒闭回家。可是呢，没有能这么顺当下来。

我那怯怯的好老婆不声不响给我戴了绿帽子。

这事情，最终是对面"生煎包大王"钱老板告诉我的，他是我安徽老乡，交情很不错。

钱老板那天很怪，突然一本正经地穿上人字混纺华达呢马夹过来找我"说几句"。我一见就笑了，因为我太认得他身上这件呢子马夹了——是我老婆店里的折价布头做的，还是我亲自去拿的呢。嘿，厚厚一捆人字混纺华达呢，很重，绝对上等货色，只中间有几行跳线，算三折的价格，简直白送！其实呢，找到有经验的裁缝，保证天衣无缝的。抱回家，我跟做桂花糯米藕的湖州老板一人一件呢大衣，再给"生煎包大王"钱老板搭送件呢子马夹，大家体体面面穿回老家过年。过年回家，我们都是很讲究的。平常做生意嘛，为着行动便利也为着耐脏，我们一般都穿得比较烂，黑乎乎的外套从秋天穿到春天，但越是这样，新老主顾们反倒待我们越是亲热。南京人就是这样子的，他们最爱打听我们的老家，哪怕是三代以前的，哪怕你已经在水西门住下二十年讲得一口南京话了。哦，你老家安徽呀、老家河南呀，他们点点头，流露出一点旧都子民的神气，十足要护着我们、罩着我们的样子，买东西很爽快。我蛮喜欢南京人这种脾性的。不过他们肯定猜不到，我们这些剁鸭子、做包子的也会用人字华达呢做大衣、做马夹呢。

对不住又扯远了，前生往事的这么一摊，像杂货铺，收都收不拢了。话再说回来。见我指着这件人字华达呢马夹发笑，钱老板也指着马夹，可他一丝也不笑，倒像是凭着马夹来起誓——我头上千真万确地戴着一顶绿帽子。

我盯着他，为前面那些没皮没脸的日子感到深深的空洞。他们早就开始了，而大家早就晓得了吧！流言也许已经在水西门大街上游荡了十几个来回，打了七八个拐弯吧，在尹记鸭、程记鸭等各家鸭子铺里混着新卤老卤，进了千家万户，让人们吃下了肚子又屙作了黄屎并生出了白蛆吧，只有我这大绿头苍蝇还在吭哧吭哧、迎来送往地剁鸭子呢。怪不得最近生意越来越好，敢情那都是来瞧我头上这顶端端正正的绿帽子的。

你晓得吗？在水西门大街，我可一向要的都是狠角色，成天端着膀子，怀里头抱的不是火就是刀，远近几条街都晓得我性子烈，所有那些小混混小杆子们也是这么认为的。但凡近邻铺子，包括我的同行、对家，只要有邪角色寻衅闹事，我都会出头去替他们摆平。总之，水西门这一带，我大小也算半个人物吧。

所以你想想，我哪里咽得下这口气。可我不愿把气撒到我老婆身上。就算出了这种事情，我对她也下不了手。

我只能去找那个奸夫。

关于奸夫的情况，我也是与奸情一并得知的。这种又腥又臭的事情，要么就密不透风完全包在纸里头，要么一下子捅得底儿掉。那奸夫其实我见过，就是那天——我去布店拿那捆人字华达呢次品，到前台找老婆时，她远远地指给我看了一下，语气十分的感谢："喏，杨经理，副的，布店二把手，还兼工会主席，就是他照顾给我这块料子的！"

我随着她的手指看过去。布店的大堂里基本全是女人，老女人、小女人、胖女人、瘦女人，个个花花绿绿。其中一个戴着鸭舌帽的男人一眼可见，他正背着手，以比较慢的速度在大堂里踱步巡看，光是背影就给人一种极为威严的样子。我老婆小声地介绍，说这位杨副经理曾经站过多年绸布柜台，眼光很毒，顾客要一块料子，他不用尺子，只拿手臂拉一拉、张开虎口走一遍，然后大剪刀下去"咔咔咔"，就恰好裁出顾客要的几尺几寸，偶有失手，误差也不会超过一寸。听说就是凭这个，他成了劳动模范，然后转干，一步步做到副经理。其实，这也不是多么的了不起，谁没个两把刷子——你随便拎只鸭子来，活的死的、带毛的光身的都行，我只要粗粗打一眼，就能报出是几斤几两，出入也绝不会超过一两。

难得来一趟，应当打个招呼，好歹我也是"徐记鸭"老板。

"杨经理！"我自作主张地大声喊。

杨经理听到喊声，停了一下，却不回头，依旧不紧不慢地继续他的巡查，又走了半圈，才转往我们附近的区域。他好像不是被我喊过来的，而是正好巡查到此。我得以看清他的全貌，身量不高，戴个眼镜，脸上没有笑容，完全不像站过柜台的小伙计了。

我老婆有些结结巴巴地把我介绍给他。他现在换成了周总理的姿势，一只半端的胳膊微微夹起，另一只手很亲切地伸过来跟我握手。我有点不好意思，我的手弄鸭子弄得实在太糙了。我直哈腰："杨经理您喜欢吃什么鸭子？烤鸭、盐水鸭还是板鸭？改天我送几只您尝尝？"

手才握了一半，杨经理却猛然收回，双目炯炯，严肃地纠正和制止我："记住，我从来不收职工或职工家属的东西，请客送礼、找熟人、走后门那一套，都是严重违反组织纪律的。国家干部更要以身作则。"说完，他眼神突然从我脸上移开，笔直地移到他的左手袖口上，随着他的目光，我发现，原来他的袖口上有一个绿豆大小的灰色线团子，这在布店，实在最正常不过，我老婆冬天的外套上，每天都是一身的衣料线头子。可杨经理眉头紧皱，十分厌恶似的迅速用两只手指拈起，远远地弹开，接着重新审视全身，包括肩膀、肘部、胳肢窝下方，确保再无类似情况，才重新把手背到后面。他没有把目光再移回我脸上。他直接走了，接着不紧不慢地往下巡视。

被钱老板说破奸情之后，我回头想想，他们当时可能已经有情况了，最起码，那个姓杨的，正处于酝酿阶段。否则，这么个大便宜，能做两件大衣、一件马夹的人字华达呢，为何给我们家独占了？这不跟秃子头上的虱子一般清清楚楚的！

可那时我怎会晓得呀。记得当时我愣在原地，缩回握了一半的手，直眨眼，被他十足的官架子和一身正气给镇住了，既佩服又大为遗憾：竟然不要吃我家的"徐记鸭"？那么好吃呢！可惜。

我哪里晓得，人家是要吃我家女人的呢。

得到消息，我当天中午就去找他了。我心里头热辣辣的，如有一百只老虎争抢着要跳出来，真是午时等不得三刻。

想到我早就“见过”并能“认出”他，我心里多少还是感到庆幸的。最起码，我比另外一些连奸夫是谁都不知道的倒霉蛋要强一些。他们不得不满鼻子满脸地东猜西找并很可能最终仍是悬案。我倒是可以打个笃定的有准备之仗。我已了解清楚，这个杨副经理每天中午都要回家眯个午觉。

好在中午的时间对我也合适，忙完了他，还能赶在三点半之前回去开张卖鸭子。我那小伙计也可独自顶一阵儿，但还是两个人搭档最好：一般我负责说笑打趣，帮着犹犹豫豫的大妈婶子们挑前脯挑后腿，配鸭脖子配鸭头，同时收钱抹零头找钱，“下次再来照顾小的生意”；小伙计呢，则埋头于刀功，在大砧板上“哐哐哐”，铺排打包出货。码铺鸭肉小有讲究，碎骨、边肉、囊子肉要藏在下层，薄皮瘦肉、有卖相、勾馋虫的放最上头，有个好“头面”。卖桃子卖栗子的，各行各业都是这个千古道理。就连女孩出门，那还不是又涂又抹从头收拾到脚，图个好卖相。我就担心着小伙计一个人手忙脚乱，顾得了头面顾不了口舌，万一卖得滞下来，拖到六七点钟还有几只鸭子干躺在架子上，那就太丢我“徐记鸭”的脸了。无论如何，我一定要三点半前赶回去。

看准门牌号，我用力捶大门，同时用脚踹，搞得山响。我要他以最快速度来应门。妈了个巴子的，早开始早了结。

里头果然脚步着慌，门拉出一条缝，尊敬的杨副经理连眼镜都没来得及戴。他翻着大眼白，随即又迅速眯起，不太自信地责问：“您走错门了？”

“不会错，找的就是你这个奸夫！”我暴风雨般地一把搡开他，猛扑进去，感到自己真像猛虎下山。我心里痛快地想着，看来只要十分钟，就能解决问题！

他倒也配合着呢，也像是暴风雨快要来临似的，忙不迭地在我身后把大门关上，又飞跑着到阳台关窗，然后是厨房和卫生间，他快速地把房子跑了一圈，确保所有的门窗都紧闭——他这是怕屋里的动静传出去。敢情好。

他忙着关窗的同时，我也在抓紧时间砸东西，什么玩意儿来头大就砸什么。

他这时也找到眼镜戴上。可一身没志气的睡衣，远没有上次见面有样子了。他瞧着我砸，两只手像折断的翅膀，一会儿张开，一会儿垂下。他不是要阻拦，而是试图帮忙，我要砸什么，他就赶紧地递什么过来。

他这样顺着，反而没劲！坚持又砸了几样，我歇手到沙发上坐下，并让自己跷起腿。

他垂手站着，等了我一会儿，见没有新的动作，便趿踏着拖鞋跑到厨房去，泡了两杯茶水端来：“这下子，好了吧？”

我腾地又站起来：“你以为老子就是来砸东西的？”

他不解：“那么？”停了一下，他好像突然想起来还没有正式认识，“请问您是？”看他那样子，好像又要伸手来跟我握手了。

“操，我就是她老公！卖鸭子的！我们见过！也握过手了！”我气得心如擂鼓，又不得不用那天的细节提醒他，“次品人字华达呢……我去替我老婆拿……”

他听着，却更加迷惑，随即做一个很干部的手势，表示要抱歉地打断我：“我都送过布的，她们个个都拿过折价次品，也经常有丈夫来帮着拿。”他有点苦恼，显然他也不情愿这样混淆成一团。

这个狗日的东西，这个不要脸的大流氓，他到底低价处理了多少次品给多少营业员啊，从绸布到的确良，从毕达呢到华达呢，从全羊毛到腈纶混纺，从羽纱到花边。

“你比我小，我就叫你小兄弟吧。听我一句劝，小兄弟，不要钻牛角尖。我从来不当真，她们也从来不当真，就算她们的丈夫，人家也不当真。你真没必要这么个样子！”他一挥手，幅度挥得很大，把泰昌布店的漂亮营业员和她们的丈夫全都挥在里面。就我一个，还没被挥进去。他那表情，妈的，好像还认为我不大懂事！

“好极了，老子今天就来代表她们的老公算总账！”看来我这一趟真的值了，将来几条街都会佩服我的。替天行道。热血像烧开了一样地直冲脑门子，脑袋都嗡嗡嗡了，我冲上去一把揪住他领口，把他像鸭子一样地提起来，要在我家后场，有那只一米二的大铁锅，开水嘟嘟嘟，就扔进去褪了他的毛再说。

不过他到底比鸭子重很多，提了一会儿，我感到吃力，便就势摔下，踢小腿让他跪着。他狼狈地整整衣领，又用手移开膝盖下的碎烂，小声问：“那你到底要什么？”

我没回答。虽然我想速战速决，但我又想多看几分钟，看他像个孝顺孙子似的跪在我跟前。他以为我不说话，里头有文章可做，便挪动双膝往我这儿靠靠，显得十分体己：“没有关系，直说。我不遗余力。我也来替你想想看。”他主动扳起手指头数落起来。

“钱。我有一些私房钱，可以全部给你！你要觉得少了，我再另外想办法。说实话，只要在这个位子上，钱总是能挣到一些的。

“关系要不要？你说你是卖鸭子的？巧了，我在湖熟乡下有朋友，可以帮你以最低价进到最嫩的小麻鸭！溧水我也能找到人，那里白毛鸭有名的！哦！”他突然表情定住，“我想起来了，有个营业员给我带过盐水鸭！那么是她？你看，我这下子想起来了！那个有狐臭的！对不对？”他露出欣然的、表功般的笑容，好像还有那么一种我应当明白的宽容和委屈在内——他都没有嫌弃我老婆有狐臭呢，又不是最漂亮的，也不是最活泼的！

“对了，我不是兼工会主席吗，专管职工福利，可以采购鸭子！春节发、端午发、中秋也发，只要过节就发！全都从你家买！一分回扣我都不要！

“有小孩要上幼儿园吗？进鼓楼幼儿园包在我身上。这家幼儿园，南京头块牌子，多少人挤破头要进的。因为是陈鹤琴创办的，陈鹤琴你晓得的吧，他是……”

我抓起手边的茶水（但愿还是烫的！）往他脸上一丢，站起来，四处走。奶奶的，再说下去老子都要吐了。老子是个破落户，是个卖鸭子的，但又不是卖老婆的。

奸夫鼻头挂着茶叶，额角的头发趴下来，滴着水。惊愕之中，他跪得更直了，好像满心以为，姿势越端正下场就会越好。他向日葵一般仰着脑袋，眼珠紧紧地追随着我，大为不解：“我通通交底了呀，你就没有一条满意的？莫非四条你同时要？那我考虑一下……”

“四百条也没用！个狗日的，你搞过我老婆了呀！”操，跟我讨价还价做生意呢。

“那你说吧，到底要什么？”他赌气了，咬着嘴皮不再吭声。

哼，把柄在我手上，想怎么弄他都行！我把手举到半空，刚想张嘴，突然发现，虽则急火攻心、气焰旺盛，可我其实还没有完全想好：到底打算如何收拾这个鸟人？这可跟对付那些街头小混混不同，我有个含糊而远大的目标，要干得别出心裁，让他生不如死。

屋子里一时间显得太静了，静得连我都不耐烦，只听到墙上那口挂钟里的秒针在一步一步地跑。我虎着脸，故意抖起大腿，可心里面相当的失望。到目前为止，我所能想到的，也是最现成的方法，只有一个，很土。

显然，这孙子想到了我正在想的。他轻飘飘地叹口气："晓得了，你是要我的命。"

出门之前，我的确在怀里揣了把小片儿刀。我这把片儿刀也用得有些年头了。做鸭子，好多东西我都不轻易换的，腌鸭的陶瓷大缸与桐木扣板，卤煮的生铁大锅与做压石的大青石。只有盐是没办法，一次次的买，一次次的都要试，就算同一家店同一批的货，时间放得长了，地点放得潮了，炒的火候猛了，腌出来的口感都大有分别。盐水鸭盐水鸭，鲜美全在一个"盐"字上，难为也难为在这同一个"盐"字上。对不住又扯远了，一谈到鸭子我就收不住。回到刀子。我怀里的这把片儿刀，其实比剃须刀也大不了多少，鸭脖子就那么点细嘛。左手抓着两个鸭翅，右手把鸭头挽到背上塞到翅膀下，使它亮出那又长又弯的脖子来，小刀片贴上去，斜着刮层毛，再横着直走一下，顶多两秒钟，就结了。然后倒着吊，褐红色的鸭血淅淅沥沥地下来了，用盆接好，回头有人上门来收。

奸夫紧盯着我的手。但我的手暂时没有动。几秒钟的事，我倒不太着急了。

"其实你一进门我就晓得是这么个结果，不稀奇！一个每天杀鸭子的，肯定就是这种路子！连街上的小毛孩也能料到。好吧，你真要这样干我也没什么好说的，反正我说不过你也打不过你。"奸夫煞有介事地闭起眼睛，好像在祈祷，"正好一了百了。好汉你不如快点动手吧。"我突然闻到一股骚味，比鸭屁股味更混浊、更热和一点——

竟是狗日的尿裤子了。真要命，都还不如只鸭子呢。

尿味我不介意，我真正介意的是，我不愿如他所说，好像我一介莽夫，毫无头脑，只会仗着力气欺负人似的。他好歹还叫我“好汉”呢，我这样弄就不大漂亮了，最后传出去，都没个说头。我迅速决定：不剁他，要想更奇的招数。

“就你这㞞货，也配我杀？我还不愿弄脏我的刀子呢！”真高兴可以这么很江湖地来上几句，简直比当真剁他的感觉还好。“我要让你活活的受罪！我要毁了你这一辈子，让你求生不得、求死不能……”我嘴上虽是顺溜，心中却更感困惑了。这么样的一个“收拾办法”又在哪里呢？

奸夫眼角挂着一滴泪，慢慢地睁开眼，如赌徒看底牌，露出“竟然蒙赢了”的表情。他稳一稳神，随即又换成杨副经理的口气，马上表扬我：“想不到，你一个卖鸭子的，这么有智慧、有境界！一开始，我许给你金山银山，你通通不要，我就已经很佩服了；再刚才，我故意叫你杀我，这样你也要搭条命，完全不划算的，等于既损了人又不利己——你也没有上我的当。”他摇头叹息，随即眼神定住，出神地凝视我，我能感到他的脑子在拼命地转，像在跟我脑子里尚未到来的想法赛跑。我也定定地看着他——似乎谁的想法跑第一，便听谁的。

他忽然笑了，轻声轻气：“看来你不想私了？要公了，要正儿八经往单位告，是不是？”这个鸟人，讲出来的话，为什么深一脚、浅一脚的，刚才说杀人，算是有点上路子，这会儿却说什么告到单位，那有什么了不起呢？我没有太明白，只好面无表情，继续用力抖腿子。

“是啊，我们布店是正规国营单位，属于商业局，我是国家的人，这个事情，如果你告到上面去，那就是严重的生活腐败、作风问题，我就完了，一抹到底，等于一夜又变回赤条条。我十二岁就被送到布店做学徒，整整站了二十七年，从先进职工站到南京劳模站到省劳模，到五年前，才做了副经理。我这半辈子，真吃了无数无数的苦头，你想不到的苦头。”

他如遇知己，推心置腹地讲起他自己，有许多的观点，并穿插栩栩如生的例子。他如何遭遇坎坷、忌妒与磨难，包括做了领导之后，又是如何爱惜名声、恪尽职守，拒绝一切的腐败与好处……我不得不承认，到底是副经理兼工会主席，他太会说了，深深引起我的共鸣，好像他的做官之路，跟我这卖鸭子的竟也有几分相通和相似。所以，即便他讲得如此的冗长、让我浑身的热血劲儿都凉了一大半，却又每每因为他的动人而无法打断。直到最后，他总结道：“这个办法狠，真能把我一辈子毁了。”

我这时听明白了，心里一阵欢喜，也不计较他浪费这么一大团时间了。显然，这一招才算抓住了他的七寸，这要比弄死他“高级”多了。我想起我第一次见他，他非常挑剔地、用指尖弹掉衣服上一个线团子的样子。这号人，比起一条命，当然名声要紧、做官要紧。那么，就这样，“公了”！弄臭他、搞倒他！看他还凭着点次品布头乱睡人家老婆。

见我表情松动，他好似完成任务一般，未经我同意便站起来，甚至还拍拍膝盖上的灰，口气更加地带有鼓励色彩：“你是打算这样吧？”

我没有立即表态。我很机警——他这样的语气让我开始不放心了。

他拿起另外那杯我没有丢到他脸上的茶水，喝了一大口，慰劳他刚才漫长的叙述。“唉，小兄弟，好汉啊，鸭老板啊。”他亲热而胡乱地叫着我，“你晓得我是兼工会主席的。这种家长里短、男男女女的事情，真是接待得太多、处理得太多了。所有没本事的小老百姓都是你这种思路，找领导去、找组织去、向上级反映去。有什么用？好端端把一件民间巷道的小事体搞成公家会议公家文件上的大事体！”

他说着，直摇头，一只手在腿上一拍，然后又把这只刚刚拍过大腿的手伸过来搭在我的肩上。他虽然穿着睡衣，看上去却又像个领导人了。“多傻，上级是什么？组织又是什么？还不都是人！只要是人，就有耳朵、就有嘴巴、就有弯弯肚肠子！所有那些见不得人的事情，你去反映的时候，你要讲一遍，他们调查的时候，再问你一遍，商量如何处理的时候，大家要讨论好多遍，到宣布结果的时候，又要通报一遍，等通报出来了，到了群众中间，那更是要被议论几百遍。这么上上下下的一弄，也许，我睡你老婆前后不过十几次，可到了人们嘴里，你老婆又会反反复复地、无数次地被我睡了，睡了几百上千次！到最后，你想想，你的确是毁了我的名声，这个我认。可是，你更加毁了你老婆，毁了你的‘徐记鸭’——还有人去买吗？围成一圈看笑话还差不多！你吃大亏呀兄弟！”

听他如此随意地污辱我的“徐记鸭”，我胸中一阵钻痛，简直像活灵活现看到人们指指点点的场景。他的口才真好。我给他讲得愣在那里，一时脑中全是糨糊，刚才算是从火热到半凉，这会儿根本就是全身冰凉、心灰意冷。这么讲来，我竟是拿他没办法了？杀不得、告不得？我只有像别的那些丈夫们一样，装着不知道，灰溜溜回家继续卖鸭子做营生，继续拿次品布料做大衣、做马夹？

嘀嗒嘀嗒，嘀嗒嘀嗒。我抬头看看墙上那只挂钟，突然发现已经快要两点了，时间都被这龟孙子给耽误了，我到现在还一事无成！我是来串门跟他聊天的吗？我脑子里刚刚倒伏下去的火苗呼地又一下子活转过来。我冲着那口钟发作，一把揪下它，砸个稀巴烂，钟里面的许多齿轮和螺钉炸出来，在地上东一只西一只地弹得老高。吵人的秒针这下子完全地静止下来。

“闭嘴，不要再给我逼逼叨叨的出馊主意。找上面干什么，老子才不会像小学生似的找老师打耳报！我就想在你我之间解决。两个男人之间！”我气焰十足地叫嚷道，唾得他一脸的沫子。当然我心里清楚，经他这么一说，路越来越窄，可行的招数已越来越少。妈了个巴子，为难死我了。

“那你说说，我听你的。”他脸也不抹，好像已筋疲力尽，“好汉，小兄弟，鸭老板，我全听你的。”他肩头松落，撂手不管了。

哼，时间这么紧，我哪里想得出。我让他重新跪下，左右各打一个耳光，手戳到他鼻尖：“这是孙子你做下的事情，必须要由孙子你来负责想！听好，我的要求很简单，我就是要解气、撒气，出掉心里的气！你晓得老婆被人睡了什么滋味？嗯？你必须想一个办法，我要让你跟我一模一样地发狂、窝火，打断牙齿往肚里吞！”想了一想，我又加上，“同时，我老婆、我、我的徐记鸭子店，都不要有任何损失！”

那狗日的被我扇得嘴中出血，他在嘴里转了转，和着口水却没敢吐出来。他喃喃重复着我的要求：“你出气、我受气，让我跟你一模一样。”他讨好地望我一眼，“还有，像我们前面讨论到的，不能是经济上的补偿，还要‘私了’……”

我点头，瞟瞟地上的钟：“要快！老子三点半要回去卖鸭子！”我心里火烧火燎，有如骑马挥鞭、手提大刀，却又不知如何下手！操，他要真能想出个十全十美的好法子来，我都能亲手扶他起来，替他揩脸，正经地谢谢他！

他突然猛地扭开头去。我听到他喉咙管里滚动着一响，那是他咽下了血水，也许还有半只断牙。他脸色黄白，像个活死人——那副样子，让我很是受用，我料想他这下子要说出来的，总归有点意思了。我蹲下来凑上去，找他的脸。我盯到左边，他扭向右边，我盯到右边，他扭向左边。

活死人开了口："这么看来，只有一个办法……你也睡我老婆。"

我浑身猛地一层鸡皮疙瘩。

话一出口，他就摇晃着再次站了起来，扶着门框到卫生间去洗脸，又扶着门框跑到卧室，脱掉睡衣换上出门衣服。他重新出来，依然僵尸一样地扭着头，不看我，吐字如铁："这样，扯平，勾销。"像在一份合同上连盖三个大红章。

我放声大笑，估计所有那些门窗都关不住我的笑声。这个办法痛快呀，简单、合理、公道。这狗日的真是天才，要是我自己想出来的该多带劲啊，不，也能算是我自己想出来的！在我提了那么多要求之后，他只是顺着我的意思往前走了一步而已。我得意极了，一边发笑，一边瞅着他，这位省级劳动模范，这位杨副经理兼工会主席，我好喜欢他现在这衣冠楚楚却没了活气的模样。看看，他正在受气，他正在进入受气的过程，他像我一样，老婆就要被别人睡了。妈的，太有效了，马上就起作用了，我都还没看到他老婆一根头发呢，心里就开始解了三分之一的气！

"成交！时间？地点？"我也学他，惜字如金。这感觉不错，好像很有谋略，在做一宗大买卖。

杨副经理抬手，看看表。他看了好一会儿，那样子，好像既厌恶他的这块表，同时又庆幸他有这块表似的。足足一分钟之后，他终于看出了时间，回答我："她还有一刻钟就该下班到家了。不耽误你三点半赶回鸭子店。"

"她，愿意？"我感到我反应蛮快的，我很及时地想起来我对他的老婆一无所知。我今天上门，是一心要对付这奸夫的，这都折腾了个把钟点。我希望后面能简单一些，可不愿再跟那个女人扯三扯四。

"我来做工作。"杨副经理往门口走，"我这就去路口截住她，然后我就直接去上班了。不带家里钥匙了。"他仓皇地上下摸摸衣服，特地掏出钥匙扔下来。好像这里是我的家，而他是个闯入者似的，一分钟都不能多待，并保证接下来也绝不打扰。

拉开门之后，他终于回头看看我，样子很怪，好像我不是人，而是什么东西或家伙似的，表情既冷漠又松懈。不等我仔细辨认，他已一转身"笃笃笃"跑下楼了。倒搞得我愣在屋子当中，好一阵才想起来，该去阳台找个拖把，把沙发边他刚才拉的那泡尿给收拾掉。妈的真腥臊，我鼻子又太灵光。

我像个勤劳乖巧的丈夫一样，快速而有效地拖起地来。

这前面的半个中午，我始终处于一种急迫、毛躁的仇恨之中，那狗日的又在讨厌地指东岔西，拐来弯去，让我很疲劳！但这会儿，我心里反而对他多了一层复杂的感受，毕竟，他一直在诚心诚意地为我考虑。我虽倒霉吃瘪，却碰到个讲理的。

我本应趁着这当儿，赶紧地喘口气，以备战下面的事情。可是，讲实话，我太兴奋了，我饱浸在一种找到万全之策之后的爽快与饥饿之中，像个清空肚子准备大吃大喝的人。

十分钟之内，我就麻利地拖好了客厅的地，甚至把那些碎玻璃、碎零件之类的也一并清理干净了。不是我手贱，是我根本没办法坐下来。

平生第一次，我是这么的等人，等这种事情。

挺没出息的，想起我第一次当家卖鸭子，磨磨蹭蹭地挨到最后一刻才开的张，心里对将要光临的第一位主顾完全没底，只是不停地假设：万一半天没人来怎么弄？万一人家来了只看不买又怎么弄？会阔气地一下子就买半只鸭还是仅仅两只小肫干？万一嫌好识歹我怎么弄？万一碰上个强头拿了就跑不给钱我又怎么弄？到底小呀，那年我十七岁——好笑的是，而今完全记不得那头一位主顾了，切鸭子、称重、收钱、找钱，毫无痕迹地就那么过去了。好像那买鸭子的根本就不是一个人，只是一个黑点点，那个黑点点在我面前停了一下，然后就跳过去了。

好了，乱想什么呢！不一样的。杀鸭卖鸭，这早在娘胎里就安排得妥妥的了。但睡别人的老婆，这辈子压根儿就没想过，直到十分钟前——多刺激人哪。

我给自己点了根烟，但忘记该怎么吸了。你想想，就是在我吸这根烟的工夫，人来人往的大马路上，杨副经理拦下他老婆了，拉到树荫下，拉到人少的地方——这个我都可以想象，可是接下来，他要怎么跟他老婆讲这个事哪？他老婆是个什么女人？又会是什么反应？

我……下意识地琢磨起这位未知的杨副经理的老婆来。我站到阳台，看着下面的巷子。已是下午的上班时间了，巷子里往东往西地走着各样的女人。有的人高马大，有的戴着油腻腻的蓝色护袖，有的是罗圈腿，有的胖得像两个人，有个女人为了一毛钱在跟收旧货的尖声吵架。我挨个儿地仔细瞧她们。

不对，我突然收回视线，潇洒地离开阳台。我摇摇头笑话自己，瞧我这点世面！人家是干部呢，是杨副经理兼工会主席，老婆肯定不一样的。没准儿是个长头发、长裙子的报幕员，下了班的报幕员我还没见过呢。会不会也是个女干部哪，齐耳短发操一口苏南普通话？她要是口才也很好就麻烦了，跟我一二三谈起大道理来！我宁可她是个幼儿园老师，会唱儿歌会玩游戏小手绵软声音嗲嗲……总之吧，我想她应当不难看的，比较高雅和讲究的。如果参照电影明星来想象的话，我希望她最好是林芳兵、姜黎黎那种样子的，而不是肖雄、潘虹那种样子的。当然，说万归一，最后都有一个共同的问题，不管哪种女人，她对我们接下来要一起做的事情，会是什么反应？扭扭捏捏、哭哭啼啼倒好办一些，万一歇斯底里冲我大哭大闹，或者暴烈得要上吊自杀甚至打电话叫警察呢？

我有些一筹莫展了，为我与她的交锋设想了很多可能，相当的具体，有的令我为难和紧张，有的又让我哧哧发笑，直到烟头烫着我的手指。我突然回过神来，妈了个巴子，我不就是来报复、来出气的吗？不是刚刚跟他丈夫谈好的，就是要操他老婆的吗？天经地义的，还想那么多作甚！她哭也好、跳也好、闹也好、求情也好、跟我讲大道理也好，通通都不要理会。老子代表所有的绿帽子丈夫，就是来打狠仗的，一次就顶五十次，心疼死那个狗日的。

我拍拍胸脯子，把烟斜叼在嘴角，感到浑身上下都胀大了一圈，大摇大摆四处察看，真有些急不可待地要吃那报仇的肉、喝那报仇的汤了。

我走进卧室，歪着头检阅中间的大床。床单是粉红色，图案是花牡丹，我喜欢。枕头一看就很软和，我也喜欢。床头柜上，有一小瓶雪花膏，我走过去，拿起来拧开盖子。不晓得是因为老婆有狐臭，还是我成天做鸭子，反正我有个小癖好，爱闻各种香味儿，尤其是女人搽脸、搽手、涂嘴唇、抹头发的各种小东西。

我在床沿坐下，把雪花膏的盖子扭开来，正举到鼻头，门锁突然轻轻地“咔嚓”一声。

我一手拿着雪花膏瓶子，一手拿着盖子，想着赶紧拧上算了，瓶盖太小，反而一滑，那盖子便骨碌骨碌滚下去。那女人站门边上，一动不动，跟我一起，听着那小瓶盖子，滚着滚着，然后停在床下某处。

眼前这个女人怎么样？好看难看？什么性格？情绪怎样？要发作什么的吗？我眼睛不眨地盯着她，却全然分辨不出那些，我甚至看不到她的五官。像有一只大麻袋连头带脸地缠裹住了这具身影，我只能得出一个依稀的笼统的印象：这是个灰不溜秋的人，也是一个毫无生机的人。

直到瓶盖子滚停之后，她才牵动手脚，不声不响放下随身的两只包。两只包都鼓囊支棱着，像是饭盒毛巾或土豆白菜一类的东西。沉默中，她换上拖鞋，洗了个手，解掉围巾，然后径直走到卧室，走到床边，坐在我边上，直接就脱起外套。

我一惊，站起来，手里还握着那个没了盖的雪花膏瓶子。

她挺快地脱掉了外套和裤子，十分疲惫似的，手脚并用地爬上床，好像这才恢复了一点力气，开始说话。她到这时都还没有看我一眼。她在对空气说话，脸上没有厌恶、排斥或任何别的：“现在本该是我睡觉的时间。我做护理大晚班，昨晚十一点就上班了，我一人看三个，全是凌晨发作送来抢救的，折腾一夜，死了两个，活了一个。刚刚挤了四十分钟公交，又到菜场买了菜。你最好快点，我困死了。”她声音没有高低，没有冷热。真奇怪人能这么说话。

看我不动，她愣了一下，继续，语速加快了：“你不是三点半要走的？那个，你是要我洗一洗？我在医院已经冲过澡了。喏，头发还潮的。开始吧。”她就像倒茶待客、打发叫花子似的，一个劲儿地催——趁还有热气喝了就赶紧走吧。

就这样吗？这真是杨副经理的老婆？还是他花钱打哪儿雇来的女人？这么没皮没脸的。我这叫什么报复！这还出什么气啊！我又愤怒又吃惊，所有的饱饱胀胀都被戳了一个大洞。

哪里出了问题？我想不明白！事情还是那个事情，一点都没有走样：我跟她丈夫说好了，显然她丈夫也跟她说好了，此刻，她正在等我睡他。本来不就是这样的计划吗？

女人继续脱衣服，我眼睁睁地看着。她脱到上面只剩棉毛衫，下面一条碎花短裤，然后掀起被窝坐进去，并把衣服叠放到床头柜。我突然闻到，她刚脱下的毛衣上有一股香气，正是我刚才闻了一半的那雪花膏的味道。

我挺不是时候地想到了我老婆。我说过，她有狐臭，我也说过，我不在意，反而为此更加疼她。当然，我也必须承认，有狐臭的人，最怕的就是刚刚脱下衣服的那一刻，胳肢窝张开，捂了一天的汗腺像猛地炸开来的气球，啪的一声，连我这个弄鸭子的都能给熏得一缩头。眼前这个女人，应当是香的。可是，多讨厌啊，她那豁达又十分麻木的样子，令这个香，简直就臭了！

我仍然一动不动。女人有点慌张，但随即调整了一下自己，她使劲笑了起来，先是干干的笑，随即变得欢快，“咯咯咯”，近乎清脆。“还不好意思？你知道我们做护理的见过多少男人吗？老的少的半死不活的，天天替他们擦身、接导尿管。像膀胱癌，导都导不出来，还得按摩呢。咯咯咯。”她把枕头拍拍松，让自己躺下去，刺耳地大声感叹，“我实在太困了！跟你说，我最多再等你几分钟，等会儿我睡着了你可别怨我。不过，咯咯咯，我睡着了也没什么影响对吧。”她的语调突然间轻浮而夸张，听了简直想吐。

我往后退了两步，离床稍远一些。我可不傻，我晓得她不是当真那么累、那么瞌睡，这算是她特地设计的一种落落大方，以尽可能地加快和推动进程。可这个蠢女人，她把这事弄得多瘆人、多令人恶心啊。

我现在有点记挂那只被我砸碎了，又打扫到垃圾筒里的挂钟了。要是它还好好地挂在那儿多好，我就会上去把时间往前调，调到我刚刚冲进门的时候，调到我摔东砸西的时候，调到那狗日的跪在我前面提出若干好处让我随意挑拣的时候——我不是说我后悔了。我只是想说，我非常地记挂和想念那只钟，想念它曾经所指向过的时间。

“我晓得了。你不是不好意思。”女人突然瞟瞟我的下身，眼神脏得像一口痰，我下意识地缩了缩。她捏着嗓门发出一个兴趣盎然的提问，“你晓得我男人是怎么搞你老婆的？嗯？”

这些细节我可没打听。我也不打算谈这个。

“在夜班搞的！天底下所有的夜班都是这样子的，管床医生和实习医生搞，护士和值班主任搞，女医生和副院长搞，只有我们重症护工最滑稽了，整夜整夜守着有出气无进气的植物人……国营布店嘛，跟国营商场一样，到九点关门，值班领导也要值到九点。实际上晚上顾客少得很，随便哪个营业员消失个二十分钟半小时的，谁管得着呀。”她不停气地说，好像一停就会卡词，“泰昌布店的后场，别的东西没有，布匹料子堆得到处都是，哪里都好搞的！仓库，旧柜台，过道。他有所有仓库的钥匙。你想想，多方便哪，布料卷那么高，又大又软，怎么搞都舒服。他看哪个营业员空着，就一招手，喊去谈思想工作……”

我想起来，我那次拿人字呢布料时，去过泰昌布店的仓库，里头确实暗乎乎的，挤挤挨挨，曲里拐弯，一股子陈年布味。这会儿经她这么一说，我眼前突然清清楚楚地出现了我老婆。她光着两条大腿，被杨副经理挤压在两大捆布卷子中间，杨副经理连衣服都没脱，照旧的衣冠楚楚。他非常便利、非常随意地在搞，一会儿把我老婆的腿架得老高，一会儿又让她背过身去，同时还十分自如地在谈服务态度、谈劳动竞赛、谈标兵评比。随着杨副经理的节奏，一个挨一个的大布卷子肩并肩颤动着，像手风琴上的键盘一样慢慢地斜过去，发出无声的伴唱。

他妈的我不要看到这些。这死女人说这些干什么，还嫌我们不够丢人的吗？神经病，再不闭嘴我要抽她了。

她短促地哧地一笑："哼，总算有一个丈夫，上门找他算账了！"她看着我，像有几分感谢。不过这谢意很短，她猛然惊醒，掐了自己一把似的，高高掀开被子一角，向我招手。不知什么时候，她已经把棉毛衫和内裤都脱了，光光的身子一闪，相当的刺目。我注意到，她的腿弯曲着、向外打开，十分对称。她已经做好了姿势，像一只腌透了也风透了的白板鸭。

想到鸭子我便又记起时间来，我不晓得已经过去了多久，老天爷呀，我一定要准时赶回去的。在鸭子生意上，我有很强的好胜心，哪怕就是一个下午，我也不愿落在尹记、程记、陆记或任何一个记的后头。这些年，就算割阑尾、腿跌断、老家里奶奶过世，我的"徐记鸭"都天天开张，只有正月里我才歇上五六天，但只要街面上一起市，我必然是所有鸭子店里第一个开张的。这是我的吃苦处，也是厉害处，多少同行对手，只要提到这一点，都是自愧不如、十分服气我的！

这么一想，我命令自己必须振作起来——这不是好不容易才想出的妙计吗？哪怕眼前真的是一只板鸭，我也得上。做不完这事我就出不了门。

我开始脱外套、脱裤子，并学着她，把衣服放在床头柜上。我刚一躺下去，她就主动上来圈住我，胳膊很凉，身上那股子雪花膏味道更浓了一些。光线明亮的房间里，我们像一对毫无廉耻、自暴自弃的老夫妻。她放松下来，打个哈欠，腮上显出一团红晕。我终于能够看见并分辨出这个眼前的女人了：她白瘦矮小，头发稀疏。谈不上好看，但神情伶俐，一种自暴自弃的伶俐。

她搂紧了一点，以避免与我对视，同时蹭蹭我的耳朵，好像我们真的很亲热一样："我每天晚上出门，他才下夜班回家。我每天这个时候回来呢，他正好午休结束走了。反正我们在床上从来碰不到的。我天天下班回来都洗得干干净净，我都嫌我洗得太干净了……"她请求般地看着我，好像这样一来事情更加合理了。

我给她说得心中一阵酸痛，差点也回搂着她。可我忍住了，并随即为这阵酸痛而深感屈辱。这女人竟然还跟我聊天、谈心！我差点儿还可怜起她！真是的，她疯了，我也疯了吗？

我把她推开，推远一点，强迫她的脸正对着我的脸。我盯着她的眼睛——她立即满面春风地冲我一笑，好像压根儿不在意我们眼下这件事的来龙去脉，就快快活活地准备着要跟我好好干上一通了——这演过了火的虚假像大粪一样令我难以忍受。更难以忍受的是，在她的眼里，我看到了我，一个跟她差不多的、正在咬牙苦撑的人。

我不禁想到我们四个：杨副经理、我老婆、她，还有我。这当中，我是吃瘪受害的，她呢，也可以说是没有大干系的，但现在的结果，反倒是我们两个，在受这种冷冰冰、难看极了的罪。

我一边发现我根本没有办法操得起来她，一点办法没有。事情砸了。

我干巴巴地望着她，还有她眼里的我，一边飞快地倒回去想，快进慢放地想了几趟：看看，这整个中午，前面的进程虽然乱糟糟，但挺带劲的，就像个大气球似的，吹得鼓鼓的！莫名其妙的拐点就在这个灰扑扑的女人身上，这个臭不要脸的！这个软绵绵没性子的！从她一出现，就戳破了、漏气了、走样了。怎么会这样我也说不清，但毫无疑问，是她坏了这整件事！真是太可恶了。如果说我原来最恨那奸夫的话，那这会儿她要排第二了。

女人一无所知，继续吃力地骚情着，甚至爬到我身上，半瘪的胸脯像两只受伤的鸽子一样软软地落下来："他刚才拦下我，跟我一说，我二话没说就满口答应了。我愿意和你睡。你是哪个营业员的男人也好，大马路上随便一个男人也好。可我刚一答应，他反而就动手打了我一个耳光。你看，我耳根到脖子这里，全是印子，他是真下了死劲。"

她指引着，把我的左手带到她脸颊和脖子那边。真的，是有点红，还能依稀看到三个手指印。她伸长脖子让我看，我发现她的脖子又长又细腻，弯成了一个还挺好看的弧度。我轻轻抚摩那三个手指印，并慢慢扩大区域，抚摩到她整个脖子，前后上下的脖子，非常轻地抚摩。

她的眼睛突然红了，像只家兔，她用她的红眼睛看着我，里面慢慢注满泪水。我想起我店铺边上有家卖熟食的，专卖驴肉、兔子肉、风干鹌鹑什么的，他送我兔子头下酒，我从来不要。她把我的手往下面的胸脯上拉，可是我不去。我只是反复盘桓在她的脖子边，她颤抖着，像大风中快要掉落的树叶。

"你的脖子，挺好的。"我同情地说，并突然意识到，这是她进屋以来，我跟她说的第一句话，当然也是唯一的一句。

我一开口，她立即明白到：我不想要她了。就算她起劲地这么吆喝叫卖了一大通，还是没有能够促成此事。我不要她。

她定在那里，随即无声地滑下去，身子紧缩，流失掉了残存的水分，彻底干瘪了。好像我的不要她，比她丈夫的不要她，更加屈辱似的。好像是我给她雪上加霜，打了最后的这一闷板子似的。这算什么道理呀，她模样越是可怜我就越不耐烦越是冒火了！

但这蠢女人不认输呢，她挣扎着侧过身去，并迅速替自己找了个台阶，这也是她一进门就替自己铺好的后路："反正我也瞌睡死了。早撑不住了，那我先睡了。你走时把门带上。"她的头突然昂起来，停在半空，用最后的余力笑了一下，好像司空见惯一般，"咯咯咯！其实我早就料到的！你跟我老公一样，也嫌我太老了。肯定的，我没你老婆年轻漂亮嘛。这个，我就没办法了。不过——"她终于彻底地倒到枕头上，不动了，"我们，就当是睡过了。"

她这么来了几句，反倒让我有点感触，甚至有点儿尊敬起她来。看来她不是那么的不要脸，只是一直在用不要脸的方式要脸。只是吧，她最后的建议，跟我所想的，略有一些差别，但也不是太大。

是的，我突然冒出来个主意，自动想出来的，像地上冒笋子、像手上长指甲那样的，自然而然就想出来了！挺像样的，可以把眼下这搞"砸"了的计划又补救回来！

我头一回主动地搂住她，从后面圈住她两只凉凉的胳膊，同时，另一只手向床头柜伸去，在我的那堆衣服里，轻易地就摸到了那把又薄又轻的片儿刀，像对付麻鸭似的，给她来了那么一下子。当然，她的脖子到底不是鸭脖子，要稍微费一些事。

出于习惯，我把她往床边挪了挪，让她的脖子侧过来，悬空在床沿，尽量不要弄脏床单。她的血开始往外淌，但并不很激烈。我还来得及跑到卫生间，拿来一只看上去比较干净的瓷盆，接在下面。

接下来，我很是忙了一阵——这是妙计的核心，并且也符合她的建议——我把她床头的毛衣、衬衫和被子里的胸罩、内裤等，像撒种子似的，从客厅到房间，扔得到处都是，像是搏斗中扯下的，有的还用力撕坏。又把床单弄得非常凌乱、遍布秽迹。接着处理她本人，把她身上关键的器官以及一些特别的角落和部位，都尽可能地折腾了一大通。折腾成我想象之中，一个女人被一个大流氓头子、被一个烧红双眼的男人狠狠搞过之后的不成样子。我想我做得相当不错。我是有经验的男人。再说，在她还没有回家之前，我不是还设想过很多疯癫的细节，并搞得自己很胀大的不是吗？我还想起中午稍早一些时候，那位杨副经理曾表扬我“有智慧”的，也许他是讽刺，其实我真是有的呀，到这会儿我就发挥出来了！我甚至顽皮地把她的腿，摆成她早先在被窝下面准备成的那个姿势：对称的向外弯曲着张开，像腌透了又风透了的咸板鸭。

这个过程中，女人的嘴里不断涌出带沫子的血来，她还没有完全断气，但说不了话。她尽量地睁大眼睛追随着我，我忙得没有时间去仔细看她。我想她不会怪我的，她不蠢，又那么要面子，她会明白的，我在做一件无比正确的事：我这是在帮她。这个被反复背叛反复抛弃，谁也不要，包括她自己都不要自己的女人，真不如死了的好，不是吗？

然后我就一直坐着，等她断气。

出卧室时，我回头又看了一眼床上的她，看了看整张床。我很自豪，真的干得太漂亮了。

意外地，我发现了那个雪花膏瓶子的小瓶盖子，原来它刚才滚啊滚的，就停在了靠外面的这只床腿处。我又退回去，捡了起来，仔细把瓶盖子扭扭好，并放回床头。还顺便重新嗅了嗅这雪花膏：好闻。

然后，我穿好衣服关门走了。大街上，路过一家修钟表的，那老板我也认识，聊了几句，问了下时间，满意地得知才三点一刻。什么事儿都没耽误。

我照常开了张，跟小伙计搭手卖鸭子，并一如既往，六点不到就卖得精光，空荡荡的玻璃搁板像往常一样在罩子灯下泛着油光。嘿嘿，这个时候，尹记家还有四五只呢。

打发走小伙计，我拿出特意留下的半截鸭脖子，很慢地有些舍不得地啃起来，一边胡思乱想。

徐记鸭。徐记鸭。老主顾们说得没错，我一直是有这个雄心的，以我的吃苦劲儿，总有一天，我会把“徐记鸭”做到水西门的头块牌子，做到南京盐水鸭的头块牌子，把分字号开到湖南路、开到夫子庙、开到新街口，让南来北往的客人都能斩上半只带到火车上啃，他们肯定都会喜欢的。可惜了。

我老婆呢，不用多想，她会悄没声儿地离开泰昌布店——我死后第五年，泰昌也倒闭了，谁还傻乎乎地扯布料做衣裳啊。而等到这件事落上灰、蒙上盖子，再没有人在意了，她也会悄没声儿地改嫁。我真的没有难为她，她日子照样能过下去的。

我更多的是想着杨副经理。怎么说呢，重温我与他交手的各个细节，我也有点不大开心。我想到了一个可能性：那个胆小如鼠的龟孙子，会不会故意讲七讲八，其实是一路把我往这条道上引？这样一来他最为安全并且影响最小，甚至，杨副经理还料想到，我可能睡不成他老婆？总之他早都算计好了，他什么都不亏。

——不！我立即反驳自己，整个过程，不都是我在做主、在不断威胁并控制一切的吗？是我自己亲口拒绝了他的四条好处，是我不屑于杀他，更不屑于告发他，并一步步谈判到这个绝佳之策！我坚信，绝对没有一个男人愿意把自家老婆给别人睡的。整个水西门二道埂子一带，包括全南京、全中国、全地球的男人也都会这么想的。我必须消除对杨副经理的任何怀疑。这个怀疑，哪怕只有一丝丝，对他、对我、对所有的男人，都是最大的不公与污辱。

再说，关于我是否睡成他的老婆，哈哈，想到这个我忍不住就要放声大笑了！等事情一出来，水西门整条街上，岔路口的另两条街上，包括我的左右铺子，我的安徽老乡，尹记、程记与陆记鸭子店的老板，我的老主顾们，那些小混混小杆子，人们所重点传扬着的，都会是我的凶残、暴烈与创造性的复仇。没有人谈论那个姓杨的如何睡了我的老婆，人们谈的都是我如何睡了他的老婆！尊敬的杨副经理兼工会主席有一点说得没错——在多次的交代、调查、审判以及街头巷尾的传播之中，我会睡了他老婆几百上千次。我就此摘掉了我的绿帽子，端端正正地戴到了他的头上。

至于那个女人，是啊，直到我被抓起来、被执行，到临死之前，乃至到现在，多少年过去啦，我偶尔也会想起那个女人，她最终，明不明白我的好意呢？反正我一点不后悔我对她做的事，包括没有做的事。就算把这整个事情回过头再来一遍，我还是会这样干的。不过我会跟她多讲一句话："你呢，倒是有一条：比我老婆香多了。"当时没有告诉她，让她好歹高兴一下子，这个，倒是后悔的。

2014年2月

幼齿摇落

清明也成好日子了。已近正午，出城的路上还是堵着，新闻里也在铺陈各地的堵车状况，口气有点扬扬得意。他就此聊天，对她回顾以前经历过的几次大堵车，枯燥得像另一个播音员。她四处看看，试图寻找新的话题，他的车内没有软饰，没有悬挂菩萨像或平安结，也没有软毛卡通、CD、书报等杂物，看不出丝毫偏好。这是一致的，跟他的衣着、谈吐和饮食一致，他均匀地在各个方向分布着他的乏味——交往以来，每一次见面都反复证明着这一点。每证明一次，理智上，她就增加一层满意。

前面那几年，爱与被爱，炽焰燃烧，已毁坏了她。二十七岁，已是七十二岁的心力衰竭，这次就直达婚姻吧。介绍人说过，他也想尽快成家，最好来年春节办仪式。要在从前，她准会拍腿笑话这种带有时间表的“谈对象”，现在，不了。这隐约的共识，使得他们进展平稳：春节后才认识，赶着清明假，他就带她回乡下见家里人了。

车子足足堵了四十分钟，长得像四十年，真正跑动起来后，两人都明显松快了。他抿上嘴专心开车。她打个哈欠把头扭向另一边试图打盹儿。她不瞌睡，一种若有若无的荒诞感使得她的眼皮总在不停抖动。窗外风景单调，一会儿他们超过别的私家车，一会儿别的私家车超过他们，如一则言简意赅的生活寓言。她慢腾腾地计算着，清明见他的家人，五一见她的家人，国庆差不多就可以领证了，都能提前完成任务呢。

等到被推醒，她才发现自己还是睡着了，一睁眼就发现车子外面围上来三个大小不等的孩子，再外一圈，是笑嘻嘻的大人，好像还有第三层，可以看到白头发脑袋。她意识到，到了，外面就是他一大家子亲友。他说过，清明节回家，效率最高，几乎能见到所有亲戚。

她一边露起笑容下车，一边迅速观察。房子挨着路边，场院挺大，里面还停了另一辆车，扬州牌照，三辆摩托，一只大而肥的黄猫。屋子里陆续走出年纪不等的男女，有的抓着半把牌，有的吐着瓜子壳，有的拿着湿漉漉的盆。他们一边亲热地埋怨让他们等得太久，一边毫不掩饰地打量她。她理理丝巾，也许不应当穿灰色外套。她也有一些活泼衣裙，与他交往时从未穿过，估计在他眼里，她也相当寡味吧。他仓促地替她一一介绍，人太多，她只勉强记住了他大哥大嫂，两人面目相似，都显得很衰老，但乐呵呵的。随后各人很快又归位到他们的牌桌、电视或厨房去了。

礼物他早就备好了，花花绿绿，包装很大，孩子们气喘吁吁地拆开，各自比较。一个胖男孩明显感到失望，放下来就跟他讨iPad玩。一个小女孩则瞪着她包上的骷髅挂件。她低声跟小女孩打听卫生间，去了之后发现那真的只是“厕所”，没有镜子和水，粪坑发酵出结结实实的臭气。她掏出巴掌镜快速收拾了一下眉眼和嘴唇，并侥幸地从包里找到一副耳环。算是有点“见父母”的样子了。

不过只有父亲在了，偏瘫，大嫂正在给他喂食，汁水挂满他的下巴，他抬起能动的那只胳膊，表示了含糊的欢迎。她觉得这个只有半边的父亲甚至都没看清她的长相。

等牌桌上这一圈结束，就开始吃晚饭了。大人一大桌子，小孩一小桌子。伺候完父亲的大嫂这会儿又照料着给大家布菜加饭，都没空真正吃上几口，她似乎也乐于这样操持全局。大嫂很照料她，也有观察，好像这就开始了妯娌间的体恤与竞争似的。

她倒是饿了，但吃得不轻松，还在努力认人。她以小家庭为单位对号、识记。长期的共同生活像无形的蛛网那样缚结着他们，形成一种无意识的微型生态，包括有意无意的眼色勾连。除了大哥、大嫂以及他们一直玩iPad的胖儿子，还有二伯，还有小姨娘及她的儿子儿媳。扬州来的是他表哥和表嫂，替她指厕所的就是他们的女儿。

前十分钟密集的进食之后，他们放慢速度，打起趣来，大都是冲着南京回来的他，带着因长久未见的喜爱而捉弄的神情。他们总是先用方言起头，意识到她的存在，换成生硬的普通话，讲得高兴了，不觉中又变成方言。好在此地方言不算难懂，她专心听，应当发笑或羞涩的时候，也恰如其分。

“你注意到他头顶上有块秃斑没有？”小姨娘问她，不等她回答，旁人就争抢着提到他四岁时头上长过一个大脓疱，很久不好，都差点儿成了他的绰号。她不知道他有这个秃斑，她似乎从没摸过他的头。她差点儿都想不起来他们已经上过床了。

“还有，二年级时的六一节，他上台演戏，腮上给抹得通红，眉毛又黑又粗，回家几天都不肯洗脸洗头，也不好好吃饭，老嘟个嘴，怕把口红给蹭了。”表哥模仿他当年的动作，“哎呀，气得二姨到学校找老师告状。”小边桌的孩子们都快活地嘲笑起来。

“有一阵，他到处搜集糖纸头，黏黏糊糊还藏在枕头下面，弄得床上到处是蚂蚁。收糖纸干吗？打了一顿，交代了，原来是要孝敬隔壁班一个女娃娃。看看，才十来岁，就发情了！”

他半抗议半享受地听着，有时修正细节，有时假意还击。他讲起方言来语速比平常快了一倍，手势繁多，举止鲁莽，眉毛不住地抬，带点促狭。她忍不住多看了好几眼，有些拿不准了：实际上，此人多少还算有趣？或者说，曾经有趣？

包括吃菜，再不是那种无可无不可的风格，他猛攻红烧鲢鱼，还有藕饼夹肉，大嫂把她的那份都给了他。他提前要了米饭，用剩下的鱼汤一股脑儿泡饭，叹息着反复唠叨：“就跟我小时候吃的一样啊，这跟我妈烧得一模一样啊。大哥你真有福气，可以天天吃。”大嫂满足地收掉光光的盘子，拍拍他的肩，但冲她努嘴，像传接力棒：“很快就有人给你做啦，只会比我做得更好的！”亲友们都附和着笑，欣赏这漂亮的暗示。反倒是他扒饭的动作突然一顿，她注意到了。他们约会时总在外面吃饭，点一些所谓招牌菜。要辣吗？都可以。饮料？随便好了。彼此都没问过对方爱吃什么，或是否擅长做菜。

一碗饭下肚好像还是没饱，大嫂一边眼疾手快来替她添饭，一边朝着众人大声表扬：“能吃最好！我就说嘛，女人要有点肉。”她只好笑笑。最近这半年，她放弃了伴随她整个青春期和恋爱期的节食。谁在意呢？为谁在意呢？渐渐也觉得白米饭越来越有滋味了，每顿都能吃上一碗半。到认识他时，已经比以前胖出十来斤。“个子也刚刚好，两人正好差一头。一进门我就注意到了，登对！”小姨娘家的媳妇附和着大嫂，好像要共同强化某个结论。得了，她从前的高跟鞋每一双都在六寸以上，连运动鞋也是内增高的。现在呀，所有那些劲儿都过去了。

她谦虚地大口扒饭，吃到第二口时，突然有个奇怪的感觉：大嫂也好，小姨娘家的媳妇也好，她们那语气都像是有一个参照对象似的，是另一个女人，又瘦又高、饭量极小……是他曾经的女朋友？他有过几任？到什么程度了？也带回家了？没准儿也是清明，一大家子都见过了？前任或旧任的事情，他们彼此都没有问过。都讲究礼貌，都富有智慧，都现代派呢。

她看看他，他正划拉着智能手机对二伯小声讲解，像是没有注意到这些关于她身形、饭量的讨论。不过话题随即戛然而止，大嫂和小姨娘家的媳妇突然争抢着谈起他们的孩子，这生硬的转折进一步证实了她的臆想。当然她并不反感这种比较，甚或感到一丝喜剧性，甚至给他增加了一点立体感，他也爱过不是吗？说不定比跟她还要迷狂、蚀骨，也耗光了一切？咳，他们真像一对罹患同类后遗症的老兄妹。

桌上有个白发老太一直眉头紧皱，她到最后才把她跟二伯配成了一对，相互间却根本都没个正眼。相比过分沉默的老太，二伯则活跃过了头，满桌子都是他的声音。席到中途，老太好像忍无可忍似的，端起碗筷跑到小孩那一桌去了。众人并不拉劝，反而忍俊不禁起来。她疑惑地看向他，他解释得牛头不对马嘴："他们一个七十二岁，一个七十四岁了，比我妈还大几岁，身体都好得不得了。"语气有点不平似的。

晚饭之后，她一边撸起袖子说要洗碗，一边嗤笑自己是否表演过度，好像隐隐要胜出那位"瘦高前女友"似的。众人显然挺满意，个个伸手来拉住她，"将来你们小家庭过日子，不是铁狗洗就是你洗嘛！可有得洗呢！"铁狗？随即明白是他的小名儿。他们有多少事情从来没有交换过呀，也许这些都不重要吧。她小时候父母喊她燕子，前面几个男友另外取过昵称：兔子、草莓、花奶牛——再不会有了。他看上去像是永远都不会跟她胡闹或恶作剧的。

她从厨房被推出来，别的小组开始继续他们先前的活动，并都邀她加入，那种明知会被辞谢的友好，"玩牌不？""看电视？""来把瓜子？"男人们这时基本都点起了烟。他也被谁塞上了一根，笑嘻嘻地斜叼在嘴角。印象中他在她面前从未抽过烟。挺好。抽不抽烟算什么，高矮胖瘦又算什么。

外面迅速黑了，显得灯更亮了。那只黄皮的家猫，一声不响蹲在灯影里。她蹲下来逗弄猫，猫反而弓腰要走。大哥家的胖儿子丢下iPad，过来强按住黄猫，示范："挠它的下巴，像这样，它就喜欢了。"黄猫伸着脖子，舒服地眯起眼睛。

"以前带回的那个阿姨，个子是不是比铁狗还高？"她真的只是太无聊了。或者也是想做出一种姿态。完全无动于衷的话，更可哀的。

胖孩子露出一个憨笑："我没见上。那几天我扁桃体发炎，在挂水。"他捋捋猫耳朵，"你看，连我家这只猫都特别喜欢你。"

他这时走近了，扔掉半截子烟："一起去东屋吧。"她站起身，小胖子动作更快，已重新扑回iPad。又是南京口音的普通话了，他的语气恢复了干燥，"是我爸喊的……""有事？""没有大事吧。"

父亲的房间好像比先前要整洁一些，大灯小灯都开着。床前特地放了两张凳子。她想，这下才算是真正的见面吧。父亲把身子离开靠枕，开始提一些问题，方言，口齿不清。他并不翻译，直接代她回答。

属龙，比我小两岁。老家山东海阳。没呢，我还没去她家。在外贸公司。学的外语，日语。

父亲问一个，勾一次下巴，再接着问，好像半空中有一张清单，老人家是按照那单子一条条来的。

"这回是下定决心，肯定要离！你们别瞎耽误事儿。"突然有人吵吵着冲进来，是二伯，他手里拖着二伯母，两人倒是方向一致，全都奋力往里，可后面有一串子人带着半真半假的表情往不同的方向拉拽着，不让他们跨过东屋这个门槛。

还没有问完的清单被搁置到了半空，父亲抬高能动的那只手："让他们进来！"众人闻言松手，老两口踉跄地一下子冲到床跟前，他和她忙把板凳让给他们。外面的人笑嘻嘻地倚着门槛并不离开。父亲用那半边身子开始招呼，整个人反倒精神起来，"都进来吧。拿几张条凳。"于是众人一拥而入，齐心协力地从外往里递凳子，打牌的、看电视的都中止了，只有吃瓜子的小姨娘没有耽误，她慷慨地把手中的那袋瓜子分给大家，每人落到小半把，他们一边吃着瓜子，一边把视线集中到二伯与二伯母身上。两位老人一个脑袋顶雪，一个背驮似弓。

"是我要离的，我今天早上在家里就说了。"从吃饭以来，这是老太太第一次开口，竟然把方言扭成了怪怪的普通话，显然是为了照顾南京来客。

"你好意思的？昨天晚上我就发了狠。"二伯的驮腰都气得直了，但他口音太重，好像不那么具有说服力。接下来，他们就此展开争论，不停地把时间往前推，抢占离婚的主动权，好像这就是他们翻脸不和的根源。接连不断的回合中，他们很快就把离婚的"源起"讲到三年前的中秋。二伯说当时跟大嫂（也即他故去的母亲）谈过离婚这件事，可惜大嫂走了哇，没有人替他做证了哇。扬州小表嫂在她耳边热心地翻译，也兼带着解释一些人物背景。铁狗的母亲原先是真正的一家之主，二伯最听她的话了。有人拿逝者来打圆场：要是大嫂子还在，她肯定也不会同意的，都七老八十的了。

老太太昂起头，等屋子里静下来，才甩出她的轻巧一击："我从一结婚就要离了。我从来就看不中你，真的，大嫂知道这个。"

这话太重，大家都迅速地笑了，有人挪动凳子，有人扔烟，笑声和动静使得屋子里更热闹了，她和他都被挤到了边上。他的手无意中碰到她，让开了。老太太接过别人替她点上的烟，稳压住表情，像刚刚拿下一个回合的网球选手。

二伯向床上的中风者伸出手去，急促地开始补救：“哼，到底谁看不中谁！大哥你倒是说一句公道话。刚结婚时，我天天跟你埋怨的吧。她走路外八字。她喝粥出大声儿。还手笨，连麻绳都不会搓。”他边想边说，想不到新的就再重复旧的，换另一种角度说，“真的，太懒了，说是怕手疼，几十年都是我搓麻绳。”

老太太不紧不慢地吸烟，在老头子第三次重复她又笨又懒时，才从容地打断，反问句式：“我手笨我手懒，那谁替你做的鞋子？谁替你剃的头？谁替你掏的耳朵？谁替你补的袖口与裤裆？”

老头子阵脚有点乱了，众人的目光从各个角落往他身上集合，随着老太太的描述，纷乱地投向他的鞋、头、耳朵、裤裆处求证。有人哧哧发笑。小姨娘抓住一个小孩子到外面替她把另一袋瓜子找来。表嫂趁乱继续对她耳语：“他们过一阵儿就要闹一通离婚，有两次都分家产了，还分锅做饭。”

二伯咚地站起来，故意把屁股下的凳子带翻，“有本事你倒是说说你那个相好哇。你每次一见过相好，回家来就替我掏耳朵、做鞋子，心里有鬼不是？我就奇怪了，他牙都掉光了，每顿只能吃半碗饭了，你图他什么？我还能骑自行车呢，我还能喝半斤酒呢。”

老太太脸色有点红，但并非是生气的红，显然很乐意谈到这一个层面，“相什么好！他不是没人照顾吗。你要没我炒的下酒菜，能喝下半斤？你也不想想你自己，你从前对姚家二姐那种样子，啧，又是替人下地，又是替人刮烟囱。我可特地听她喝过粥，也一样出声儿！

是！她不外八字，可她满脸雀斑你倒不说了？我气量可比你大，她死了，我还去哭过两场。”

接下来你来我往的，无非就是诸如此类的争风吃醋，从四十年前的到四个月前的。所涉者如果还活着的话，年龄也都在七十上下了。众人都不大认识，只有床上的父亲偶尔会抬抬眼皮，表明他听到一个熟悉的名字。

她吃力地谛听，暗中煞有介事地替他们分别理论着，心里似乎有些突如其来的感触。她扭头看他，他正好也回了头，但眼神里并没有任何词语。她深感惊讶，眼前这番景象，他竟无动于衷吗？

不过，屋子里的气氛已经开始衰退了，小姨娘的又一袋瓜子也分食殆尽了，扬州表哥用胳膊捅身边的大哥，眉毛挑起，能看出来，那条眉毛是说：接着玩牌去？

处于中心地带的两位闹离婚者显然也接收到这些信号，他们有些着急，失去了继续诉说的自信，仓促中转化为剧烈行动，不免落入了俗套，老头子拍着床板发狠诅咒，老太太则呼叫着往墙上撞去。也算是高潮了。人们拖的拖，架的架，一边把他们分别控制住，一边用收尾的语气：“行了行了，家里还有远客……”“这么晚了，大伯身体也吃不消的！”

亲友们又分头劝说了一阵，替他们找了若干台阶，并七手八脚协调着行动起来，像拖小孩似的把他们拖离了父亲的房间。父亲这时已经歪在枕头上，脸色疲劳而欣慰，好像正是因为他的病情，才有效遏制住了这场势头惊人又浮皮潦草的婚变。

打牌的又玩了一圈，电视剧的第二集也收了场，立时也就散了。二伯二伯母两个、小姨娘一家等，三辆摩托像火把一样，扔向黑乎乎的野地。

送完客人，他带着她穿过院子回屋，她注意到头顶有星星，多而大，几乎要碰到鼻子。她不禁停住，仰起头，心里头扑腾腾的，莫名涌动，且涌动得厉害。他陪在一边，呈稍息的姿势，突然哧哧笑起来。

“笑什么？”

“我二伯他们啊，刚才那样闹，这会儿不还是一起回去了。”他笑得过分努力，像引子，要带出她的笑，“你可能是顾及我家的面子。没事的，这是一个老笑话，基本逢年过节就要来一通。”

“我没觉得好笑。”她突然有点不悦，说完也觉察到自己生硬，“我是说，没那么好笑。他们是认认真真、十分计较的。”

“就是因为认真才好笑啊。都快一辈子了。”

“你真觉得好笑？”她不看星星了，尽量语调柔和，减少责问的成分。

他反而抬起头，看星星。没吭声。

她对他从来没有抱过特别的期望，只这一会儿，她希望，他多少说点什么，多少能跟她有一丁点儿同感。

他还在看星星，看了好一会儿，平静地反问：“那么你，觉到什么了？”

她张张口，却一时没想到有条理的表达。她满腹感慨，这感慨却又像云朵一样，太大太空，以致说不清楚。“我感到……挺惭愧的。”

“惭愧？”他轻声重复着，抬脚往屋里走。

他送她去了北屋，跟大嫂一块住。这安排是意料之中的，她还是松一口气。无论如何，在这里、这个晚上，她没法跟他躺在一张床上。

次日很早起来，他带她去看母亲。大嫂比他们起得更早，准备好了一大套的纸钱、祭食和鞭炮等。又塞给她一只带红绳的小手环："桃木的，戴上。神鬼也欺生呢。"

坟不远，他说步行二十分钟就能到。他们一起走过大路和田埂，穿过麦地和油菜地。他偶尔说两句："那户人家，是做豆腐的，我小时候最爱去讨豆腐皮吃。""这里原来有个石灰塘。我跟人打架，差点儿掉进去。要掉进去，就会死了。"他讲得很概括、平静，像是怕她嫌啰唆。

上坟的仪式她不大懂，全程都是他在弄。添土，摆放祭物，燃烧纸钱，放鞭炮，磕头。轮到她时，他含含糊糊地："你不用磕，只要鞠躬就可以。"她于是合上双掌弯了三下腰，坟头上的青草在风中摆着身子。他把脸扭到她看不到的角度。

回程的路上，他走得很慢。路上有不少别家的坟头，像残局的棋子一样无解地分布着。他们往往会停下，注目，小声念出上面的名字。大部分是合葬，有的一半名字黑一半名字红。先考徐伦友先妣伊太芳之墓。父亲陈复礼母亲王华珍之墓。傅向志许怀梅之墓。某一处坟头，他站得久些，对她解释，这是扬州表哥那边的太爷爷与太奶奶。

"……觉不觉得？他们这些名字，这么挨着写，很相配，就是一辈子夫妻的样子。死去了，也安安心心并排躺着。"她声音很轻。

"嗯。"他若有所思，又接着念眼前的这块碑。先父张友宝先母李云琴之墓。"我每年过来，都会顺便看一遍。确实，排在一起，很顺眼。"

这算是他们谈得较多的一个事情了。

回到家，早饭已经摆好了，丰盛得像中饭，有大荤有炒菜，有几样跟刚才带到坟上的祭食一样。扬州表哥表嫂要去另一处亲戚家，已经开着车子带着女儿先走了。桌上便只有大哥大嫂一家，还有他与她，气氛比昨天亲密多了，但已经开始说起道别的话了。

大嫂反复地明知无用地劝说："不如吃了中饭走吧，我还给你们做鱼。"大哥则叮嘱："慢点儿开，到南京了报个平安。"小胖子不肯吃饭，争分夺秒还在玩iPad。她心里有点摇晃，似乎此时此刻，倒令她留恋。

突然听到房间里老父亲在拍床，大嫂丢下碗筷进去，旋即出来："叫你们走的时候去一下。"那肯定的，正好他们也吃好了。

"都挺好的。碑上的墨没有掉色。坟草很旺。周围的庄稼也长得好。"他一边仔细回答父亲的询问，一边往他枕头下塞钱，"这个留着花。"

"我这样还怎么花钱，左手递给右手都递不了。"父亲生气地说，自嘲又欣慰的生气，"你等会儿直接给大嫂。她现在当家的。"

"也好。"他收起来，"我……我们五一节就不回来了。"

"明白，该走一趟山东。海阳，对吧。"父亲已记住她老家了，"哦，这个。"父亲突然对她招招手，"给你。"

她惊讶地往前站站，他也跟着趋前，但父亲冲他摆手，他便退后了。

她凑到床头，老人与病人的味道浓厚而来，缺少阳光的被子与枕头，掺杂着药物与其他气息。父亲展开他的那一只好手，手里有一团叠得方正但布满捏痕的小纸包，显然已经在手里攥了好久，"这是铁狗他妈一直收着的，她走的时候给的我……现在交给你。你保管。"她有点着慌，但老人的口气不容许她说别的。

她伸手接过来，轻、薄。看来不是戒指首饰或类似东西，她稍微放心一些。

老父亲突然闭上眼睛，眼看要淌出眼泪了。大嫂很及时地走了进来：“我刚刚去地里挖了一大袋矮脚青，还有小姨娘昨天送来的草鸡蛋，都放在你们后备厢了。”

大概开出去半小时，上了高速，外面的景色完全不同了，她才展开手里的纸包。

好一会儿才认出来，是一包乳牙。大小不一，黄巴巴的，牙根处发黑，有的已经空心了，大约十来颗。她一下子像被冻住了，浑身寒噤。她似看到一个幼童，他，或是她自己，正扑到母亲的怀里撒娇，嚷嚷着举起刚掉下的乳牙叫疼，母亲喜悦地蹲下、搂抱，抚慰那必将远去、必将受苦的小身体。她花了好大力气，才使得视线重新聚焦，重新对准她与他此刻的境地。

车子微微颠簸，她把纸包收起，竭力恢复原先的折痕，那应当还是他母亲的折法。“你早知道里头是什么吧？”她开口发问，发现自己吐字有点费劲，好像这是一句不好念的古体诗。

“没有，父亲根本没说。”他的声音更是荒腔走调，“母亲也从没跟我提过，她还一直留着我的这些……”他努力从伤感里摆脱出来，否则就不大礼貌了，毕竟，这些乳牙已找到新的保管人。

“这……都让我想起了我七八岁的时候。真差点忘了，我还有过小时候。”

“还担心你觉得好笑。”他没有隐瞒他的感激。他开得挺慢，一辆辆车子超过他们，寓言般的旅程又开始了，再一次封闭的空间与时间。

“我不是容易发笑的人，就像昨天晚上对二伯二伯母。”她轻微地纠正，“我不像你。”

“我那也不是真的要笑。其实……有点尴尬的时候，我反而会笑。”他简单解释了一下，随即又回到她手里的乳牙，语气有点不自然，“没想到父亲会给你这个。看看，他们都觉得你挺好。”这话听来有些耳熟，就像大哥家胖儿子说的，连大黄猫都喜欢她。

“你家里人对我很好。”这是由衷的，起码以前带回来的女友并没有得到这份信赖。她不想突出这一点，于是加了一句，“家里人嘛，就是这样子的，对我们带回去的人，总是很好的。”谈话似乎又变得正确而无聊了。他开始加速，油门显得很轻松。

“跟他们比比，我们两个，差太多了，实在一点儿都不像一家人。”她沉吟着，有点斟字酌句，“真的不大像。”

“嗯。”他专心地连超两辆车，并酝酿着下一辆。

“惭愧。跟你说过的，你二伯他们让我很惭愧。”她把纸包小心翼翼地放在驾驶台面上，那里有一个扇形的略微下凹的平台，应当就是设计了用来搁置小东西，让它们在快速行驶中不易滑落的，“我先放在这儿吧。你下车时记得收收好。”

“你，不要？”他头部没有动，可是她能感觉到，他整个身子发生了一点变化，松了一些或紧了一些。他放弃了超车的打算。车子慢下来，像漂在水面上，没有方向地随波而行。

“我，好像不是那个能代你母亲继续保管它的人。”她试图笑一下，“主要是觉得，我们不像。早上在坟地，我就想着，我们的名字，将来好像没法那样并排写在一块儿，并排躺在那里。你，当时没有意识到这个吗？”

“我啊？”像是自问，但没有作答，他随即沉默地专心开车。或者说，听由车子带着他们继续往前。如果不是外面的绿化带与灰色护栏一直在小幅度地滚动，万物真像完全静止了。

他突然轻声笑了。

“让你尴尬了？”她真应该等会儿说的。他们起码还有三小时的车程。

“这次不是。是真的想笑。”他听上去的确可以算是愉悦，“我有点好奇，你是什么时候改变的主意。他们提到洗碗做饭？我爱吃大嫂烧的鱼？我没跟你说过我的小名儿？还是他们评价你的身材？因为我笑话二伯？还是我妈留下的这包乳牙？”他像机械工程师一样，要找出是哪一个螺钉先松动的。他全知道啊，哪里有什么螺钉他全都清楚。

跟这些通通无关的，这些反而是比较好的部分。“……借用你二伯母的那个意思吧：从一开始我就没拿好主意。我讲的是真的。”

“我知道你是真的。我早知道。”他朝着正前方，又笑了两声，几乎是调皮的，“主要是我父亲，他老觉得他随时会死。他急着想看看，我将来要跟什么样的女人……一起过，生儿育女什么的，他甚至要替孙子取好名字，他想着，要结合我和你的籍贯啊、职业啊、爱好啊、理想啊什么的，都集中体现在名字里面……”

“对不起。”

“不用的。这根本不是要对不起的事。”他有些心不在焉，手指敲打起方向盘，“也许这一趟回家太早了。嗯，你说呢？”他终于扭过头，像要共同探讨原因。他语气坦率，当然也有点低落。她觉得这才是他真正说话的样子。

“有可能，但也不一定。我来想想。”她不大文雅地把腿跷起来，思考着，像填写一张极为重要的调查表。这可能是他们最齐心协力的一次对话，“要我说，这一趟回家还是必要的，早总比迟好。否则，搞不好我们真就结婚了。”

“真结了，然后像二伯二伯母那样？”他有点兴致勃勃的，为这个滑稽的假设。

“真要能像他们那样，倒就了不起了呀！”她拍起大腿，他也跟着笑了。车子里的空气光滑地流动起来。她伸手掠一下头发，留意到手上系着红绳的桃木环。她回想庄稼地里的墓碑，回想父亲和大嫂，试图依次回想一圈他亲戚们的面孔，却发现已经开始模糊了。

2015年5月

拥抱

上

“40号！咱们可是打一毕业就从没见过，怎么会突然约我？”她一坐下来就率直相问。他是体育特长生，在校期间两人并无任何交往。她有意用学号指代，生疏又亲切。

“老同学嘛。”答话带着一种被生活压榨过后的紧凑。他的肢体依然保有篮球中锋的结实，只是体态明显下坠，最令她惊骇的是他的头发，白了，剃得很短，如顶着一头薄雪。

“考考你，也记得我学号吗？”她有意絮叨，拖延着某种揭晓。毕业后他从不参加聚会，这约会着实莫名其妙。

“13号。”他简单作答，像急于通过这个口令，“你变化太大了，在手机上看到，真不敢认了。”他提到那段视频。前几天，大家去看望一个得了绝症的老同学，随后聚会，喝得比平常更为放肆。23号还录下聚会场面传到同学群，证明彼此还“活着”。那段视频里，她是挺出彩，新买的一套碎钻首饰，特别亮。

“总是要变老的嘛。”她自信的样子，乐于讨论这个话题。她知道现在比学生时代强多了。这些年，她总有种弥补的心态，大半的钱和精力都花在“外表美”上。

“不是不是。你头发这样弄，这种不对称的裙子，丝巾这样绕在脖子里……很，很有气质。”40号摸摸鼻子。这动作跟从前在球场上一模一样。球中了就狂拍胸口，不中便懊恼地摸鼻子，女生们既希望他投中，又想看到他摸鼻子，并且都认为他摸鼻子时眼睛是盯着自己的。她不记得自己是否加入过那样的争论，她那时太像好学生了。唉，少年和少女们哪。谁能想到，这会儿，他可是专门对着她一个人在摸鼻子呢。

“丑人多作怪罢了。”一阵虚幻的快意，她随即冷静，得啦，他准是为着什么具体的事。她在晚报做到编委，同学当中，算是个“有用”之人，“你该跟大家经常走动的，互相……”

“我不喜欢聚会。是我的问题。”他迅速认错。

“聚会嘛，无非就是吃呀喝呀，瞎胡闹，发酒疯！”她也替他解围，“就这一次，我还提前走了呢。23号喝太多了，居然建议大家要一个一个抱。喏，他这样。”她模拟23号口舌不清的醉态——不容易啊，吃一顿少一顿咧！见一面少一面咧！抱抱，一定要抱抱。男男抱，女女抱，男女更要抱。（扳着手指头、眼皮向上翻着）请听题！如果在座每一个人都要抱到另一个人，那么我们总共要抱多少次？还记得我们学过的等差数列求和吗？nx（n+1）÷2！还是nx（n−1）÷2？

“呀。”他礼貌地反应着。

“也不知道他们后来有没有互相抱抱，反正我一听就挺排斥，假装接个电话提前跑了。你别误会，我不是保守。现在谁还拿拥抱当回事儿，再说大家这么多年同学，抱抱也没什么的，只是……”她突然住嘴。近来老这样。得警惕，女人话一多，就显得可怜。

他替她续水。

“要是你在呢？”她看着他的手。记得他能一只手巴着篮球向下，走来走去不掉。

“什么？”他没跟上她的话。

“你在的话，会不会……挨个儿抱？”

“没想过。可能，随便吧。”他含糊地说。

她挥挥手，讲解员似的，忍不住要纠正某个概念，“其实，真正的拥抱很难的，可以说是罕见的。我是指那种自然到来的，山洪暴发、非抱不可的拥抱，像要死了一样地去抱紧另一个人——哎，我这样说话你不会发笑吧——我是觉得，只有这种情况才是值得抱的。所以，我极端反感那种社交式的、平均主义的拥抱，像随便拉个手！”又碎嘴了，她举起茶来堵嘴。对40号讲这些干吗，他也许马上就要谈起什么新媒体合作、替上司的小孩发表狗屁秋游作文。

“我今天是……”趁她喝茶的工夫，40号终于开口了，某句话明显到了嘴边，舌头却又偏了，“你看我，都忘了问问，你各方面都还好吧？”

“报社这边嘛，老资格了，就是签版总要值夜班。反正睡眠也不好。”他只是听着。“父母还在老家，身体不错。我一直没要孩子。”他不动。“嗯，先生被外派在韩国，好几年了。”这也是她在同学间所透露出来的全部信息。实际上，跟先生一起出去的，还有一位女经理，也已婚。但双方所涉四人的态度是一致的：没人打算为此离婚。都嫌麻烦。

40号点头，随后交换他的情况，有点急迫，“我还在体育局，业余替石化厂带一支队打比赛。我一个人带着儿子。”他暂停，也留意她的反应。

她稍感安慰，起码到目前，40号不像是要谈公事。他是班上头一个结婚的，据说新娘是个平面模特，但肚子把婚纱撑得像帐篷。

“儿子两岁时离掉的，我从没跟同学说过这事。儿子今年也十八了，虚岁。”他再次停下，像个缺乏经验的谈判新手。

“那不容易啊。”她被他吞吞吐吐的样子弄得有些慌。莫非40号知道她的婚姻实情，他对她有那种想法？这么郑重其事地约她，还一条条地交底？她心里不争气地涌起波澜，忙垂下眼皮，用眼睛以外的感官重新推测他的来意。

有一条是肯定的，这里头没有旧情，最多是身体之需，他一直耗到儿子成人了才采取行动。谁没有身体之需呢。可这种需要常常是悲哀而封闭的，比如她。她接纳不了一夜情。恋上一个小伙子？更做不到。年龄相当的男人，又得靠年轻女孩才能激起他们垂危的性能力。某种程度上说，40号与她，不算太离谱，他们一起度过青春，彼此了解，他们都讲究实际……她控制住不脸红，不流露出心知肚明之意。

“你知道怎么回事？”他突然提一大口气，像要扎个猛子下水，“我儿子有病，两岁时发现的，自闭症，或者叫孤独症。听说过吧？就因为这个他妈妈才走的，那半年最难挨，几次我都想跟他一块儿死。我不怪他妈妈，要是我先开口，那走掉的就是我了。家里真像个冰窟窿，我到现在还想走呢。”他流畅地说着，并无痛苦，到末一句还稍带笑意。

“知道的。愚人节后一天，四月二日那天就是‘自闭症日’。”好像抢答比赛，她恨不能举手。怪不得他从不参加同学会。看看，他剥掉多少层洋葱，一直剥到最里头的芯子上了。真要好好对待了。她心里晃荡得不行，无数个僵死的夜晚如大车轮辚辚地在心上碾过。他是怕她嫌弃？孤独症不碍的，再说都十八岁了。她在脑子里尽可能搜索，像谈论天才，“听说有的生下来就会画油画？有的听到一首曲子就能分毫不差弹出钢琴？还有的能从头到尾背出电话号码簿？”

他嘴角皱一皱，感谢她知识面够宽，“那是高能型的，我家儿子没那些本事。他就喜欢坐个电梯，我带着他，把全南京各处高楼的电梯都坐了个遍，上去了下来，下来了再上去。对了，他还特能认路，随便去哪里，都能画出一张线路图，我对照过，尺寸比例大致准确的。下次再去同一个地方，他就会指东指西。”像任何一个父亲一样，他有些滔滔不绝了。

“你啊，了不起。”她钦佩了，明白了他这一头的薄雪。跟他比比，活跃在聚会上的那些男生，显得多么薄情啊。她甚至觉得他有点儿像高仓健演过的什么角色，那种苦难的男子汉，她真愿意去好好抚慰他！像一截木桩去抚慰另一截，她脑子里晃过他投中三分球之后的得意模样，心里一阵转弯抹角的疼痛。哎，哎，等一等，她这是干吗，滑稽了吧，这么快就自high上了。要尊重自个儿，也尊重他。她突然严肃地，“假设一下，那天你要在聚会上，估计你也不会的。”

“不会什么？”40号再次茫然。

“不会跟每一个人拥抱的。”她耐心地又描绘了一遍当时的场景，23号的提议，还有那些跟着起哄的男生，“你跟他们不一样。”

“这个……”

她从包里摸出烟。在外面很少抽，怕人家看不惯。“要吗？”像问老熟人。

“我这里有。”他眼里闪过什么，不是反感。他为她点火，随后自己也抽上了。他也需要松弛一下。

“离不开这口了，多少次发狠，总戒不掉，害得我每两个月要洗一次牙。算算都五年了，从他到韩国去抽上的。”不管了，她想说，“他有别人，我没有。你，是不是早猜到了？”

“我没有猜。我跟别的女生打听时……”他顿了顿，“估计她们并不清楚，只是瞎猜。”

她喜欢这个词，“打听”！他老早就在准备这个约会了。她更坦诚了，“我向你承认，其实我想要拥抱的，比他们哪个都渴望。五年了，除了体检，没人碰过我。而体检，你明白吗，医生会检查颈部、搓揉腹部，会仔细地排捏乳房，还往那里面伸东西，长夹子一样的玩意儿，提取……那总让我特别的紧张，情绪崩坏。很丢人。”烟太细了，不禁抽，“因此我无法忍受23号那个提议。要不是提前走，估计我都能翻脸。他们压根儿不会理解的。我敢说，你跟我一样，接受不了的对不对？除非你现在还有拥抱？”她盯着他，语气不容反驳。

40号把烟灰缸往她这边推推，“没有，哪会有？记得好久以前，我最大的心愿是能抱抱我儿子。可一抱到手上，他就把头扭开，身体往外拧，浑身都架着，像个随时会散的泥人。不要说抱了，连好好看一眼都难，他眼珠对不准人的。估计在他眼里，我都还不如一只绿茶杯呢。他从小用绿茶杯喝水，到现在，就只能用绿色杯子喝水，到哪儿都带着。”他像在说一个笑话。“不过，”他犹豫着，看她一眼，“最近这两年，我能感觉到，他想要抱了，不是我的抱抱，而是你说的那种，男女间的拥抱吧。就算他有病，也懂的。他发育了。”他声音带点羞耻。

“男孩子嘛。你呢，一直没有过女朋友什么的？”她把话题从儿子身上扯回来，“这只是问问……”她晃动手里的烟，表示并不在意，随便什么也不影响这个清晰的事实：二人处境相同，他那个家是冰窟窿，她这边也一样。

他回避了，“带着这个儿子，就等于一直背着块大石头。看到女人时背着，看到同样做爸爸的人背着，看到一个好小孩时背着，看到生病的小孩也背着。我有时希望我儿子是个聋子、哑巴或瘸子，你明白吗，起码他晓得我是谁。最好笑的是，我连看到一只狗都会羡慕死了，小狗还认人哪，主人喊它，‘狗儿子哎’，那小东西老远就扑上去又舔又亲……”

“等大了，会好一些的。”她安慰着，心里琢磨着，他不愿正面回答“女朋友”一事，正说明他很在意她。

“大了？大了！”他苦笑，稍显放肆地盯着她，看来正问到要害上，“你晓得吗，他现在个子比我都高，比我当年还要壮实。他十四岁就遗精了……这几年比小时候反而难带，他莫名其妙就会乱扔东西，伤了别人、伤了我甚至伤了他自己都不晓得。尤其是春、夏两季，我都不敢带他上街，他随时会出乱子，裤子都穿不住，没轻没重地胡乱往什么东西上撞……阿猫阿狗都能解决的，他不能。”40号扭开头，用手掌抹了一把脸。

“我以前看过一个外国片子，里面讲到这种上门服务，专门给残障或无能力人士的。”真让人叹息。看看，不论什么话题，他都扯到儿子身上，连性欲都会从儿子说起。他大概都忘了应当如何跟女人调情。她解开丝巾，露出脖子，“说真的，怎么就想起来约我了？你到现在还没跟我说说呢。”是不是有点太主动了？不，已兜得够远的了，他们这是什么岁数了呀，矜持是浪费的，浪费可耻。

40号惊慌地看她一眼，更快地移开。她有些不合适地联想着，这大概就像他儿子那种没有碰撞的眼神，“我这就要说到了，是为了我儿子……”

“？”她不懂，烟吐到半空都卡住了。

“真是奇迹，从第一眼起，我儿子就喜欢上你了。他可从来没有这样过。”他理理桌子上的茶杯、打火机和香烟盒，把它们排列整齐，“就那个视频嘛，我在手机上打开，儿子也在旁边看。视频里共有六个男生、三个女生，还有15号张鹊的女儿，所有的男人、女人、小女孩，我儿子都没反应，可是只要镜头一到你身上，他就极其兴奋，伸出左手的大拇指和小指，把脸凑上去，脑袋左右摆动，他这一套动作我最懂的：他喜欢你！真难以置信，这是他头一次明确表达出对特定一个人的喜欢。就是对我，也从来没有过这样强烈的反应啊。我试验了好几次，随机播放这段视频，他每次的反应都完全一致。这绝非偶然。”40号语气又重又急，好像这是惊天动地的发现。

她维持面色不变，幸好手上有烟，她吸了又吐。40号这么重视儿子的意见，怎么不去约会儿子最喜欢的绿色喝水杯呢。“那你呢，你怎么看我？”

“我？”40号惊讶了，好像早就交了作业的学生，只好又临时补充几笔，“一开始我就说了嘛，你跟以前大不一样，张鹊还是班花，她女儿也很漂亮，可是你就特别引人注意。所以我儿子才会这样的。他这种喜欢，绝对是天然的，发自本真，就是一个男孩最初的……”

“谢谢。谢谢你儿子。”她打断，担心他不知会说到什么方向上去。不，等等，还是说从一开始，他就在那个方向上？她心里突然开始塌陷，此前的各种细节一起被唤醒，加速了这种塌陷，“你，今天约我到底干吗？”

“就是我前面说的这些情况呀。”他认为她应当已经明白了，“我儿子头一次对一个人这样。我就想着，看有没有这个可能，你帮我个忙。你家里人，我是指，你先生应当不会介意。嗯，我想，不是我，是代表我儿子想，就是说，你跟他……”他抬起两只手对碰，眼神如四处扑闪的蛾子，“见个面，或者说，约会。不，见面，还是叫见面吧。”他无意义地咬着字眼。

她抽烟，两口就到烟屁股了。

“你生气了？对不起。”他露出早就准备好的、无条件的赔笑，好像是他儿子刚刚冒犯了她，他只是负责追上来道歉的，“别看他身上哪儿哪儿都成人了，可说到底还是个孩子，并且一辈子都是。你千万不要生他的气，除了我，谁能帮他？无论如何，不顾一切我也要试一下，我逼自己跟你见面，逼自己开口。这个想法是不是太过分？生气了就直说，骂我也成。”

“也谈不上。是刚才我有点儿迷糊了。”她声音稳定，抽出一根烟，没要他伸过来的打火机。

“我知道这很得罪你，主要大家老同学，在你这儿丢脸不算丢，你也不会真的气我。”他尽可能地把气氛往回拉，啰里啰唆地解释，“家里从来没女人，他没机会接触，尤其没那种机会，估计他这辈子都不会有了。你前面不是问我的吗，我好办，随便怎样都能对付过去，在外面花一点钱……可我儿子，绝不能的。他还是个孩子，怎么着都是个孩子。”男人也一样，话多了就可怜。

“要我做什么？”她刺耳地问，不加掩饰。

“不要！不要你做什么，哪能真的要你做什么呢。”他敏感、激动地矢口否认，像小偷胡乱藏匿起赃物，又露出一角，“我只是希望有个真实的热乎乎的女人跟他……可能的话，你……”他随时准备着被打断的样子，难以启齿，困难地用手指抹过桌面，“你，过来人了……”

她毫不留情地盯着他，不接话。

“我只是说，有可能的话。”笑容像一大团油彩，刚堆上去就开始融化，又勉力地接着堆，声调都走音了，“你一点不要勉强自己，哪怕就抱一抱……”

“懂了。”她终于收回眼光，“改天我跟你儿子单独见个面，说约会也行。约——会——”她字正腔圆，像在念拼音。

“见面，是见面。”他摇头，歉疚而哀伤地纠正，丝毫没有“谈判成功”的喜悦感。

“怎么说来着，星星的孩子？这算是跟星星的约会吧。”她捏细嗓子，疲惫地笑着。再多的情绪等会儿自己一个人去慢慢消解吧，就像这些年来的大部分时候一样。她善于此道的，得去买烟，家里的存货肯定是不够了。

“‘星星的孩子’！你不知道我有多讨厌这个说法，一看到报纸上这么写我就生气，怎么能打这么漂亮的比方呢。他们知道什么！”他皱着眉反驳，随即意识到，他这会儿没有权利发火，又低声弥补，“我是说，我儿子不是星星。”

“那我是。我又远又冷又孤独，我是星星，行吗？”她无谓地，一边摁掉烟头，“事儿谈完了。散吧。”

他慌忙起身要送她。她却不紧不慢补了口红，重新系丝巾，照照小镜子，最后才收起打火机，拎起包转身。

“嗯，等等。”一直在看着她的他突然跨前一步。

他这会儿离她很近，形成一种动人的身高落差，她都能看到他衣襟上的纤维纹路。她僵住，动弹不得，都没法把转了一半的身子稍微调正。她有个预感，他这是要抱抱她了。整个见面都是南辕北辙，他在谈儿子，她在谈拥抱。这会儿终于算是碰上了吗，他懂了她一点？也可能仅是出于内疚，远不能算她所渴求的那种拥抱，但她依然，是愿意的……她感到胸腔里无法控制的一阵大跳，还有疼得要命的委屈与迟到的安慰感，海浪一样拍打着。

他身体也有点木，面色极不自然，声音极低，像约定一个作弊方式，“嗯，跟我儿子见面时，你能不能，戴上那对又大又亮的长挂坠耳环？就是视频里你戴的那一副。”

心跳、海浪，消失了，通通变作了狂风，呼呼的，怒焰燃炽。她强压住想要撕毁什么的念头。“哦，你儿子喜欢亮晶晶的东西？”她和气地问。没错，那天的聚会只有她戴了一大堆的头面，配套的，惹得班花等几个女生好一阵半真半假的讨伐。

“你怎么知道的？”他脱口而出，随即懊丧，挽救，“哦不是，我想他主要是喜欢你这个人，喜欢你整个样子……”

下

按照40号约定的时间，她来到电影院附近的麦当劳。

计划是这样的：他送儿子到麦当劳然后离开，由她接着陪他儿子一起吃快餐，然后两人一起看电影。票已买好，在他儿子的背包里。他特别说明，电影是儿子看过多遍并乐于反复观看的科幻片，他会很安静。电影散场，40号就到电影院门口来接儿子回去。

这安排简洁大方，并无令人不适的成分。她认为40号已预先调低了对她的某种期望。她不领情：性质还是一样的。

卡座最里头，远远的，她轻易认出了他儿子，或者说，认出了学生时代的40号，多么懒惰的造物主呀，太酷似了，包括额上的青春痘、微微耸起的肩膀。她冷不丁岔神了，脑子里像有个长长的滑滑梯，哧溜一下地甩到了过去，她看到干巴、乏味的自己，正毫无把握地去赶赴一个明显高攀的约会……天，这联想真够抽风的，她跟40号压根儿就没什么，事实上，整个大学期间，她从未有过任何约会。她心底一阵哀伤，并更加涌上某种愤然。她需要调整一下自己，遂转头从洗手池那里绕了一个圈子，迂回地向卡座靠近。男孩正低头在桌子上划拉着，背包没有拿下，桌子上已经摆好了一堆吃的喝的。

她坐到男孩对面，屁股下的椅子热乎乎的，显然40号刚刚点好餐离开，也许这会儿正站在街对角，拿报纸什么的遮住脸。她感到后背一阵灼痛，四肢发硬。

“等了有一会儿吧？”照40号的提醒，她唤他的小名儿。

没有反应，额上一大丛青春痘冲着她。

她敞开外套，露出项链，如果加上耳环、工艺戒指、水晶手镯，亮闪得简直像百货橱窗了。她甚至可以在脖子上挂好几串链子、同一只手上戴好几个戒指——她有的是这类真真假假的玩意儿，一到大小节日，哪怕是不相干的重阳节，她都能赌气般地添置上一大堆，一个比一个亮闪。某种程度上讲，这男孩子能看中她，也算是知音了。她冷冰冰地自嘲。

男孩还在纸上划，隔着桌子看，纸上是一团乱麻——这就是40号所夸耀的线路图？还比例准确？她伸出手去，随便指着，“这条线，通往哪里？”

“去象波乌嘟。”男孩拧起脖子，抬头看她，或者说，看向她这个方位。他浓眉俊目，眼神飘如闪电。嘴巴打开的方式过紧，吐字走样。“什么？我听不懂。”她不客气地皱眉。男孩又说了一遍，更不清晰。

她想起来路上一瞥而过的建筑，试探，“气象博物馆？这条路通向气象博物馆？”她心里一软，语气带上了虚假的鼓励，好像男孩发现了美洲新大陆，“呵，你可真厉害。”

没有回应，男孩举起一只绿色塑料水杯喝水。水杯很旧，满是划痕，应当就是40号所说的那个。喝水的男孩头部保持着抬起的姿势，盯着她的左后方，眼珠像黑弹子那样不断地移动，她能感觉到，黑弹子一会儿移动到她的耳环上，一会儿到项链上、手镯上。她突然一阵害臊，在十八岁男孩的眼里，自己真是太粗糙了。没有发亮的皮肤、发亮的眼睛、发亮的头发、发亮的牙齿。她只是一个挂满发光玩意儿的替代品。

她情绪猛然恶劣了，“你爸爸介绍过我吧？同学，比他小三岁，我算算，那就是比你，大二十二岁吧。真老啊，能做你妈妈了，嗯？不过我没孩子，不知道做妈妈是怎么回事。再说，哼，你爸爸的意思可不是……”她发现自己又碎叨叨了。止住，放慢语速，敌意地诱问，“你知道，你爸爸为什么让我们见面……约会？”

男孩喝完水，挺仔细地把绿水杯的盖子拧拧好，用掌心盘弄着，心满意足的样子。

算了，孩子知道什么。她沮丧地喝一口可乐，已经温暾了。又一根根拈起薯条，蘸上番茄酱，机械地往嘴里送。男孩留意地俯视她往返移动的手，眼光渐渐变得锋利，像老鹰从空中瞄准似的，她正惊愕着，男孩突然十分准确地伸手过来，一把握住她戴有戒指的右手，力气很大地扯到他那边，把她食指上的那枚装饰戒指，紧紧贴到鼻尖儿上去。她要半抬起身子，并尽量伸长胳膊，才能配合上男孩。

她没法生气，反而有了小小的成就感：男孩笑了，冲着她的戒指。这是她在他脸上见到的第一个表情，挺不错的。她突然理解了40号谈起儿子的那种语气：疲劳，又夹杂某种小心的感恩。

男孩的手指匀称，没有分寸、没有时间感地托举着她的手腕，眼神带着研究者的纯真，像拥有一个特别的探测器，通过凝视这枚小小的戒指，他穿行于渺茫的太空。

她嘴中发苦而又心神摇动，感到自己像一尊被求婚的雕塑。是的，求婚，她真的想到这个，动作很像不是吗，连戒指都符合。她心里大声嘲笑着这个联想，可另一个自己，却像个馋猫似的，极不得体地反过来也盯着男孩。从来没有看到过这么单一的、实心实意的眼神，就好像她的手是世界上唯一的宝贝。她心里涌起一阵荒唐的柔软感，简直想放肆哭泣。她觉得她白白年轻了，然后又白白地老了。从没有一个少年曾经这样对待过少女时期的她。

她小心地调整姿势，尽可能地对准座位侧上方的顶灯，以让自己全身上下的饰物，尤其是手上的戒指和水晶镯子保持熠熠的异光。她要和男孩一起，专心享用这一段无垠的停滞。她几乎忽略掉背后那可能存在的目光了。

手机突然来了消息，40号的提醒。她看看时间，的确有点迟了。

“怎么去电影院？”她指着纸片上的乱麻求教，像不认路的笨女生，她有点喜欢这种假扮。男孩瞅瞅纸片，这一只手仍然抓住她的手，另一只手抄起桌上的绿杯子，起身就走。她猝不及防，刚好来得及拎起包跟上。男孩手上没轻没重，手镯被他捏得嵌在腕上，有点疼。他带着她，穿过卡座，绕过洗手池，再走过收银台，赶火车似的出了麦当劳。

男孩笔直地沿着步行道上的砖头线往前，他个子比40号还要高出半头，步子迈得很大，她被拖曳得几乎小跑。他们把大部分的行人都甩在身后，速度形成了一股只属于他们的微风，她感到她的头发、长耳环，还有丝巾，都小幅度地飘了起来。她用余光藐视着左右的建筑和车流，以及三三两两闪过的路人，心里不知为何涌起一股轻浮的甜蜜感。可真有点儿像个，约——会——

如定点雷达那样精准，到电影院正门口，男孩猛然刹住脚。电影院刚放出来一大批人，如混浊的潮水向他们冲来。她拉紧男孩，不由自主地倚着他，两个身体的定力总归强过一个。男孩听任她靠着，他正越过人们的头顶，咧嘴看着左上方的一个时钟显示屏，里面有一只不停转圈的公鸡，不用说，亮闪闪的。她也看看，哎呀，还有五分钟就要开场了。“我要去一下厕所。”她说。

男孩像接到新的指令，四面看看，线路图立刻生成了。他沿着地上的一条大理石分界线，目中无人，穿过拥挤的人丛，在游戏大厅侧面的通道深处；他站住，松开她的手。她一抬头，哈，男厕所。当然边上就是女厕所。

她其实不要小便，她是来洒香水的——这是她原先的打算，一个模模糊糊的打算。出门前，她心里有两个矛盾的方向：一是该表现得特别女人味，肉感和奔放，如40号那未曾明说的诉求；可另一方面，她别扭极了，怎么也不愿承担那种人道主义的“性启蒙”角色。相对应地，她身上带了两种香水，一瓶法国玩意儿，配方精密，说是含有“力比多密码”，就差写上“催情”二字了。另一瓶是男用香水，是先生扔在家里的，大概都过期了——如果不想在黑乎乎的座位上发生尴尬，她自作聪明地想着，男用香水也许具有屏蔽作用。

可现在，她的想法有些变了，不是非左即右了。刚才那手牵手的一路小跑，使她的心情有点焕然一新，这个“星星的约会”已不是为了40号或男孩了，倒像是为着她自己了，这是一个漫长到完全变形了的弥补，对应着她整个少女时代的亏空。

她装模作样拉开一间蹲坑，蹲进去，以便好好地考虑香水的事。唉，她怎么就没有带上那瓶茉莉花香水呢，国产的，特别便宜，她夏天洗完澡时喜欢洒上一点，那是她理解中最接近纯真的味道。瞧瞧，现在这可怎么弄，喷哪一种都不对。脚下的池子散发出便溺的腥臊，真担心自己被熏得一身味儿。不行，还是得喷一点。她手忙脚乱把两个瓶子都掏出来，脖子、手腕、耳部，一切挂着闪亮饰物的地方，分别都喷了一点，像调酒似的，先喷两分“力比多”，再喷三分“过期男用”。真希望它们会化学反应起来，最终挥发出她最期望的那种茉莉香啊。

“调酒”失败。她刚从蹲坑一出来，就猛地打了个喷嚏，她自己都被这过分浓郁的味儿给冲着了。洗手池边有个女孩，真正的少女，一边接手机一边用手捂起了嘴巴，但愿不是因为她这身可怕的味儿吧。她站到镜子跟前，下意识地补补妆，随即又拼命擦拭，该清淡一点才对，她甚至想通通摘掉身上的珠宝挂链，随即又醒悟：她正得靠这些，才能让他“看到”她呀。

男孩挺拔地站在厕所门口原处，专心摩挲着手里的绿杯子。她有点不自信地走上前，男孩的眼光像一把沙子，散漫地迎面掷来，像从来没见过她。她愣住了，明知他本就这样，心里还是一下硌住了。她一边扭头径直往饮料售卖机那边走，一边骂起自己，都出了声音，“搞笑了，搞笑。神经，神经病。”男孩跟着她，她瞟一眼，冲男孩泄怒，谅他也听不明白，“你说你爸爸多滑稽呀，你不是皇帝，他也不是太监。这算什么呢？我看，他在家整天净琢磨这些事儿对吧？哼，都跟我一样了。”她气呼呼地顺便讽刺了一下自己，“你倒是说说，你真喜欢我？喜欢我这样的女人？活见鬼了。我看你眼里根本就没有人，更别提女人了。”她掏出一张皱巴巴的纸币，上下找着售卖机的投币口。

一只绿杯子突然伸到她眼前，定睛一看，是男孩的那只宝贝旧杯子：他给她喝他的水。男孩子两眼正朝着她，朝着她的耳环、项链、手镯。

这次轮到她的眼神沙子般散落了，接过杯子的手都差点儿发抖，好像此前这半生从没有接受过这样大的恩惠。她竭力镇定地拧开盖子，咕咚咕咚喝了几大口，差点儿呛着。她已经不能够适应，长久无人的空谷里突然传来并非幻觉的回音，哪怕出自无意识。

她平静下来，想起了电影，转到男孩后面，从他背包上方放耳机的那个口袋里，摸到两张电影票。F厅9座、10座。

“去F厅。”她试图恢复男孩的主导感，继续由他来牵领她。

男孩呆滞不动，没有反应。看来F厅他没去过。她只得在前面了，一大圈又找又问，竟然在另一层楼才找到。“这是高级定制厅。”引导员用私密的口气介绍，暗中瞅瞅她和男孩，伸手做出“请”的姿势。电影早开始了，正是夜景，屏幕内外都黑乎乎的，只有零星的脚灯像星星，是啊，像星星。她记起这个被40号痛恨的比喻，同时竭力辨认。这一看，她吓了一跳，全是两人座的独立包厢，大靠背、大扶手的超宽尺寸沙发，简直像一张张被帐幔围起的大床。屏幕上突然切换成白天，借助闪动着的反射光线，她看到一对对男女半躺半搂。最近的四只没穿袜子的光脚正绞在一起蹭着沙发布，粉色的沙发布。

她浑身一阵热汗，耳跟后刺鼻的香水味加倍搅动起黑暗的空气，简直就要吐出来了。瞧40号这份“精心”。她拉起男孩就往后退，男孩身体挺沉，扭头留恋着屏幕上的亮点。她不管不顾地死命弓倾着身子，动作像纤夫。引导员一愣，小步跟上，“对不起，开映了不好退票的。”

一直到走到明亮的大厅，男孩的步子还有些拖，鞋底摩擦着地面，发出类似篮球运动员在球场跑动的那种滑动声。放弃电影对他并无明显影响，随着她的拉拽，他脖子一会儿扭向左，一会儿扭向右，取决于哪边有更加吸引他的闪亮光源：那可都比她身上的首饰亮多了。她有些气喘吁吁，带着从噩梦边缘滑落的怨怒。略感欣慰的是，身上的鸡尾香水味儿淡一些了。

现在怎么弄？起码得一个多小时电影才能结束。她不想提前通知40号——她恶意地想着——就让他以为她和男孩这会儿正双双身陷于那粉红色的沙发床吧。

她拖着男孩，心虚地不停拐弯，嘴里却假装挺有主意地念叨："我们换一个地方……"男孩充耳不闻，他在忙他的。他逐帧扫描般地捕捉着视线里的光影，不错过任何亮闪闪的目标。她尝试着把脸转成与他一致的角度，攀沿着他发射出去的目光，从大厅直到大街：资讯滚动的绿色显示屏、冰激凌专柜的雕花银器、玻璃杯里的冰块、衣襟上的徽章、金属门框、女童手里的荧光棒、转动的轮椅、外墙广告灯、一洼积水里斜映着的半片阳光。世界果真是亮晶晶啊，并且只剩下这些亮晶晶，其他通通都黑黝黝的不存在。没有韩国，没有皱纹，没有同学会，没有乳房与睾丸。太好了，连她也看得入了迷，甚至感到自己的目光也像男孩那样清澈无物了。40号有没有这样陪儿子看过？别的人有没有这样看过？还是只有这孩子才拥有这份机密的荣耀？

她软绵绵地想到，也许40号有个根本性的、想当然的误会？实际上，男孩根本不需要这狗屁不通的替代性慰藉，他自有他的纯粹与完整，自给自足——是这样的吧？也许是，但愿是。

男孩突然站住，左手的大拇指与小指笔直地伸出来，像一面古怪的小旗帜，晃动着，指向前方——电梯。一架被涂抹成纯金色的电梯门刚刚打开，一堆东西拥出来——亮的眼镜框、亮的手机壳、亮的手表、亮的拉链、亮的指甲装饰——她比男孩还要兴奋，简直如释重负，好了，有地方去了！

他们不约而同地发力往电梯跑去，简直不愿多耽误一秒，好像那是通往外太空的最后一班飞行器。跑动中，她纵容自己分神，贪婪地再次捕捉那细微的甜蜜感，捕捉这种高度一致的心跳、步伐和目标，他们在独一无二的空气里独一无二地亲密奔跑……

他们刚一踏进去，门合上了，三面都是金色内装潢，耀目的光泽互相折射，朝外的一面，则是个透明的半弧，可供观光。男孩子脸色也有了金光，像一下子加满了特殊燃料，身上有种说不清楚的力量。她看看楼层数字键，最高的35层已经有人按过了。她打定主意，就这么坐下去吧，35层，1层，35层，一直坐到电影散场。

进进出出的人们像调料一样，一会儿撒得极稠，把电梯间变成了一锅气味复杂的浓汤，一会儿则变得稀淡，寥寥三两人像小点数的骰子。她和男孩早就被置换到了最里面，可以很方便地“观光”。但男孩显然毫无兴趣，他背朝着弧形玻璃，严肃而机敏地来回巡视着楼层指示灯与呼叫数字键，好像这一切完全依赖于他的视线在操纵。人们进出，打嗝、抱怨、争执、讲笑话，挤得前心贴后背，抱怨里面信号不好。男孩独端庄如一尊小弥勒塑像。

她半呆滞地倚着玻璃看着外面。电梯上升，街上万物慢慢变小变混沌，好像在失去、相互抛弃；电梯下降，它们又一点点重新变大、变清晰，似是失而复得，但也显得芜杂和粗糙。如此反复轮回，一遍又一遍，像是故意地、极其耐心地在筛洗着她的心，她这渴求的、难以平静的心……

突然，脚下看到一个熟悉的身影，电梯正升高看不清，等再次下降——确实了，是40号。她看看表，他提前了半小时。他站在电话亭边，一个已经废弃了的红色电话亭。可能为了节省体力，他刚才还站着的，这会儿蹲下来了。能看到他手里有根烟，吸一口，半眯着眼，麻木地盯着对面的电影院大门，像个无家可归的人。

她悠闲地、充分地俯看着他。她觉得她这会儿应当有点儿什么感触，对40号，对自己，包括对这件事。她仔细搜索自己的情绪，像男孩扫描一切发光点那样。但没有，脑子里挺平淡的，除了有点儿馋他手里的那根烟……她哂笑了，随便地决定：以后再不提戒烟了，就一直、一直抽下去吧。

电梯又一次高升，这一趟的乘客尤其少，除了轻微的滚轮牵引声，轿厢里分外寂静，像夜色至深、生之尽头。又一次开关门，最后一名乘客下去了。

她扭过头，现在只有她和男孩了。

“我刚才看到你爸爸了。他来接你。”她小声说。男孩正谨慎地伸出手，把最上面的三个数字，33、34、35，一一揿亮了。

“我前面说他的话你别介意。我已经一点不生他气了，老同学嘛。”她声音大一点。电梯向指定的目标优美地滑行，无穷无尽地，往云端升，往天际升，往宇宙外升。

“我很孤独。”她声音稍大一些，但只是陈述，顺从、平静，“你爸爸也是，所有人都是。都跟你一样呢，孩子。”

男孩背对着她，一丝不苟继续监视着正上方逐渐变大的楼层数字。她轻轻地靠近上去，从后面围拢上男孩。男孩太高了，她需要踮起脚才能勉强够到他的背。她小心地趴在那里，肩胛骨处不大平整，也还没有足够魁梧，但同样能听到澎湃的心跳，血液哗哗地流，骨肉吱吱伸展，一种介于男孩与男人之间的过渡性味道。她闭起眼睛，半真半假地感受，是的，差不多接近了，接近她这辈子从未得到过的那种拥抱。

胳膊里的男孩突然通了电，颤动起来，重心明显失衡，他前后摆动，并在摆动中扭转过身体，猛然膨胀起来的躯干像失去遥控的机器人。这具巨大的身体，面目中带着抽象的欢喜，左手大拇指和小指竖起，热情地伸向她的脖颈处，歪歪斜斜、不可抵挡地向她碾压过来。

2015年8月

枕边辞

今天两人都有些激烈，像两团纸，彼此都被搓揉得不成样子。这会儿，他们理直了、平铺，尽可能地摊开，好像正上方有一个巨大的扫描仪。

接下来通常该是迷糊而宁静的阶段。她却开口讲话：“知道吗，我从来，就不是清纯少女。”

他未及接话，她拟好腹稿似的，举起一长串例证。她高中时下了晚自习常到公园去转悠，偷窥长椅上搞花样的情人。她在电梯里被人捏过屁股，真的捏，很疼，可她气儿都不吭，真想那家伙再捏上一把，为此她可以一直坐到顶楼的。她同时交往过三个男朋友，日程排得紧张而严谨。她尝试过“摇一摇”“漂流瓶”“陌陌”，还匿名到网上发表过体会报告。“无耻吧？看我多无耻。”她高兴地辱骂自己，“讲出来可真痛快！集中地、专门地向你交代。吓着了吗？”

他做出惊愕的样子，出于礼貌。她小他十来岁，又是单身，这本就蕴含一切可能。再说他这个年纪，还有什么会惊吓的。

“我敢打赌，每个人肯定都有一大堆这样的事情，”她在“这样的事情”上加重语气，表情随之也变得凝重似的，“但只有在枕头边，像我们这样，跟特定的人，才能和盘托出……”

“特定的人？”有点累，他不愿显出疲态，尽力抓到核心字眼。

“对，特定的人。并且还是在特定的情况下。”她有意停下，侧过脸看他，“你对于我而言，就是这样的人。了解不深，不可能到爱的地步，因此特愿意什么都对你说。”

“谢谢，我……”他让自己听上去有点感动。她对他的这种依恋，是在赶时髦吧。女孩们似乎很乐意通过一个半老不老的家伙来寻求与延长青春期。离婚后的这些年，他碰到多例。

“你也讲点儿吧，这样才公平。你讲一个，然后我再讲一个。”看起来，她今天是想把自己挖个底朝天。

“我更想听你说。你说得好。”他知道这时应当如何应付。

果然，她按捺不住地讲起大学时期与舍友的一段同性接触，似是而非。她伸手到床头摸起手机，举到两人眼前，在图片库里一张张捞，要找出那个女孩的照片。许多人脸滚动着，她偶尔解释，“我表姐。这是在陪老板喝酒。跟同门师弟。这是我老妈。”

他突然插嘴，“她多大？”

“我们同一年生的呀。”

“我问的是你妈妈。”

她皱着眉继续找照片，“她三十三岁才生的我，你算呗。呀，找到了，帅不帅？你看这眼神，我那时真的很迷她。”

“那她六十二岁了，属兔？”他突然翻身坐起，抢过手机，把照片往回倒，“让我再看看你妈妈。”

她试图把手机夺回，“哎，我好不容易才找到。她可算是我第一个‘恋人’呢！”

他精神振奋，放大她和她妈妈的合影，研究似的端详，“身体倒是不错。可头发这么白了？我看这种珍珠项链不适合她，显得老气。她不化妆？好多女人都这样，自己先不要自己了。”

她鼓着嘴巴不吭声。

“你们家有美人基因。”他抬头敷衍一句，眼光又落到照片上，“你妈妈如果注意减肥会更好，头发染一下，换个发型。其实，六十二岁，并不算很老的……”

她把手机一把抢走扔到床下：“搞什么啊，有老头子托你介绍对象？你可知道，”她尽力掩饰下愤慨，“我正在对你说……说出我的一切啊。”

他索然噤声，躺下。隔了一会儿，没头没脑地，“我上午在医院，呆呆坐了一个小时。”她关切地仰起身子，他挥手，“去拿报告的，顺便坐了会儿。坐在‘体液检测中心’那个区域，就是查血、尿、屎的地方。人们庄严地移送着各种小小的容器，表情峻迫地走来走去。我就一直坐着看他们的脸。我喜欢‘体液’这个叫法，真该替人们化验更多的。比如口水啊，眼泪啊，汗水啊。”

“还有精液！”语调欢快。她说服自己不要生他的气。他对她总是漫不经心，打发小孩似的，可某种程度上，她又喜欢这一点。

他眼睛定住，好像又看到了那些面孔：“医院里有许多年老的女人，比大街上要多。”

“像我妈那样的？”她似懂非懂。他这人就是有许多让人迷惑的阴影。同样地，她也喜欢这一点。

“有六十二岁的。也有的都七十多了。”他认真地回忆，“我留意她们的病历，可惜有的没填上年纪。”静了好一会儿，带点沉吟地，“你那同性恋讲完了？那要不，我也讲一个我的吧。”

她眼睛一闪，这是从未有过的。莫非他终于感觉到了：今天，是不一样的？

“有点长，你不要打断我。”他表情显得隔阂，眼神也像抛物线一样，一下子甩到遥远处了。

那时我在外地读中专。有天突然接到电报，爷爷病危。连夜到长途车站，总算买到张站票，次日七点半发车，到县上再转车，顺利的话，夜里能够到村里。

不幸第二天来了位老驾驶，又打开水、又抠眼屎、又跟熟人闲扯，磨磨蹭蹭过了八点还不开车。我等了大半夜已经很累，又急，就催他。那老油条反而把腿跷到方向盘上，甩来一长串下流话，我急得用老家的脏话来回敬，但还是吃亏，因为没人听得懂。众人都不吭声，只在各自的位子上瞧着，大概都觉得我就不该招惹司机。

正难堪着，有个女人从后排站了出来，先大声骂我："这死弟弟，念书念呆了。"一边从哪里摸出一根烟，亲手点上，用嘴吸熟了，递给那司机。她涂了红指甲与口红，轻浮得漂亮。老家伙很吃这一套，乜斜着我，一边受用着"红指甲"把烟塞到他嘴里。车子抖动着发动了。女人扯着我往后排走，一边低声用老家话表扬我刚才骂得好，并补充了几句更为恶毒的。呀，老乡。我一下子得到安慰了。

为了找座位，她继续宣称我是她弟弟，有意发挥着她特有的优势。我不太愿意她这样，但的确有效。有个男人独自带着女儿，女孩晕车，她像母亲一样凑坐过去，跟男人拉话，抱起女孩替她掐虎口、哄她睡觉。小姑娘醒了之后，她才带着半条麻木的胳膊坐回来。我坚持要站，她却又跟邻座老头磨叽上了，最终让我挤在她那一侧，她则往老头那边靠。老头瘪着嘴，随着车速东倒西歪，倒到她这边的概率要大得多。并不能怪老头，她的肩膀软软的、热热的，十分舒适，我也瞌睡地靠上去，像几百年没挨过枕头。

……一觉醒来，坏消息。车子抛锚了，老司机正发着脾气。天色渐晚，人们乱糟糟地往下拿行李。一家小旅店来了两个人殷勤帮忙。大生意来了，都得在这里住一个晚上，等明早的替换车子。

我没行李，她倒有三个包，我替她拿了两个，瞌睡而懵然地跟在众人后面，绝望地想着，爷爷啊你可要等我。住宿的事情，她一手替我办了。等回过神，发现自己跟她已经在一个房间了。

“我可以报销的，反正两张铺。再说他们都知道你是我弟弟。”她挺有经验地用绳子把三个包穿在一起，“这种路边店，单人住反而不安全。你正好替我保护这些东西。”她把头发挽起，麻利地又掸床单又拍枕头。我呆站着，我还从没有住过旅店。

她抱怨房间有霉味，没窗户，也没卫生间。她出去打开水，要来两只杯子。买了大饼和茶叶蛋，还替我买了牙刷、毛巾，两人轮流出去洗漱上厕所。我木然地，她怎么说，便怎么行动。她发笑地逗我，让我猜她的职业。

“猜，不出。”我结巴了，但愿脸没有红。我的专业是机械，班上统共三个女生，都轮不到我跟她们讲话。

“在姐姐跟前还这么个尿样，将来要吃瘪的！”她不满意，用土话骂我。

“我有姐姐，她才不这样。红指甲、红嘴巴，你太妖精了。”对嘛，讲土话！我稍微放松一些。

“所以才叫你猜嘛。别人都是一眼就看出！”她急性子地自己介绍起来。原来她是唱淮戏的，还是剧团的半个负责人，本省唱遍了，就到外省唱，这一趟就是“跑业务”的，也收些旧账。她朝墙角的行李努努嘴，“那是套行头，吃饭时，扮上了就能唱。”她小有得意地压低声音，“钱收回来也藏在里头，松泡泡的人家以为就是衣服。”

房间两只灯泡，一只坏了。黄而暗的光里，我悄悄打量她。眼睛并不很大，但眼梢向上，黑眼珠总像在流动。嘴唇有些棱角。头发很重，原来拢成一把的，现在又滑了下来。

“这么说，您是演员。”我不知怎么又换成普通话，并理理衣服。昨天打了半天的球，运动服都没来得及换下，但愿没什么汗味。

“屁个演员，跟要饭的差不多。”她脆声骂着，“反正啊，干什么都是要饭。你念的什么学校？将来会做什么？看你这瘦条条的，能干什么呀。”她可怜似的眯起眼瞅我。吊梢眼，可真好看。

“要饭。”我学她的腔调。

“不许乱讲，一定要做大干部！”她教训我，又续满杯中水，“哎呀，一天没喝上。”她仰起长脖子，水从嘴角溢出，她爱惜地伸出舌头舔，好像那是神仙汤。我看得有点惊怔，胸腹中说不出来的空洞，一时移不开眼睛。她从杯子上方锐利地盯我一眼，遽然起身，拉灭灯，“歇吧，明天要早起。”

没有窗户，一黑就是全黑。

我扒掉运动服，摸进被子躺下，耳朵却一下子灵敏了。她那边的动静十分清晰。先是脱掉拉链外套，然后脱掉长裤，接着是衬衣：我自认为每一步都推测得很准确。她这会儿身上应当没什么衣服了。她没有立即躺下。是了，总要套件睡觉衫嘛。她果然又做了什么动作，这才掀开被子。她的床重了一重。我试图回想，我姐姐以前是穿什么睡觉的？汗衫还是背心？却怎么也想不出。算了，她跟姐姐完全不像的。

本来就不是姐姐。

这个事实突然让我很不自在，一下子清醒了。从昨天接到电报，一直迷糊着，直到这会儿心里才开始抽疼。不跟老司机吵架，车子就不会坏了，就不会整整耽搁一夜了，我竟然还跟一个漂亮演员睡在一屋里，并且在仔细听她脱衣服。爷爷最宝贝我了，我这是干什么。我躺不住，恨不得抽自己的脸。我扯被子蒙上头，不让她听到我在淌眼泪。

被子外没有声音，太闷了，我又悄悄拉下。看来她是睡着了。我又有点失落，这才觉察到床很软。

我此前只睡过两种床：家里的木板床，宿舍里的铁架子床。都一样的硬。我用手划着床单，想起一个电影。那里头也有很松软的床，男主角打女主角一个耳光，她倒在床上，弄得床直晃。老早看的片子，这会儿全想起来了。男女主角很快和好，双双滚在床上……我意识到，我下面有情况了。真不要脸啊。我翻身把脸埋到枕头里，憋着气，很长时间，直到慢慢挨过去。

很疲倦，可就是睡不着，也不敢翻身，喘气也觉得响，莫名其妙地紧张极了。不久脚又抽起筋来……总之极为难挨，真不该白天在车上挨着她肩膀睡那样多的。

“哎。”她突然招呼我，“睡着了？”声音很轻，听来却像敲锣打鼓，戏台要拉开似的。

猛然想到她点烟递给老油条的样子。是演员呢，什么做不出。我暗中捏起拳头，一边紧咬着牙，命令自己：我睡着了。我不能动。我一定不要动。

床弹了一弹，她坐起了。两只脚瞎子似的先后摸到鞋。磕磕绊绊碰到我的床，停住，继续往门口摸，摸到大门，改了主意，又折回。手里拿了什么，再次经过我的床。这回没停，径直到她的那边。腿关节响了一下，然后是一片“哗”声。

天哪，她在小便。就在这房间里小了，就往脸盆里。声音多响啊，简直是瀑布，黄果树大瀑布。

她也被这巨响吓得停住，停了一会儿，改成一小股，停一会儿，再一小股。真是的！这更可怕。我不得不等着，听，再等，再听。她刚才水喝太多了。这小便特别的长，长得我都能在黑暗里看得见了：看到她的短裤褪到了脚面，她是怎么样蹲着的，白白的大腿与小腿如何交叠，又是怎么在一阵一阵地小便，那脸盆中间有朵颜色艳丽的牡丹，她的液体在花蕊间飞溅。我看得实在太清楚了。

总算结束了，她轻吁一口气，舒服了。接着很慢地，比先前更耐心地、无声地往床上爬。准以为根本没惊动我呢。

我挺生气的，并且发现我也想小便了。这难道跟打哈欠似的，也传染吗？也好。我立即翻过身，一个鲤鱼打挺起来了。光脚板打地，使劲儿找鞋子，还故意咳嗽。我东撞西碰地往门口走，一路拍着墙找开关。

“别开灯。”她突然出声，“也别去外头厕所，那里估计没灯。再说你出去了，万一有人进来……这是路边店啊。”

又拿路边店吓我。但我知道那厕所，大小便堆在一起，积了多少天的。

“就在……盆里吧。反正明天不用的。”她看来也拿被子蒙上了头，声音不大明亮。

我有些气恼，但实在是要小便。只得依她所言。我摸到她床尾，拿脚踢踢盆子，尽量对准位置。这回该是尼亚加拉大瀑布了。我故意学她，中途也停下几次，发现是有点难度。

她“噗”地笑了起来，把头伸出来了，“原来你在装睡！不过姐也一直没睡着。”她特别强调出她是姐姐。

两个人的尿液混合在一起，发出臊味，并不难闻。小时候，我们姐弟几个都是共用便壶的。

不过，她哪里是我姐呀。我好像揪到什么歪理，走到她的床尾，一屁股就坐了下去。她的床弹了弹，我和她都被晃悠了一下。我自己先吓了一跳，这是要干什么？

她也同样地质问：“哎，你要干什么？”

“床太软了，没法睡。”我挺委屈的。身上的汗背心太松垮了，不保暖。我打个喷嚏。

“快回床躺着。或者裹点什么，外套，被子也成。”她声音带点慌张。

我听从了最后一个建议，不客气地从下头拽起她一半被窝，裹到我身上。我的脚不小心碰到她身上哪里。我猛然发现：她上身是空的，根本就没什么睡衣。

我一下子不能够做主了，简直是有人把我往水里推。扑通一声，我掉到她被窝里去了。扎猛子似的，我把头和脸尽可能地深里埋，不顾一切地埋。她上身其实有件小内衣，太小，又松开了。我到处能碰到肉，海绵一样，我也像对待海绵似的胡乱挤压。我用脚掌压着被角，整个被窝被我弄得像个密封的盖顶。我觉得这样就不会有任何人知道我在干什么了，包括她。

她可能真不知道吧。她嘴里呜呜啊啊的，没词，只拼命扭着身体推我。徒劳地。扭了前面扭不得后面，推了上面推不了下面。被窝里乱透了。我要爆炸了。

然后我就爆炸了。

我水淋淋的脑袋被她拖到枕头上。她还是不让开灯，摸索着从外套里找到几张手纸塞给我，又让我把背心脱下来垫在床单上脏了的位置。她同意我继续留在那里，但身体离我尽量地远。我僵硬地躺着，羞愧与狼狈使我全然失去了活力。

“我那衬衣容易皱，又没带别的褂子。我当自己是姐姐的。”语气带着检讨，好像这是她的错。

我不吭声。

“多大了？”

“十八。”照老家的习惯，我讲的虚岁。

“老天啊，快两代人了。好在刚才没有真的……”她离我更远一点。隔了一会儿，她伸手敲了一下我的脑袋，“就知道你还是个娃娃哎。从来没有？”

我承认了。

“不要急，以后会有的。会有好多呢。”她是想安慰我，可听来却很刺激。我绝望地发现，我又有反应了。

“你，有好多？”无措中，我竟这样反问。

“一般人都是这样想的。唱戏的嘛……”她顿住。因我正往她那边蹭，又想往被窝里钻了。

“你刚刚为什么哭？”她冷不丁问。

我一下子动不了，想到爷爷。耻辱与忤逆把我给锁死了，下面的坚硬给吊绑在绝处。

“家里有事？那更不能的。”她就势把我往回推，她的手碰到我哪里，哪里就针刺火烧。我真是觉得要死了。救救我啊。我绝望地死命抢到她一只手。

她往回抽，抽不动。她叹气：“要不，我给你讲故事吧。”

她倚在她那边的枕头上，依然离我老远。全然的黑暗中，我们只有两只手连在一起。黑暗，既是体己的掩护，又纵容着烈火，如同我与她的尿腥，满溢出奇特的交融感。

她讲不同的人怎么吃她的豆腐，村里农民和县里戴眼镜的，方式不一样的。她讲半夜被叫了去喝花酒，三四个男人就她一个女客。讲候场时被对手男演员猛地亲了个嘴，一次她算了，两次也忍了，以致成了习惯，后来每到这场戏都要亲，后来学戏的还以为这是规矩……

她的声音那样的放荡而娇气，在我耳边细细地吹。我哪里听过这些啊，真气恨她这么风流，还讲得这么活灵活现。我难以忍受。我把另一只手悄悄伸到短裤下面。她知道我的动作，只接着讲。她正讲到两个有情有义的追求者，一个是乡里文书，一个是打鼓的。后来她与其中一个要好了。她甚至讲到要好的细节，在哪里，她怎么样，那人又怎么样……她的手摩挲着我的手，手掌相贴，缓缓地拉动着包揉着，有力而温存。

要死啊，我真的又要死了……这一次，死而复生了，锐利的脱了壳般的感觉。

她停止讲述，好像带我走完一个仪式。等了我一会儿，她才用手揩掉我脑袋上的汗，声音骤然有点苦咸，像午夜的海水扑打而来。"真怪啊。你这娃儿太招人疼了，心里疼身上也疼……可姐哪能坏了你，随便怎样，姐不能的。"

听懂了。可我能说什么呢。我把脸贴到她掌心里，这唯一可倚靠之处。

"唉。"黑暗中，她的叹息像一床薄而大的被子，把我们俩都裹在里面，"这样你就还是个好好的男娃娃呀。睡吧，这下能睡着了。"她拍着我，轻轻地一直拍，真的像在哄孩子睡觉。

"要多大，才不算娃娃？"

"在我这里，你一直都是。"她笑着，假笑，"我比你整整大十六岁呢。你记好这个。"

她可能也听得有些瞌睡了，他讲罢好久，才反应过来，不信，"就这样？"

“我第二天中午两点半赶到家里，见到了爷爷，他吃了我喂的半勺米汤，走了。”

“我是问，你们最终都没有那个？”她口气有点儿矛盾。

“就知道你会关心这个。当然我也关心。”他语带自嘲，接着往下，“四年后又见过一次。我从中专考了大专，毕业后却进了另一个行业，她一定费了许多周折，才找到我工作的地方。”

他停住，不是卖关子，是等待那个场景的重新浮现。

“她是晚上来我宿舍的，衣着比本地晚一个季节。她只字未提她的山水迢迢，只磨磨蹭蹭地说着题外话。老是掠耳边的头发，抚弄裙子上的褶皱。一条丝巾解了系上，系上又解下。每一个动作都竭力悠闲，同时拼命搅动着四周的空气，急迫地呼唤我。听到了，我一直都听到了。她向上的眼梢里，水一样地流动着浓情。她身上发香，看上去处处绵软，像处于身体的巅峰。我那时已谈上女朋友，有了多次那方面的经验。她太吸引我了，比十八岁那晚还要强烈一百倍。”

她支起上半身，很有兴致了：“这么长的铺垫，可终于等到了。”

“抱歉，没有什么。旧事历历在目，十八岁那晚所没有发生的，后来在我身上所发生的，像两只拳头共同暴打着我。我既伤心又愤怒，心里全是冰冷的火。她应当在那一晚跟我好的！这时候辛辛苦苦找来有什么用，我都不再是娃娃了。我强忍住对她的饥饿，把心扔到盐巴里腌。我用非常明显的方式冷淡她。她脸色慢慢发白、发僵，眼神都转不灵便了。终于，她一边低头看表，一边抬腿往外走，差点都扭了脚，嘴角露出那晚唯一的皱纹，‘看，我真糊涂，都忘记时间了’。”

“老天！你这多伤人。”她愤愤地，尾音却泄露出某种平衡。她猜到会是这样，他身上向来就有这种无情的因子，不独对她的。

“她最后那一句，是双关的。准以为我是嫌她老了。”

“本来就是。你们男人都是。”她别有深意地看他，好像全天下的女人附体在身。他并未看她，他们的眼光总也碰不到一块儿去。

“我，不是。”他简洁地纠正，“其实我后来找过她好多次。她的剧团被合并了。她到一家小公司做出纳。她到幼儿园做保育员。她返聘到社区去管计划生育。我每次回老家都会打听到她所在的地方，我会跑到对面的小店买东西或吃面条，像要跳楼的人那样犹豫，要不要跑过街去找她？我……始终没有，至今没有。”

“嘿，这犹豫什么！”她咽口干唾沫。他有心肠的，对那个女人。

“原因很多。心理、生理，现在大概已经是精神上的了。”他快速地概括，显然也琢磨过多次，“还有具体行动上的。我总也想不好，总也拿不定主意。我，怕得很。”

“我看你是怕自己，薄情寡义的，会辜负她！”她下判断，像比他本人更有研究。

“一年年过去，阴天驮稻草，这犹豫越来越沉重了。”他不理会她的评论，“去年，我对六十一岁敏感。大前年，是六十岁。我总关注着比我大十六岁的女人。这成了我长期的习惯。小区里碰到邻居，在单位里跟同事聊天，到外地出差，随便哪里，我都会留意那个年纪的女人。我留心她们的发色和嗓音，手和脖子上的皮肤，走路的速度，是否戴老花镜，是否还穿裙子。我依此来推想她的样子，并试图根据这个想象来做出决定：我是否去跟她见面，以及见面之后，我打算怎么办。”

“你希望她还是女人，而不是老人。”她再次打断。

这回他面容有动，小幅点头。

“听听，那不就是怕她老了！承认吧，没别的缘故。”她更加不客气了。

“不，不是。我心里真不是这样。”他企图修正，又无从辩解，苦恼地陷入这个小小泥沼。

她故意一拍手，“怪不得你对我妈妈那样有兴趣！”她忽感不忍，他若果真是一个多情的人，就应当会预想到，很多年以后，她也会这样的想到他的。.

“是啊，请多包涵。”他记起讲这故事的初衷，勉强一笑，“你妈妈身体算是好的。刚才在医院，碰到好几个六十二岁的，有的白内障看不见了，有的胖得只能穿男人衣服。有一位，都在轮椅上了。”

“干吗跟她们比呀，我妈也不行的。”她反而鼓励起他，又捞出手机来，好像那是如意百宝箱，快速地翻找，“喏，给你瞧我师娘，比我妈还大半岁，看不出吧。穿得比我都时髦，每周游泳三次。人家可是淮戏演员，会保养的，起码得是我师娘这个样子！”

他推开手机，毫不领情，“她是该老了，比我老十六岁。”他发出牙疼似的声音，“我一次次错过最好的时间。她四十岁时见下就好了。四十五岁也成。尤其是我生儿子的那一年，我下定决心都拨通她电话了。她‘哎’了一声。我一慌，马上就挂了。那确乎是四十八岁的声音了，太残酷了。放下电话，半天都走不动路，我一下子也老出许多。”

她忌妒了。更喜欢他了。

“觉得我老了吗？”他突然问，谦逊地，额头临时起了一排皱。

“所以我才喜欢你啊，否则我会这样？”语中带烫，她几乎都动情了。可说完就知道，这根本不是他要听的话。

他神情一淡，眼神又抛远了，像只孤独的金鱼，只在他的那只小缸里游动，“连我都有白头发了，真不敢想象，倘若跟她见面……”

"那就不要想了。"她果断地替他拿主意，"我也是女人，我敢打赌，她一定不要见你。我跟你也一样，一旦到了某个界限，那就是最后一面，一辈子的最后一面……"她刻意地紧盯着他，差点儿就要说漏嘴了。他如果看看她，只一眼，会明白的！

他急于分辩："不一样。我跟她之间，绝对不是老不老的问题。"他再次否认，也是向自己强调，"你不会理解，我有多想她，她肯定也一样地想着我这个娃娃。这些年，我总是回忆那个晚上，她给我讲的那些黄色小故事，估计并不是真的。她既要护着我，又那样体谅地，想帮到我。多想还能那样跟她并排地躺着，让我好好地待她一回。可我不知道，真要见了，我能不能那样待她，或者说，那合不合适……"

她感到说不出的疲惫，顺着他的话，重新想了想，"要不，什么也不做，你就跟她讲讲枕边故事好了。你结婚又离婚，有几大箩筐的韵事，可不就该跟她说说！我敢保证她一定乐意听：你这娃娃可长大了！"

他终于正眼看她，慎重考虑这个建议，但没有立即回应。良久，脸上显出羞愧、犹豫的样子，都有点可怜，"可我总得先决定好，见不见她啊。"

车轱辘又倒回来了。唉，他就不能留意一下眼跟前的人吗？今天可是不一样的。她决定换话题："对了，你刚才去医院，拿什么报告？"

"报告。"他咀嚼着这两个字，又回到医院，"那个轮椅上的六十二岁，我推了她一圈，攀谈了几句，她得的，是癌。"

"行了，那又不是你的那个她。"

"也可能是她。更可能是我。万一就是我呢，你说，我该不该去找她？"他面上突地露出一丝喜色，好像找到了出路。

“你！”她惊吓地捂住嘴，胳膊上一层鸡皮疙瘩，“我就感觉到，你刚才在床上很反常。原来你今天？”

“我只是假设一下。”他不耐地，“迟早的事嘛。她或者我，有一个要死了，我们就再没机会了。这一点，真要能逼上一把，倒也算值了。但是，”他挑剔地皱眉，又想推翻这个逻辑，“用绝症来促成见面，不好，也不对。这并非我要见她的本意。不行，我得再想想。”

“她，或者你。绝症。”她重复，被突至的悲恸所挟持，“行了，不要做这些负面的假设。不是都爱讲随缘吗，虽是陈词滥调，但就不必负责任了。随缘吧。”

“根本没有随缘这回事。我若穿过马路，就能见上她。反之，就永远没有。”他一字一顿，像朝自己胸口打空心子弹。

“我跟你之间。我是打算随缘了。”她突然噎住，憋了一大口气，“接下来……我要正式谈男朋友了，结婚的那种。”

哦，结局来了，可不嘛。他露出欣然之笑，“好哇，祝贺，早该贤妻良母了。等你结婚，我要给你送份大礼，说说吧，想要什么？”

“随便好了。”她突然起身穿衣服，“有点凉了，你不觉得？”像是完成计划，急于要离开这里。他听出她的情绪，但不理会。她这么年轻，会过去的，出门大概走上一百五十米之后就好了。他看着她穿衣，从内到外。

……她穿得特别的慢，有意拉扯着他的目光。她展示她的耻骨与臀，她的后背线，她的乳头，她的胳肢窝，套上丝袜之前的脚趾与大腿。她的每一个动作好像都在说，你好好看看我，像初次见到一样的看，像不会再见到一样的看。

他还是走神了。“其实，如果真去见她的话，我才不会说那破箩筐里的风流事情。不会说你或任何女人，不会说到我的妻儿，也不会说到离婚。都不会。你知道吗，在她面前，我可完完全全又是个男娃娃了。”他声音飘飘的，像飞到了白色云朵之上，有种幸福感，夹杂着童贞的悼念之情。

“那你倒是说什么呢？”她已扣好最后一个扣子。她想她并不太难过。她凝望他的鬓角，他的双下巴，他左额上一个黄褐的斑点。她要记住他此刻的样子。他就要从男人成为老人了。

“没准儿，嗯，讲讲老早以前的事情。比如第一次遗精。我记得可清楚了。初三第一学期考数学，卷子难得要命，我本来就最怕这门课，收卷的铃声一响，我吓得勃起了，发现前后还有大半张卷子没做，猛然就出来了。”他遽然拿手掩住额头，发出类似于笑的声音。

“啊哈。”她也接近于一笑。全身齐整，可以出门了，她拎上包，挺负责地追问，“你最后跟我讲句实话，那报告，到底严不严重的？”

他把手拿开，脸上涌上强烈的失望，好像她问了一个最愚昧、最无趣、最无关紧要的问题。他愤怒地张口，她突然拦住，“算了，你不要说。我不想知道了。都一样不是吗？再。见。”她与他道别，像个商务秘书，一本正经，毫无色彩。

2015年11月

坠落美学

不谈情感、不谈思想、不谈灵魂，都太抽象，谁知道有没有呢。谈身体吧，趁着还热乎乎的。

先讲讲她当年的身体。它基本符合这样的美学与医学描述：五官端正、身材匀称。身高166cm，下身长超过上身长2cm以上。无活动的、潜在的急性或慢性疾病。无口臭、狐臭、皮肤病、传染病、心脏病、哮喘病史、精神病史。肝功能正常。无创伤、损伤或手术后遗症。身体裸露部位无明显疤痕。无“X”形腿、“O”形腿。矫正视力C字表0.5以上。无色盲、色弱。听力不低于5米。

二十一岁时，靠着这具身体，通过一些测试，柳云成了一名空乘服务人员。在飞机上整理行李。演示逃生自救、提醒系上安全带、打开遮光板、调直座椅后背。处理呕吐物和口香糖。先生您的报纸。女士您要毛毯？对不起请收一下您的腿。

机舱内的走道，狭长、呆板，林立的椅背如同等距离的栅栏。系着围裙、推着小推车走在其中，“鸡肉饭还是牛腩面？”“牛腩面还是鸡肉饭？”柳云殷勤微笑，脑中却伴随着厌恶的联想——自己正穿过拥挤的猪栏，向因为懒惰、饥饿等各种原因而无法动弹的活物们投放饲料，他们乖顺地、毫无选择余地地领受，哼哼着朝小桌板俯下头，咀嚼、吞咽的细小声音汇合起来，形成不高不低、介于文明与粗鲁之间的进食声。稍后，小推车返回、收拢餐具，他们也渐次抬起头，嘴角处变得油乎乎的，尚未完全满足的表情有点困倦，呆滞地向喉咙里灌下最后一口咖啡——整个进食周期，告一段落了。

毕竟一直两脚悬空嘛，刚飞的头几年，柳云常会联想到坠机之类的极端画面，每当这时，扫一眼庞大、拥挤的机舱，扫一下那些刚刚被饲养或等待被饲养的身体们，他们东倒西歪，有的半张嘴巴呼呼睡去，有的紧锁眉头在思考，有的在高雅地轻声攀谈，既让人轻蔑，又值得尊敬——他们都是非常重要的、比她重要得多的人物，他们不得不赶到东、赶到西，去张罗、维持或拯救各种局面。看着这些大人物的身体，想象他们如花似锦的事业与前程，柳云总会迅速获得平静，觉得坠机是非常平等的一件事了。

空闲时，她甚至还写写画画地准备了一份简短的坠机通知：

女士们先生们，各位身体们，本次航班将在三分钟后自由坠落，请您的身体保持镇定并做好坠机准备，我谨代表本次航班全体机组人员感谢各位身体的配合，并向各位身体送上最亲切的道别……

如果能有机会这么来一下子，怪有趣的不是吗？

十五年前的牛先生，曾经是那些被饲养的乘客之一。牛先生不姓牛，只是柳云觉得他应当姓牛，牛逼哄哄的牛。

牛先生商务繁忙，连续有两年的时间，他每周一次往返于南京和厦门之间。他前半年坐经济舱，后来，就只坐商务舱了。他认识柳云所在机组的全部未婚者。在她们落地等下一班返航的地面期间，他请大家一起K歌、吃海鲜、泡吧，连送花都是一人一捧。一切落俗套的事情，他都做过，认真而毫无创意——那些年，南方生意人中突然流行起这种需求雷同、目标锁定空姐的浪漫主义，好像他们都接收到统一的秘密指令。

牛先生在向整个群体示好的同时，是有锁定对象的。

起初是“媚眼儿”。“媚眼儿”的神奇全在那一双眼睛上。她冷冰冰、懒洋洋地应付差事，可每一个被饲养者都觉得她含情脉脉。无数的男人对她一见钟情。牛先生是其中之一，牛先生一看到她，眼珠的转速就慢到为零。花费了三个月的攻势，牛先生最终领悟到，他误会了。

牛先生迅速改变方向。下一个是“330”。空姐们的胸脯一般都像飞机场，没什么看头，但她的飞机场上却真停了一对飞机，并且是“宽体大飞机330”，故得此诨名。她弯下腰服务时，乳房四周的目光“砰砰砰”如同重金属冷兵器，她直起身子时，那些目光则变成橡皮筋，黏黏的拉得老长，绕着她的“330”好几圈。碰到难缠的被饲养者，姐妹们都会请“330”弯腰抚慰，必要时，半蹲在那位男士的座位旁轻言细语，以方便其换个角度欣赏她的“空客330”。牛先生也是故意胡闹过的主儿，一闹，“330”就来了。当着众人的面，牛先生直率地夸赞“330”的身体，遗憾他不是一位摄影师、彩绘师、刺青师或其他一切跟脱光衣服有关的艺术家。他单独约会“330”时，可能进行过这些职业的尝试。尝试失败了。

牛先生屡败屡战，这回是冰冰。她的脸特别小，像在等人疼她或揍她，男人就喜欢这两样不是吗？最让人受不了的是她的嘴，真的只有樱桃那么大，尤其是涂上口红，3D效果惊人。知道那个滑稽但广为流传的说法吧，嘴巴小的女人“那儿”也小，就像男人的鼻子与其性器正比相关。总之，小嘴巴冰冰收到的便条与名片最多，上面留着男人们一切的联系方式，有的还体贴地另外注明年薪与身价，妄想着3D红嘴巴会主动跟他们联系。牛先生比他们要务实，他直接就向冰冰求婚了，可惜他的身体材质不对，冰冰早有大志：要嫁外国人，除了非洲，哪儿都行。拒绝牛先生半年之后，冰冰的梦想照进了现实，她收到一张文字酷似蝌蚪或精子的便条，然后成了那个阿拉伯佬的第三个老婆。

然后……然后……轮到柳云了。

柳云哧哧发笑，像看戏的突然发现戏演到自己身上。她正看得带劲呢，也看清楚了——男女关系之中，真正具有推动作用的就是身体的各个部件，眼睛、乳房、嘴巴、腰肢、头发、脖子或别的哪儿，这些不是器官，而是“嗖嗖嗖”彼此作用的武器呢。没有爱情这回事情的，它就像汉人图腾“龙”，是人们臆造出来用以膜拜和遮掩肉体罪过的。许多女人信这条“龙”，迷信了一辈子呢。

柳云可不会。

柳云请教了牛先生两个问题。一、为什么总要盯着空姐呢？二、为什么轮到她了，理由或规律？

牛先生可一点儿都没有打愣。他比她整整大二十岁，这多出来的岁数会帮助男人们，显得笃定，做什么离奇的事都理所当然；年纪对女人的帮助嘛，就完全是反过来的啦。

“很简单。航空公司等于替我做了一个非常全面、严格的筛选，去伪存真、去粗存精，年轻、健康、漂亮齐活，哪个男人不想要这样的呢？就是很多人没这个本事。我不一样，你们当中随便谁跟了我，绝不委屈，通俗地说，双赢。”他不紧不慢地解释。

是啊，无可厚非。人们在考虑婚配时会对某些职业存有期许。男人偏爱护士、幼儿园老师或舞蹈演员。有的女人偏爱处长、教授或摄影师。他们理由十足、一本正经，像挑选家用电器的品牌一样。

“倒也是，空姐，360度无死角健康乳牛。”

牛先生没有理会她的打趣，接着回答问题：“你们机组，未婚的一共六个，我把你排在第五个。”

“很荣幸不是第六个。”

“第六个是钱怡嘛。她年纪太大，只比我小十五岁，肯定排末尾的。”牛先生亲切中有点责怪：这么简单的道理。

到目前，这位牛先生都没有提到“感觉”“缘分”“冥冥之中”“弱水三千”“众里寻他、蓦然回首”之类的狗屁话。是个实在人。

牛先生继续，挺诚恳：“光论长相，你能进前三，为什么排第五呢，主要你这个人，不知哪里有点怪，我吃不大准。”嗯，他不是第一个这么说她的，柳云也有些自知。身外之物，总是解释不清的。

“你身体怎样？”她转移话题，关心地询问。毕竟大了二十岁。

牛先生一怔，随即很高兴，明白已经进入了细节：“我肯定比不过你们机长喽，除了慢性鼻炎，家族还有高血压和秃顶遗传。但你放心，前列腺系统十分优良。需要的话，我给你看近三年体检报告。”

柳云没有再问别的。不过牛先生主动介绍了他的公司概况和未来规划，他在厦门、南京、青岛、海南等处的房产。其实这些情况柳云已相当之熟悉。牛先生每追求一个姐妹，他的财务状况就在机组中被共享一次。但她仍然仔细地听着。男婚女嫁，衡量彼此，这是很庄严的过程。

牛先生最后提出，不希望她再给别的男人端茶送饭，“辞职回家伺候我一个。”

柳云完全同意。

这几年，她跟姐妹们一样，趁着空姐行情正好，都在暗中留意。

在过往出现、以各种形式接触到的诸多人选中，有的比牛先生还要老，有所谓总裁，其公司就只有两台电脑和一个跟班，有的都有了两个前妻、三个孩子，有的病老衰弱更需要找一位贴身护工。综合比较下来，牛先生算是相当优等了，哪怕他把她排在最后一位，她同样会点头同意的。

家里人估计比她还满意。当然，柳云家里也没什么重要人物，妈妈去得早，爸爸另娶了。这过程中也不乏一些伤感的小故事，有些男人顶爱听这方面的事，好像这是打开和使用她的一份说明书。她也曾煞有介事地讲过很多遍，那个愚蠢的阶段过去了，而今她厌烦再讲这些了。再说，爸爸和他的女人待她不错，每次落地回到南京，都有一桌好吃的在等着，什么也不要她干，她像个尊贵的随时可以拎包离开的客人，具有客人的一切好处和一切不自在。

相比之下，柳云更乐意待在厦门的乘务公寓，其实就是集体宿舍，有两个机组轮着住。空姐吧，也就是在飞机上还能供人思淫一番，回到宿舍里，该臭的、该脏的、该腐烂的，照样。但好歹这算是她的家了。而且她知道，当她公布出与牛先生的最新进展时，姐妹们会像真正的家人那样，用她们与老男人长期作战的经验替她出主意，如何欲擒故纵，如何争取利益的最大化。她甚至想到，她们会举杯齐贺，给她一个绰号作为新婚赠礼：牛先生终结者。

“您贵姓？”她想起来，牛先生绝不会恰巧就姓牛的。

“你至今都不知道？”牛先生看她的眼神简直就带着恐惧了！“我请了你们整个组那么多次，我每周坐一趟你们的飞机，都快两年了！”柳云深感抱歉，这的确是她的不是，但绝非故意如此，姓甚名谁哪有那么重要呀。

牛先生眼神四处乱转，又扭着脖子往各个方向看，好像哪里有人在喊他。柳云也替他扭头寻找，后来接触多了才发现，牛先生碰到难以置信之事，都是这么个动作。

牛先生掏出张名片递给她，递到中途，他改主意了，摸出纸笔打算写，可是又停下了。这显得多生分呀。他疲惫地望望她，不得不像初次见面那样自我介绍："我叫高奇政。高大的高，神奇的奇，政治的政。"

这名字太难记了，柳云莞尔一笑："我就叫你牛先生。怎么样？"柳云正面解释道，"牛气冲天，多好啊。"

高奇政先是大笑，随即却伤感了，他揉揉眼睛："你这一笑，特别像我遇到的第一个女孩，那年，我二十五岁，一无所有啊，怎么也追不到她！可现在，她又老了！"怀旧了一通，他接受了"牛先生"这个所谓昵称。柳云露出ISO标准笑，老男人总是这样起头的：你，像我的初恋……

随后她就和他结婚了。

有人认为她"图钱"，婉转地说她这样"随便了一些"。人们的偏见总是如此落入俗套，似乎谈恋爱时志趣高雅、选择严苛并反复考验，所获得的婚姻就可靠得像加了十二道金锁。太可爱了。

再说，柳云与牛先生的婚前交往，也比人们看到的要多一些。自前至后，她也逐步表现出矜持、怀疑、赌气、思念等诸多"热恋"情状。这里所写出的，只是择其要者，以节约时间——牛先生并非柳云的主角。

主角的分配并不与时空或亲密程度成正比。比如同事，天天见面，共事八个小时，有时还加班，一起吃喝。又比如舍友，赤裸着一起到浴室，提醒牙齿里的菜叶。陌生人，地铁上调戏般地紧紧挤着，大腿贴着大腿，交换彼此的鼻息。这些都不是主角。柳云跟牛先生，就是这样的一种情况。一起吃饭，赤裸着洗澡，提醒牙齿里的异物，大腿贴大腿，交换鼻息。任何两个人结婚都是这样的，相互占据大量没有质量的画面。

乏味的镜头就直接跳过去吧。

而今柳云三十八岁了，儿子都十岁了，她看上去——怎么说呢，空姐时期的生理与外观描述已通通消失了。有一种女人，美貌的保质期相当短暂，在求偶期集中爆发一下，然后变本加厉地陨落。这个没有办法，身体总有其自身的轨迹。只是柳云对此有些麻木，就像很多自视甚高的老才子一样，哪个会觉得自己江郎才尽呢。她认为自己还行。

牛先生说来也是年近花甲，但因为生意发达、一直发达，雄激素似乎也保有充足的燃料，岁数仍然是他的同盟军，就如同他仍然不停地坐飞机，几乎不在家。柳云并不清楚也不在乎牛先生是否还继续热爱空中小姐，反正她离开那个世界了。柳云现在的世界是厨房和花园，她热衷侍弄各类有叶、有花、有果的树，弄得两只手粗糙如农妇；她还擅长自己烘焙蛋糕，制作各式西点、果蔬汁与生鲜沙拉，身上总带着一股子既甜丝丝又油乎乎的厨房味儿。

牛先生常在家中宴客，客人们剔牙喝茶时，一致认为她天生就是做全职太太的料子，口气像谈论一块适合做窗帘的布匹。牛先生这时总会不失时机地挽起柳云的手，挤挤眼睛，谈起他十几年前为了追求她，不得不把机组里所有空姐都追求了一遍的故事。这故事他讲过太多次，并像个精益求精的艺术家似的，每次都进行改良，添加更多的误会与桥段。他的生意伙伴及其臃肿的太太们都十分喜欢，有的听过多遍亦会乐得浑身发抖，拍手叫好，像在看小品——柳云实在是完全看不出当年的样子了。她把手里的糕点盘往下移一移，挡住她完全走形的腰身，也跟着一起仰头大笑，连牙龈都露出来。以前要求怎么笑的，露几颗牙齿的？通通忘啦！

就在这一年，小田出现了。

小田出现之前，柳云认为她的日子过得不错。这个结论也不是孤立的。她的中学同学，以前的空姐同事，她爸爸那边的亲戚，她死去的亲妈和后妈两边的亲戚，各个方面都是这么认为的。“啧啧，先是考上空姐，又钓到有钱人，这辈子都不用愁了。”他们这么说着，带着不服气的腔调。包括牛先生本人也这么认为呢，他有时从外面很迟回家，人像被碾过似的摊成一堆，十分羡慕地直咂嘴：“下辈子我要做女人，他妈的专职做阔太太，什么都不用烦。”柳云这时总会一边点点头表示赞同，一边替他削水果。

柳云削苹果是一绝，从开头到结尾，削成一整条细细的长皮，简直可以上电视比赛，结婚十五年了，炉火纯青，从不失手。刚见小田的那天，她同样胸有成竹地削，还没转半圈，就断了。

小田是牛先生找来的，起初做保镖，他会几套徒手格斗，不爱说话，身架子大。他们两个穿着西服一前一后，有初见面的以为小田是更重要的人，这种误会倒也不多，就两次。牛先生不答应了，马上决定开掉他，辞退时牛先生随手翻一遍小田的简历，发现他在体校学过网球。那段时间，牛先生正折腾着给儿子学网球，教练是外教，八百块一个小时，不负责陪练。小田这不现成的吗？顺便还可以管儿子接送呢。

关于儿子的培养，牛先生有很多思路。三代出贵族嘛，牛先生认为，他爹那一辈是土疙瘩，他本人嘛，已经“起来了”，几大洲跑遍，什么高级世面都见过，一起床就能喝咖啡了。到儿子，则肯定是大贵族了，故而他在教育上十分讲究。羽毛球，东南亚穷人玩的。游泳？土！帆船可以考虑。语言首选法语，等等。他有时是这一套说法，有时又是那一套——就看他刚刚跟什么人物喝过酒，而这个人物又推崇什么样的教育了。网球就是某次酒后的决定。

这些闲话不扯。总之，小田就从保镖变成儿子的陪练和接送。他开一辆马达很响的二手摩托车，每周陪练两次，接送外教课一次，三次都留下来吃晚饭。小田同时还在一家健身会馆兼职，时间蛮紧，都是按点到，到点走。吃饭时，他基本不吭气，看不出任何的性格。

那怎么苹果皮就削断了，柳云不明白。

这样的身体她以前也见得多了。航空公司的培训，班上总有三分之一是空哥，跟她一样，也都是符合"美学标准和医学标准"的，一堆"标准"扎在一起，其实是反美学的，最终让人漠视的。牛先生长相砢碜，可柳云根本无所谓。怎么现在倒没出息了，稀罕起来？难道还要补回这个欠账？

也可能怪小田太年轻了，像棵挺拔的水杉树。她太久没有跟小伙子打交道了，小田那随随便便的劲儿让她生气，从他一进门，看到他的胳膊、腿或脖子，她就会腾地冒上火焰般的气愤之情，莫名其妙觉得心急火燎，老想做点什么重要动作却收效甚微。为了延长与小田共同吃饭的过程，柳云特意准备那种吃起来比较麻烦的菜：小龙虾、蟹、炒螺蛳、带壳蚕豆、动刀动叉的带骨牛排。她还在一些细微的事情上工于心计。把餐桌换个方向摆，这样他会坐得靠近一些。为了光线在她脸上的投射更加理想，还新换了灯罩。为了晚餐穿什么，她要折腾一个下午，连围裙都要烫两遍。她翻出没有挥发光的旧香水，味道有点怪，她自己都连打两个喷嚏。准备一大圈之后，柳云小心翼翼地站到镜子前面，有些担心地微笑，镜子里有些影影绰绰，可她看到了，十五年前的自己正长途跋涉地从时间深处走来，越走越近，并走出了镜子，可以绝对般配地站到小田身边了！

可小田为什么视而不见哪。他带着上班的人的表情，礼貌而匆匆地吃饭，不时还看看表，时间这么飞快啊，可他还要无情地快马加鞭。柳云不时站起身让菜，给他和儿子搛菜，徒劳地、不自信地，她也往自己喉咙里塞，感到每一口都如同猪食，难以下咽。她焦渴得像深陷无人的沙漠，这会儿就是有人拿一盆开水从头往下倒，她也会高兴地向那人致谢的。她疲惫不堪，怒火中烧，借故跑到厨房去洗手，一边隔着移门，囫囵吞枣地看客厅里的小田，越看越是饿空，像从来没有吃过饱饭……

她记起来，十几年前了，她飞厦门线的第二年，有个年纪能做她爷爷的有钱人，非常干净地“照顾”过她一阵。他从不碰她，只要看她跳绳（附加一个小小要求，运动衫里头不要穿胸罩、脚上不要穿鞋），看她头发飞舞、乳房抖动地跳，光脚丫子打在地板上啪啪啪，额头上一层细汗。老头子有时欢喜得呵呵直笑，有时又面带戚容地泪水直淌。柳云当时可厌烦那黏糊糊的糟老头儿了，可这会儿突然明白了，感同身受、触类旁通了——她原来就是渴望着要看到小田满头大汗、气喘吁吁地运动！多么精确的模仿啊。她就是需要这样……

很久以前的那位老头子，像看不见的同盟军一般，让柳云平静下来，镇定多了。她强硬地留下小田说话，问清小田的年纪，小她一轮还带拐弯——十六岁，整隔着一位亭亭少女了。也了解到小田的收入，加上健身馆，才四千，可房租、水电、通信之类的就要干掉两千五。提到这些，小田往后让一让，离开灯光远一点，正是那种想要挣钱却无从下手的样子。大街上多少这种毫无前景的年轻人啊。除了一具年轻的身体，还有什么呢。小田算是机会好的，碰到柳云。

也顺便问了一下他的女朋友，小田有些支吾，垂着眼皮说正在追一个同事，也在健身馆做教练。“叫什么？”柳云居高临下。小田勉强抬起头，不情愿地挤出两个字：许洁。多么平常啊，可以直接忽视吧。柳云越来越安闲了，她觉得自己完成了角色置换，上一场男女狩猎中，自己还是只小白兔，这会儿，已经成猎手啦！她目前的姿势还不大洒脱，可基本常识和技术手段是通用的。她晓得什么子弹管用，也晓得小兔子哪里最嫩、最适于下手。

这天天公作美，下起非常大的雨，电闪雷鸣。牛先生不知又飞往哪里去了，不知是哪里的空姐正在给他送鸡肉饭，或者这种鬼天气他的航班根本没有起飞，又或者，他压根儿没有出差，这些年他都没有出差，他有另外的房子与女人，年轻、漂亮、健康三要素俱全。这不稀奇，古往今来都是这样的搭配，做阔太太得有这样的觉悟。再说柳云有她自己的事情！沉沉胖去、沉沉老去了十五年的身体，一旦醒来，那绝对是目中无人了，加上大雨助威，更是膨胀到极点。她真喜欢这暴雨，撕心裂肺，多么痛快啊。

雨势无碍室内球场训练，小田照常接送儿子两人回来。他们三个吃罢晚饭，小田照旧看表、要走——暴雨正下到最狠，真是出不了门，何况他骑摩托。她顺势请小田帮儿子洗把澡。其实是想让他洗干净，并留下来。这一连串的念头，完全是自动化的、来自身体的最高指令，她只是执行人而已。

他们在浴室的时候，柳云跑到离花园最近的露台，听雨水吵闹地打在窗玻璃和宽树叶上。她激动到很庄重了，她晓得事情将近。她致敬般地想起多年前那些老色鬼们的把戏，他们费尽心机、花样百出地引诱少女们脱衣服，她和她的姐妹们，碰到多少那样的事啊，不胜枚举，她们在宿舍里毫不留情地嘲弄、揭露和吐唾沫。她现在多么尊敬那些老男人！为了至高无上的身体，他们那样勇敢地努力和博取。

网球、饱餐加热水澡，她又送上去一杯牛奶，儿子很快就睡着了。

小田下楼来，短短的楼梯走得很慢。柳云邀请他在客厅坐下，并跟他寒暄外面的大雨。他一边谨慎地回答，一边在琢磨，样子显得十分的烦恼而犹豫，又不愿得罪人。多么像从前的她呀，那么涉世未深、惹人怜爱！

柳云聊了会儿她拿手的厨艺，又吹嘘到她的理财，由于有内部消息，她的信托从来稳赚不赔，简直就像要把满口金牙露出来似的……一边聊着天，柳云顺手把窗帘拉下，把沙发整理舒服，关了大吊灯，扭暗落地灯。然后就开始一件一件地脱，脱到只留下胸罩与内裤。头发放下来，拖鞋也蹬了。她从容不迫地做着这些。同时还在聊天，这会儿聊到她的园子。今年新增了夹竹桃，此树喜光、喜肥水，可谓见风长。“但一般人家不大种夹竹桃，你知道为什么？”

小田不接她的话。他沉默着，腿和手姿势别扭，如一个坏掉的且丢失了密码的机器人。在第一时间，他没有发出反抗和拒绝的信号，此后，他就再也没有机会了。缺乏经验的孩子都是这样的呀。

柳云更加靠近，像鼓励他学骑自行车——这是很简单的一件事，你抬起脚骑上来试一下，不会跌跤的，我在这儿扶着呢。

小田扭过头，小声地，举起一块微弱的挡箭牌：“我还在追许洁呢。”

柳云伸出手，无限伤感地抚摩他的腮部：“你的侧面，特别像我的初恋。我一看见你，就想起了他。”

柳云有初恋吗？有啊，人人都有。那个男孩口哨吹得挺好，两个人看电影、钻公园，接吻接得筋疲力尽，也想一起睡来着，柳云没肯，她有种模模糊糊的雄心。嫁牛先生之前，男孩最后一次来找她，两人再一次把腮帮子亲到酸痛，浑身上下摸个遍，然后一言不发、明白事理地分开……柳云对恋爱的唯一经验就在这个口哨男孩子身上，比一声口哨还短。

小田的侧面像他吗？不像，差得很远。

但这种对话是若干年来交配经验的智慧，像有效的烟幕弹一样，柳云感到，小田很需要类似的这些说辞。柳云继续发挥，并就势开始了，说到哪儿她就搞到哪儿，“你的后背和胳肢窝、你的喉结、你的舌头、你鼻腔里的味儿，都像他。”她闭起眼睛，嘴巴从小变大，力度由柔变烈，一口一口开始吃起这年轻的躯体，企图去激活她早就腐朽了的部分。

暴雨在此刻更大、更强烈了，似大海倒灌。曾经有人凝神倾听过暴雨吗？真该专心致志地好好听一听！暴雨跟做爱之间，不知有着怎么样的瓜葛，或者并无瓜葛，只是柳云此刻的牵强附会——人在这种天气里，就是匍匐的，就是原罪的，就是不要脸的。她可不仅有身体，还有沙发、地毯、靠垫、灯光，都一并组合起来，成为肢体的延展，成为快感的苟合者，加入到对小田的吞咬和消化中。

战栗中，柳云伸长脖子，以一个狭窄而倒立的视角远远望向外面的园子，她知道，那些树与花都跟她一样，狼藉一片、千疮百孔，却吃饱喝足了暗中肥美。柳云先是嗤笑，稍后，泪水滚落——像那个看她跳绳的老家伙一样。

牛先生如常。柳云也照旧侍弄园子，做些新式西点。院中花草如洗，夹竹桃长势喜人。

小田的话比原来更少，并竭力回避与她对视，十足像个怨恨的大姑娘，令柳云忍俊不禁。她逼他说话，各种话题中，小田只愿意谈起许洁。

他的口气很自卑，说许洁多么的不谙世事，像天山雪莲一样，而他现在都这样了（他做个软弱的手势，指和柳云）……他只敢远远地尾随于许洁，她坐34路，他等下一班34路。她拉一下楼梯扶手，他也拉一下。她中午在食堂点半条鳊鱼，他点另外半条。他说啊说的，像流行歌词的陈词滥调，像十几年前口哨少年向柳云絮叨时一样。哼，少年人的恋爱永远是贫乏而脱离实际的！谁不曾纯洁过，谁不曾甜美过。

柳云附和小田："我跟许洁真不能比吧？看我腮帮上这黄斑！看我这下巴，足足有三层，看我这粗腰板，抵得上两个许洁吧，看我屁股，是不是都挂到脚后跟了？"小田瞪着她，不知所以。

柳云脸色涨红，咬牙发笑："跟我在一起，你吃亏吧？恨死我了吧？"

小田这才晓得她生气了。

柳云接着升级，慢腾腾的："我猜我儿子早晓得了。他每次都是装睡，这会儿正蹲在楼梯口偷看呢。你知道吗，十岁的小孩子还不是人，是精灵。什么都瞒不过他的眼睛。

"你想想我老公，人家给你开工资、供你吃喝、把家里钥匙交给你，你却给他戴绿帽子。他可不是傻瓜，说不定他根本没有出差，他正在往家中赶，他已经站在门外，他正透过窗户瞧着我们呢。

"你跟许洁成不了的。随便哪一天，只要你去拉她的手，去抱她、亲她、摸她，你肯定就会露馅的。你已经完全脏了，你再也干净不了了。”

柳云活灵活现地描摹着，放大出隐藏在他们周边的人物，好像这是一幅按人头付费的中世纪油画。整个画面里，除了躺在凌乱之中、姿势不雅的她和小田，还有帷幕侧面的牛先生和许洁，还有在天庭上飞翔着的她那小天使儿子。这古怪、艳情的五人组合，以明暗得当的笔触确证着唯一的主题：他们丑陋、不可饶恕，将面临残酷而神圣的终极审判。

“不要脸、臭婊子、烂货、贱人、骚逼。”柳云口不择言，恶毒地自我诅咒。“你明白吗，你听见了吗？你跟我一样。”像面对一块激荡旋转的红布，小田终于愤怒起来，他直摇头，紧张地随便拿起什么把柳云的嘴给紧紧塞住，如一个被剥夺掉自由却拼命越狱的囚犯，全部的力量都集中到唯一的出口。他的暴动一波接一波，直至她浑不知事……性的最佳催化剂就在于禁忌、憎恨和践踏。她抚摩着小田汗淋淋的后背：“怎么样？这样好吧，蛮够劲的吧。”

小田空洞地移开身体，不说话，一秒钟都不能等地钻到卫生间去了，好久都不出来。柳云这才慢慢清醒过来，她把腿合拢上，用毛巾盖起自己，越来越像那些老男人啦，已经到了不择手段、不加掩饰的地步啦。

还送礼物。怎么办呢，除此之外，她用什么去维系他们的身体？

毫无疑问，柳云的礼物很昂贵，每一份都抵得上小田半年的工资，大部分能直接变现。她必须出手有力、一枪见血，否则兔子就跑了。

但这个赠礼过程，真够受的。上帝是男的，释迦牟尼是男的，老天爷也是男的——男人给女人送礼物，尤其老男人给年轻女人，就像天上下雨小河淌水，仅以“媚眼儿”、“330”、冰冰和牛先生之间为例吧，多少的馈赠与接受，在当时当地、第三者的转述、多年后的回放，随便哪个角度看，都是愉悦的体验。但反过来呢，就邪恶极了。

她总是一见面就拿出礼物来，好像通行证似的，他离她老远，伸长手僵硬地接过去，在她的殷勤注视下，他撕烂包装，拿出礼物，她则活像一个厂家代理人似的，啰里啰唆地介绍起这份礼物的特别之处，有什么机巧与讲究，适合什么场合，发票就在包装里可直接退换，好几次她不小心说到价格……这太赤裸裸了，他会猛地把礼物扔得老远，扔到床尾，滚到地上，她心疼地捡回来察看，嘴里嘟囔着，他再次打落，把她的双手扎到背后，把她的头按在礼物边上，就那样搞她。好像那礼物是一个摄像头，是一个物证，是一个耻辱柱——她被死死钉在那里永世不得翻身：年纪的不平等、经济的不平等、性别的不平等，她这是多大的罪过啊。

这一切过后，柳云总会给小田弄些吃的，寿司、曲奇或凉面，配好现榨果汁，她刻意劳碌地张罗，像给水杉树浇水、施肥，看着他腮帮子鼓起来再从喉咙滚动着咽下去，她给他递餐巾纸，接过他吐下的皮或核，小田如昏迷者一般无意识地咀嚼——她知道小田这会儿对她有多厌恶，都不能再忍受她哪怕一根头发。柳云完全理解，她曾经也这样过的。她得利用她的经验来帮他。她衣衫完整，态度亲切，充满长幼亲情，刚才有多淫荡，这会儿就有多母性，好像他们之间，是挺体面的并能长久下去的一种人伦关系——这很重要，因几分钟之后，小田就要走上大街，她要帮他走出门、站到阳光下并坦荡地流入人群。在小田离开之后，柳云才开始慢慢收拾房间和餐桌的残局，动作迟缓，如手脚不灵的老妇，竭力拖延着这个糜烂而自由的时刻。这是她一个人的后戏。

小田突然出了车祸，晚饭后离开柳云这里回出租房的途中，他的二手摩托车被一辆汽车顶到栏杆边，捏成一个巨大的焦黑纸团，小田整个人薄薄地摊在纸团外面。但他的头盔仍然发挥了保护作用，也就是说，尽管身体薄如煎饼，但头部还是圆溜溜的，眉目无碍。不过没有人在意他的脑袋，人们更震惊于他的身体，有人咋咋呼呼地形容说：他的下半身整整胖了一倍，像穿着加肥的牛仔裤。柳云试图在头脑里再现胖了一倍的、穿加肥牛仔裤的小田，没有能够做到。

警方调出了路口录像，撞他的车子屁股光秃秃的，没有牌照，他们分析了：这是新车，新手开的，又是晚间，还是十字路口，事故是难免的，逃逸也难免的，一丁点儿线索都没有。这年轻人可惜了。摩托车等于肉包铁，小汽车是铁包肉，两相一撞，肯定骑摩托的送命。

作为小田的雇主，第二天中午，柳云被叫去问了几个问题：五点多，小田到她家，九点多，离开。当晚没有饮酒。离开时情绪愉快。车况应当正常，等等。牛先生连夜从外地飞回来陪她，从前至后体贴地握着她的手。她想她的声音和手两者都没有抖动。

为了替她压惊，牛先生晚上带着全家去了城里最高的餐厅，五十二层的旋转餐厅，人均消费相当于小田半个月工资。就餐时，牛先生谈了谈“死”这件事，以一种客观、科学、放之四海皆准的态度，从自然界的鱼虫鸟兽讲到地球上的各种灾难与大小战争，几乎把“死”说成了桌上的一碗海参杂粮盅、一份必点例汤，每个人都要吃的。这番铺垫之后，他向儿子说了小田的事，并承诺，最多一个星期，找一个更好的新陪练。果然，儿子难过了不到五分钟，就被一个新下载的游戏给迷住了，很快呵呵笑出声来。

牛先生给儿子讲的这节生死课不赖，连柳云也听得频频点头，她完全同意，鱼虫鸟兽，谁无一死，何足道哉！柳云亲昵地搂住儿子，也凑上去一起玩新游戏，跟着咯咯咯笑起来。

倒是牛先生被柳云的笑搞得悚然一惊，他眼神四处乱转，又扭头往各个方向看看，好像突然有人喊他。他把柳云从游戏前拉开：“那是骗小孩子玩的！”柳云坐正，笑容还没收掉。牛先生沉重而惊骇地问：“你真的假的？连我都一直在想着他！你们见面应当比我多呀。”

柳云被牛先生问得有些不自在，迷迷糊糊地回了家。厨房里还保持着她突然接到电话时的场景——当时，她正在做蜜柚风味蛋糕，已经榨好了柚子汁，化开了黄油，蛋白打得发泡，小苏打和生粉也分别量好，正打算加入蜂蜜，她刚把木长勺伸进蜂蜜罐，电话响了。小田的死讯与鸡蛋白、苏打、生粉、低筋面粉、蜂蜜，万花筒一样地旋转，蜜柚风味蛋糕做砸了。

柳云安顿了儿子，到厨房里把所有的成品、半成品一股脑儿清理掉了。牛先生耐心地等她，提出要“搞一下”。这是他对做爱的特定说法。久不行事，还是一样的基本无效，唯情绪饱满，牛先生如牧羊人一般，挥舞着看不见的鞭子，鼻腔里发出一连串快意的吆喝。

忙完了，牛先生疲惫地点根烟：“你刚才对他们说，小田五点多到家，九点多离开。吃完晚饭还待了那么久啊。”

“聊天来着。”她没有乱讲，当晚她真的一直在跟小田说话。

“聊什么呢？”牛先生含糊地问，声音已很瞌睡了，毕竟五十大几了。

是啊，聊什么呢，柳云闭上眼睛。

其实主要是她说，在讲下流话。柳云喜欢跟小田睡觉，也喜欢跟小田谈睡觉这件事。她需要说出她的感受。每次，到了那极端契合的欢爱之巅，身体忽上忽下，忽在深海、忽飞云霄，某个极端的念头就会“当当当”像报时鸟一般地叫起来：死了就好了！就死在这一刻吧，死在对方身体里。

为了说得清楚些，柳云在桌子上摆弄两只茶杯垫子，给小田打比喻：“你看，这边，是我们俩最好的那一刻。紧隔壁，这就是极乐世界，就是‘死’，它们是好邻居、亲冤家，我们脚一跨就到了！越好的时候就越靠近死、越想死。”她热切地望着小田，多想能获得共鸣、一起飞升啊。可这一看，才发现自己根本就是在独白。小田早走神了。他看着她，却明显什么也没听见，估计就是听见了也不明白她的意思。

“又在想许洁？”柳云张大嘴巴堆出笑容。这不是第一次了，谁年纪大谁就得有好脾气，就得又哄又骗，她没有资格生气的。

“没有，没有。”隔了一会儿，他承认，“她要过生日了，不知送什么合适。”

柳云爽快地说：“这个我替你办好了！保证她喜欢。”她心里一声疼痛的长号，看看啊看看，她还得替他的女朋友买礼物。

小田揉揉鼻子，不感谢也不反对，却更加的没精打采。柳云凑上去，也揉揉他的鼻子，并舔上去，礼物的问题解决了，让许洁死一边去！柳云兴致又上来了，她含着小田的鼻子呢喃：“我真能吃掉你，细嚼慢咽，一根骨头不剩，嗯，你信不信？我想吃你呢。”这杀气腾腾的情欲，多年前她也听男人表达过，都以为他们是在调情或聊作余勇，实际上，的确如此啊，欲望残暴如岩浆，强烈到走形的邪劲儿之下，柳云感到自己的舌头和牙齿失控了，它们真的在撕咬起小田的鼻子来。

小田窒息了，手脚一阵扑通，使劲地搡开她。他的鼻头被她咬得全是牙印，已经紫了。小田说要上楼看看孩子。他仓皇站起来，飞快地抽出一把纸巾，边擦边往楼上跑。

柳云眼睛一点不瞎，小田也丝毫没有掩饰，就在他刚才推开她的一瞬，他那眼神里全是恶心与憎恨，身边要有把刀，他大概都能捅她几十下了。

柳云走到门厅那边，那边有个大穿衣镜，她慢腾腾地走过去。下午四点钟左右，小田还没到的时候，她照过这面镜子的，前后左右照了个遍，跟以前一样，她看到镜子里的姑娘刚刚二十出头，甜美极了，正一心一意等着男朋友。可这一次，镜子翻脸无情了，镜子里的少女不见了。她看到一个浑身挂肉、体积巨大的老女人，她神情悲戚、略带凶狠，在镜子里一动不动。

重新下楼的小田说是想起桩急事，急着要走。柳云没有挽留，只问了一句："许洁的生日礼物哪天要？"小田没回答。柳云听到他在外面发动摩托，二手摩托很不灵光，他踩了许多下，才"轰"一声走掉了。

等听不到马达声了，柳云才起身到园子里送行，掩在高大的夹竹桃后，眺望空空的车道。她心里掀起一阵冷酷的巨浪，恨不能淹没掉跟小田发生过的一切，恨不得删除他、抹杀他。她再也不要见到这个人了。

这想法咝咝的，痛快极了。仅仅两分钟之后，柳云又平静了，算了，他太年轻，还不晓得身体的悲欢与世故！下一次见面，她会道歉的，并送他一辆新摩托。

"聊什么呀？"牛先生更为蒙眬的声音，像在梦中发问。

柳云阴冷地一抖——那个时候，站在夹竹桃下，她诅咒过小田吧？是那诅咒灵验了吧？她捂住嘴巴，试图呜咽或抽泣，却发现压根儿哭不出来——她承认，她恨小田。

她讨厌牛先生还在追问，她听到自己发作了，刺耳地回击：“你是说，我不该与他聊天？如果我们不聊天就好了，不聊就不会出车祸了是吧？”

牛先生连忙道歉，简直从来没这么温柔过：“怪我怪我，不该问的。聊聊天当然挺好呀。再说你们以后都聊不成了。”他轻轻、轻轻地拍着柳云的肩，“聊不成了，你们以后都聊不成了。”声音十分缓和，唱歌似的，像哄她入睡。

柳云于是真的睡了，她都听到自己打起鼾来，她自发胖之后，就会打鼾了。在自己均匀的鼾声中，柳云好像听到，牛先生的催眠词不知何时已经改成“睡不成了，你们以后都睡不成了。睡不成了，你们以后都睡不成了”。她听错了吗？柳云翻个身，牛先生不说了。柳云猛然醒了，眼睛瞪得好大。

古琦店九点钟打来电话，柳云替许洁订的小手袋调到货了。是可以退掉的，但柳云去拿了——颜色太嗲，不适合她这年纪，她想着，代替小田去送给那个许洁吧，算是把他的后事给了了。这就像以前一样，小田下了床，吃了东西，穿好衣服走了，她一个人在房间里，可要慢腾腾收拾好一会儿残局呢。收拾多久，小田就还在多久。

从健身馆网站上查到了许洁，负责教授普拉提。

柳云从古琦店取了包直接赶去，假装了解健身项目，吭哧地提起小田，许洁打断，“要上他的课？”许洁瞥一眼柳云，年轻姑娘看中年女人的那种眼光，“他每个周三、周五中午带南美热舞。今天不来。”她提起小田面无波澜，看来对小田的痴心毫不知情，更不知痴心者已死。柳云心里挺响地一拍手，涌起一阵稀薄的胜利感。看看哪看看。她挪挪随身的古琦礼品袋，一时拿不定主意。

许洁急着带课，转身要走。柳云怕断了这根细线，匆匆跟上去，临时报了一节体验课，极不熟练地跟着吸气、吐气、保持不动。再吸气、吐气、保持不动。许洁像没骨头，折纸似的掰弄着她的四肢，柳云拼得腹肉颤抖，最多只做到她的十分之四。

冲淋间，柳云凑上去继续跟许洁攀谈，水龙头下，气氛亲切多了。许洁冲柳云一笑，公关性地表扬她的体力，欢迎她随时插班来上她的课。

柳云隔着水帘打量许洁，眯着眼睛，假装自己就是小田，用一个毛头小伙的眼光去评判：处女式的长腰肢和紧凑骨盆，尚未开化的乳房，未经烫染的直发。柳云又瞅瞅自己，油腻腻、松垮垮！是啊，天经地义，小田就应当钟情这样的姑娘。如果他还活着，肯定会继续追求下去的，以蜗牛般的速度尽可能地接近，直至建成一个蜗牛般的小小三口之家。

柳云起劲搓洗自己，媒婆似的挤挤眼，重新提起小田，向许洁描述和转达他的爱慕。在浴室求爱，替一个死去的情人，多么荒唐而感人的场景啊。一阵愉悦颤抖使她涌起一身恶作剧般的鸡皮疙瘩。

“在他眼中，你就是天山雪莲！他经常悄悄跟在你后面，你坐34路，他等下一班34路。你拉一下楼梯扶手，他也拉一下。你中午在食堂点半条鳊鱼，他点另外半条。”

许洁小脸紧绷，抹一把额上的水珠：“怎么可能！他总是一下班就跑，话都没有跟我多说几句。再说，”她隔着水柱，严肃地盯着柳云，“他为什么不自己来说哪？”

柳云刚想张嘴，突然看到，小田真来了，他自己来了。柳云一点儿都不惊讶，这两天以来，家中的各个地方，她都能碰到小田。她爬楼梯，他踩住她脚后跟。她往开水里下面条，他升腾在气泡里。她拉开窗帘，一眼看到他正抱臂倚在窗外。她到花园浇水，他站在夹竹桃下。他的死去是一个长镜头，带有移动的背影和盘旋的回声。他还没有进行完呢，他又跟到这儿来了。

混浊升腾的水汽里，臃肿的女人们正弯腰驼背地处理她们上下的毛发，小田赤裸但戴着头盔，大大方方穿行其中，健美的肢体如大鱼一般闪闪发亮，他走到不远处的一个水龙头下，水流冲洗着他的肩膀，带着弧线弹往各个方向，一直弹到柳云的眼里！老天呀，这会儿的小田，这看不见脸的小田，这健美到近乎标准的体魄，真的像她那个口哨男友了。柳云差点儿热泪盈眶。

柳云把视线收回，继续朝着许洁，尽心尽责地解释："这个……请你务必要多加体谅，初恋总是可怜巴巴的。"柳云开始分析起男孩们的胆怯与低智商，她穿过厚重的时间迷雾，把她口哨男友的情话也拿来借用了，曾经回忆过多少遍呀，以至烂熟，以至可以一字一句地复述，假装这正是小田献给许洁的爱慕——柳云稍微提高了声音，她希望头盔里的小田也可以听得清楚，这下子他不会太厌恶她了吧，无论如何，她是在帮他向许洁求爱，看看，她下贱到能够为他做一切的事……

一直咬着嘴唇的许洁不知为何突然一拍额头，鼻翼张大，像是生气了，她急匆匆地冲掉泡沫、关掉水龙头，擦身、吹头发、穿衣，她冲柳云微微一抬下巴，发出一个模糊的邀请。柳云迷迷糊糊地也跟着跑，差点儿都要忘了提上那个"生日礼物"。她们像两个赶火车的人，一前一后地背起包、坐电梯、出大楼、往巷子口跑。跑动中的柳云还在抓紧时间不停地絮叨，替小田游说，像一只关不上的水龙头——她知道，小田也正如影随形地跟着她们俩呢——她列举出无数动人的家常画面，向许洁保证，小田会是一个很好的男朋友，很好的丈夫，将来还会是很好的父亲，他们会有着一个般配而结结巴巴的平常婚姻。就像柳云，如果她嫁给口哨男友的话。

巷口，一台款式保守的大奔，许洁刚一露面，它就点火发动了。许洁小跑着拉开车门，进去，又用力拉上。并没有跟柳云挥手，或者这就是她道别的方式。

哦。

柳云晃晃手中的古琦礼包呼唤，老奔驰已远远跑出视线，不可能再听得到啦。柳云摇摇头，利落地直接把纸袋丢进边上的垃圾桶。嘁，哪里轮得到你送啊，她背对着身后的小田，耸耸肩，收拾了这一通后事之后的嘲讽，当然也有抚慰——瞧着点儿吧，总会有那些老男人冲在更前面的，他们会照顾好你的许洁，也许，就是这会儿，那奔驰里的老男人也拿出了生日礼物，哽咽地把手伸到年轻姑娘的大腿间，"你晓得吗，你跟我的初恋女友同一天生日。"你想想，像许洁这样易于扭曲的轻盈体态，多么适合那些没了力气的老男人啊。就像你呀，也一样的，你该想得通的。这世上，没有初恋，没有感情，没有爱，没有任何这些狗屁玩意儿；就只有身体，一具又一具，没有名字，没有脸，没有性别。衰老的，嫩滑的，包装簇新的，二手的。转让、出卖、流通、变现。新旧搭配，供求有度，花开堪折，过期作废。

嘣。嘣。柳云猛地回过头，发现头盔里的小田被弹到栏杆边，皮肉模糊、血泪飞散，好像遭遇到更猛烈的车祸。柳云终于看到了，如目击者所描绘过的：小田的下半身，压扁了，胖了一倍，像穿了一条肥大的牛仔裤。这一次，他彻底地死去了，肥而薄的、大叶子般的身影往天上飘去。

小田的乡下父母直到第五天才赶过来。牛先生听说了，掏出一大笔现钱，并提出两人一起去送这笔抚恤金。钱有点太多了，信封放在桌子上，从柳云那个角度看去，桌面都给压得弯下了似的。牛先生叹口气："小田这事，算是工伤。"

老父母在收拾小田的租屋，每一样东西，不管多破，他们都要带回老家。屁股大的房子，加上编织袋，四个人几乎脸碰脸。柳云转不动身子，只能挨在床边。这就是小兔子可怜的小窝，是啊，否则他就不那么容易中弹了。

呼天抢地的阶段看来已经过去了，老人的神情似乎带点羞愧，解释说，因为正在秋收，要是一接到消息丢下地就赶来的话，那这一季的作物就等于白种了……

"没关系，没关系。大家都忙的。"柳云接话，她甚至向小田父母谈起自己的父亲。前两天柳云回去看过他，他和继母正忙着搓麻，脸玩得红扑扑的，匆匆地与她寒暄，她站在爸爸后面看牌，手搭在他肩膀上，这是她能想到的最亲热的方式。她爸爸忍受了半分钟，扭头、努嘴，让柳云赶紧走："我打牌时，后面不能站女人。"你们看，我爸爸好玩吧！

牛先生皱眉打断柳云，他耳朵根发红，有点激动，他上下拍着脏兮兮、满是划痕的墙，感慨："我最早出来混的时候，找的房子比这烂多了。你家小田挺有出息的！"

小田父母好像找到什么共同语言，你一言我一语地争着说起家里的三个儿子，通通有出息的，一个在合肥，一个在南京，一个在东莞。刚接到电话时，吓傻了，差点儿想不起在南京的到底是哪个儿子了！做父亲的说着，接过牛先生递来的大信封，腰弯了好几次，一迭声地谢谢"大老板"。

老母亲在叠小田的几件T恤衫，都是柳云非常熟悉的，她常迫切地剥掉小田的衣服，从外到里。老母亲发现衣襟上一大块油污，伤心起来："衣服都没洗干净！到现在连女朋友都没有。他哥他弟都有呢！可怜他……"牛先生咳了一声："有哇，我知道他有！你不是也知道吗！"他捅捅柳云，柳云连忙一连串地证明，有鼻子有眼地说了几句。她所说的鼻子和眼都取材于许洁。

小田父母信了，追问女孩老家哪里，听说也是湖南老家的，颇感欣慰地抹起眼泪来。

这一天还没完。牛先生所找到的新陪练兼接送，今天刚好试用，儿子得意地告诉柳云，新陪练去接他时，网球班学员的妈妈们都开始整理头发和丝巾，而爸爸们则互相拍肩，相邀到树下抽烟。牛先生的眼光是越来越好了。

这会儿，这个比小田还年轻的新陪练就坐在小田那个位置上，他自我介绍，并主动握手。他相当幽默地谈天说地，讨好柳云，感激地称赞晚餐。看得出，他很希望得到这份工作。

柳云保持着女主人的矜持，偶尔也被逗得发笑。桌子下面，她在撕餐巾纸，两只手密切配合，撕成匀称等宽的一长条一长条。

她不讨厌这个年轻人，也不介意他坐在小田的位置又吃又喝说说笑笑，相反，她满意他活跃外向的性格。她还观察到一些细节，男孩外套里的毛衣袖口，磨得掉了线；他的皮鞋早就该换一双了……她挺有经验地分析起其经济处境，又一只小白兔。她两只手一直在抖，就算在撕餐巾纸，等长等宽一条一条地撕，也还是抖。

柳云头一次怕起了自己。她怎么立刻就研究起这个小伙子来了呢。

牛先生晚上依旧很迟回来，很累了，还是关心陪练的事，问了柳云三四次：“这小伙子比小田怎么样？你说嘛，不满意我再换。毕竟你和儿子用得多。”

柳云咬紧牙关就是不搭理。牛先生倒不介意，他兴致勃勃地接着白天的话：“我最开始租的房子，真不如小田呢，想想那时，吃了太多的苦。”他拍拍红木案几，又撩撩高大的滴水观音，环顾着大宅子，要回顾一番他的创业史了。

他举起手臂刚要挥舞，柳云站到他跟前：“你那时谈没谈女朋友？还是也有个像我这么老的情人？”牛先生愣住，柳云又跟一句：“倒是没有人撞死你呢。”

牛先生这下听明白了，他慢慢把手臂放下，来回地绕着柳云走圈子，走了两圈，他隐晦地承认了某个小失误：“行啦，行啦。本来是不该出人命的，顶多半身不遂。我也一直很难受。今天看到他父母，更是难过。可这怪谁？你说，怪谁？”

看看，小田本该只是半身不遂，真该感谢牛先生慈悲为怀的初衷。柳云也很诚实：“我又没怪你。出事那个晚上，我们本来就很不愉快。”

牛先生冷笑，从鼻子里哼：“那个，叫闹恋爱。”

哈，闹恋爱，多甜的一个词。柳云失笑，可真抬举她，都有点舍不得挑明真相了：“你干得挺漂亮，但也别指望我谢你。”

牛先生脸上一阵惊惧，他又扭起脖子往各个方向看了：“你什么意思？你也想干掉他？”

“想，但我不会干的。你知道你挺可笑吧。要是他对我有感情，也算个理由；或者你对我有感情，也说得过去。实际上都没有——你这不值得嘛。”

“我对你当然有夫妻感情。”牛先生飞快地随口分辩道。他皱皱眉，厌恶地补充了一个关键，“他不喜欢你，我信。但你！喜！欢！他！你他妈的爱上他了。凭这一条，我动手就值了。”

真是太大的误会。柳云直咂嘴：“我也就是睡一下，这个道理你应当懂的，就像你睡女人一样，哪里需要‘爱上’嘛……”

牛先生是第二次四处扭头了，眼神像到处飞的大蛾子。他气呼呼地打断柳云：“还就睡一下！我告诉你，男人是可以睡一下、拔屌不认人！女人绝对不可能的，剁了头我都不信！你别不敢承认，你就爱上那小兔崽子了！你哪天见没见过他、有没有被操过，脸上简直就像盖了章似的那么清楚。”牛先生忍无可忍，直着嗓子叫起来。想想看，他憋了多久啊。柳云以前向小田胡乱描述的牛先生暗中窥伺的画面，简直都是真的哩。

柳云懒于解释，又十分的惊奇，好像听另一个故事。她谦虚地探讨：“可是你也看到的，他死了我都不难过，真的。你帮我想想，我为什么就不难过呢？”

“骗谁呀？说给鬼听去！倒有一个办法，新来的陪练见到了吧，怎么样？我就是专门替你去挑的。有本事你也去睡，明天就睡，母狗一样，屁股一夹就来。你要真能干上了，我就相信，我就叫那人去自首！妈的，我情愿再搭一条人命。”

柳云这下子还真是迷惑了，她带着一种希望似的：“你怎么这么希望我喜欢小田？这样我们睡觉就合理了？你弄死他就划算了？你倒是想好了——你要我爱他？你能帮帮我，证明我爱他吗？”

牛先生砸了一只大花瓶。

“还是宁可我是母狗？你信不信我真的也想睡新教练啊。你刚才不是老追着问吗，我现在回答你，我挺满意这小伙子的，可比小田热情多了。你再换别的也可以，随便哪一个来！我都能睡。”

牛先生又砸了另一只大花瓶。

柳云起了个大早，重新做起手工风味蛋糕。她在台子上铺开场面。鸡蛋、低筋面粉、小苏打、生粉、蜂蜜。一切像只是接在那个被打断的瞬间之后。

不过换掉了柚子汁。柳云擅长榨汁，搞些不同花样。一年四季，应时的水果、蔬菜、块茎甚至花苞，皆可成汁，并调和烘焙成特色蛋糕，各有清脂洗肠或补充维生素之妙。今天她选了夹竹桃，毕竟是植物，汁水远不及水果丰沛，捋了好几大把花与叶，勉强才榨到90毫升。叶子汁绿得有点俗气，加入花瓣汁之后，清淡多了，接着打上鸡蛋和牛奶，更融合成一种清淡近无的黄绿，着实耐看。

夹竹桃挺好。整个台风季，它们饱饮雨水，碧绿发亮，随着狂风摇曳，像狂野多情的人。她跟小田的第一个晚上，她一边脱衣服一边向他说起过，他当时脑子乱，恐怕都没有听清。最后一次送小田，记得也是站在夹竹桃下，目送空荡荡的车道。这些细节可能只是巧合，但给了柳云一些灵感，何不就用夹竹桃汁呢，可能没芹菜汁香，没草莓汁甜，可甜或苦又有什么分别？她不在意的。她在意的是昨天牛先生摔碎的两只大花瓶，以及它们所代表的两种可能：她是一个有爱的女人，还是只是一只母狗。

碎花瓶还在客厅地上躺着，柳云没有打扫，只管来来去去地走，偶尔被玻璃碰到脚底也无所谓。哼，三十八岁的这具身体，她真搞不懂也搞不好了。她忽略过它，纵容过它，也骄傲于它，受益于它。这个它，是完全独立的，太独立了，以致孤独。没有另一具身体，口哨男孩也好，牛先生也好，小田也好，哪怕再算上那个看她跳绳的老头子，算上试用的新陪练，随便吧，能算多少算多少，哪一具身体能够真正地、恰如其分地理解“它”？

没。有。抚爱是孤独的，性交是孤独的，高潮更是翻倍的孤独。追逐或被追逐，占有或被占有。猎人或白兔。从来都只有自己在抱着自己。她是第二只花瓶，她是母狗。

“它”这样还有意思吗？柳云使劲儿搅拌着淡绿色的面糊糊，直至看不见任何干粉和气泡。“它”这样还有意思吗？柳云给模具刷上橄榄油，并把糊糊均匀地挨个儿倒进去，再一一撒上葡萄干。“它”这样还有意思吗？柳云最后把瓶瓶罐罐收好，用小木槌子敲一敲台面板，像法官最后一次向陪审团提问。

三次的答案都一样，结论是坚决的，令人轻松的。

等待烘烤的时间，柳云替自己仔细化了一个端正的妆，头发高高盘上去，脖子里系了条小方巾，唇彩是最正的大红。如果她瘦掉三十斤，脸上斑少点儿，头发恢复浓密，就有几分像当年跑厦门线时的模样了。

她想起了那间乱糟糟、她聊以为家的空乘宿舍，想起了“媚眼儿”、“330”和冰冰。她感到自己又置身八千米的高空，系着小围裙，推着午餐车，在狭窄如猪栏一般的过道里，给那些嗷嗷待哺的被饲养者们送上鸡肉饭与牛腩面。嗬，又看到牛先生啦，他多年轻哪，年轻得像小田一样，他左边是一位腼腆少女，眉眼酷似许洁，右边则是个戴珍珠项链的胖妇人，面熟得像姐妹一样，她是谁呢？年轻的牛先生分别搂着，亲亲左边又啃啃右边，还抽空向柳云挤挤眼，他用夫妻间的语气夸奖她：“终于有心情烤蛋糕了？很好嘛！下个周末再搞个家宴吧。我好久没讲我们俩的故事了呢！”

很棒的提议！夹竹桃之味！“叮”，随着烤箱的一声提示音，异常的气流突然颠簸起伏地来了，头顶的氧气面罩纷纷掉落，旅客们东倒西歪，一个个脸色突变，抖动中他们扔掉餐盘、绞住安全带，相互胡乱扑打。

柳云十分镇定地扶了扶她摇晃的梳妆台，稳住那些叮叮作响的瓶瓶罐罐，随后她清清嗓子，嘴角上翘，极其甜美地播送起那份她早就打好草稿，这下子终于派上用场的告别词：女士们先生们，各位身体们，本次航班将在三分钟后自由坠落，请您的身体保持镇定并做好坠机准备，我谨代表本次航班全体机组人员感谢各位身体的配合，并向各位身体送上最亲切的道别……

是的，还有最后三分钟，众声喧闹又异常安静的小小等待之中，柳云有条不紊地打开烤箱，从托盘里取出一块热乎乎的草绿色风味蛋糕。一只手往嘴里送，另一只手在下面接着，以免碎屑掉落。嗯，又松又软，甜香适度，各方面比例都无可挑剔，她谦逊而满意地点头：味道对了。

补注：夹竹桃，直立大灌木，叶片如柳似竹，花冠粉红至深红或白色，有香气，花期6—10月，宜观赏。对二氧化硫、二氧化碳、氯气等毒害气体有较强抵抗作用，有环保价值。其叶、皮、花、茎、根含夹竹桃苷，剧毒，人、畜食用，易致心律失常，直至瞬间休克死亡。鱼塘、牧场边不宜栽种。临床运用其提取物治疗心力衰竭与癫痫症，内服煎汤，剂量0.3–0.9g。

2015年4月

图书在版编目（CIP）数据

荷尔蒙夜谈 / 鲁敏著. — 北京：北京十月文艺出版社，2017.1
ISBN 978-7-5302-1640-8

Ⅰ. ①荷… Ⅱ. ①鲁… Ⅲ. ①短篇小说—小说集—中国—当代 Ⅳ. ① I247.7

中国版本图书馆 CIP 数据核字（2016）第 273717 号

荷尔蒙夜谈
HEERMENG YETAN
鲁 敏 著

出　版　北京出版集团公司
　　　　北京十月文艺出版社
地　址　北京北三环中路 6 号
邮　编　100120
网　址　www.bph.com.cn
发　行　新经典发行有限公司
　　　　电话（010）68423599
经　销　新华书店
印　刷　三河市三佳印刷装订有限公司
版　次　2017 年 1 月第 1 版
　　　　2017 年 1 月第 1 次印刷
开　本　880 毫米 ×1230 毫米 1/32
印　张　7.75
字　数　170 千字
书　号　ISBN 978-7-5302-1640-8
定　价　32.00 元
质量监督电话　010-58572393
如有印装质量问题，由本社负责调换。

版权所有，未经书面许可，不得转载、复制、翻印，违者必究。